家裡蹲
吸
姬的
鬱
6
Hikikomari
the Vampire Countess
no
Monmon
小林湖底
illust：りいちゅ
U0028946

家裡蹲吸血姬的鬱悶
6
Hikikomari the Vampire Countess no Monmon
© riichu

「咦？」

艾絲蒂爾放出
神速的鎖鏈攻擊!!
「哦──」
© nichu

可瑪莉的女僕
薇兒海絲
阿爾卡共和國 總統
納莉亞・克寧格姆
姆爾納特帝國 七紅天
黛拉可瑪莉・崗德森布萊德

阿爾卡共和國 八英將
凱特蘿・雷因史瓦斯
姆爾納特帝國 七紅天
佐久奈・梅墨瓦
天照樂土 大神
天津・迦流羅
迦流羅直屬忍者集團「鬼道眾」隊長
峰永小春
© riichu

「妳應該好好悔改。」

這個吸血姬跟那個吸血姬好像——
看著這個紅色的吸血姬，
光耶醫師心裡浮現那種感覺。

吸

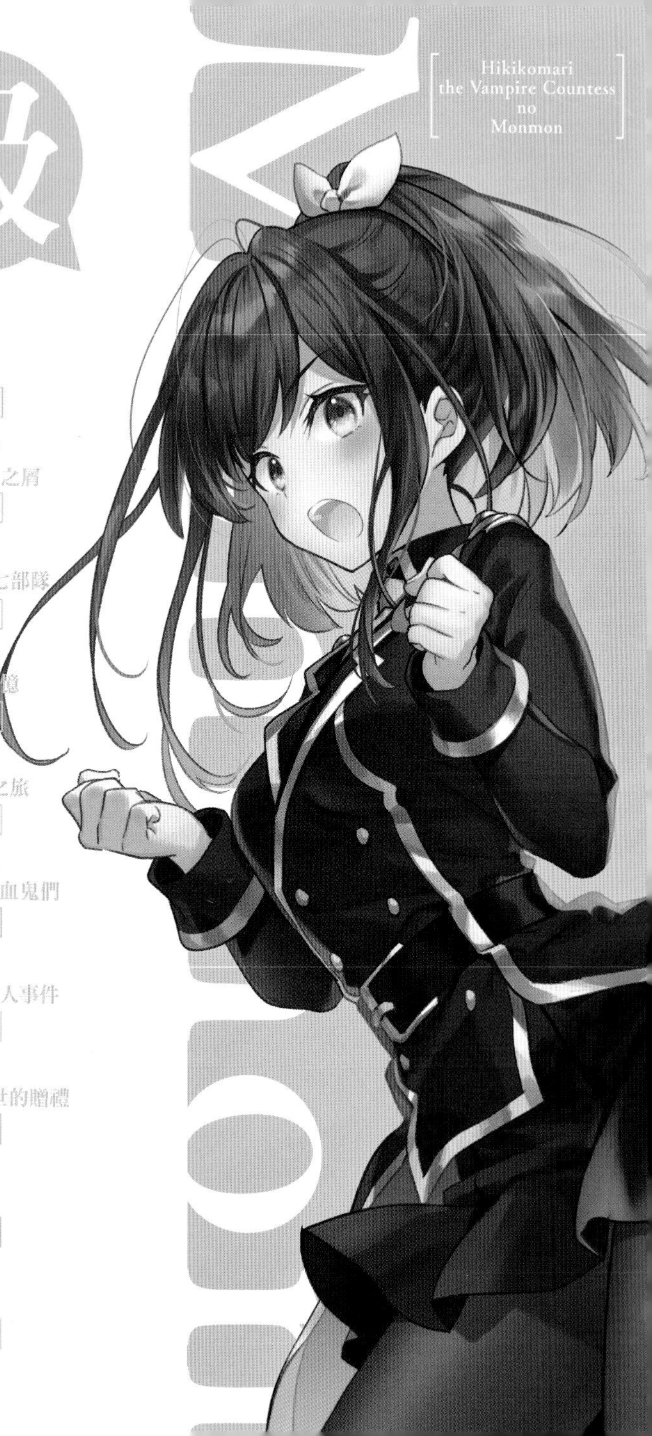

Hikikomari the Vampire Countess no Monmon

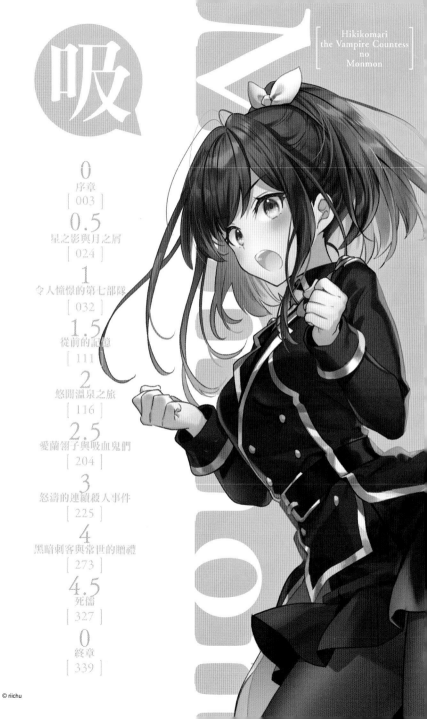

吸

Hikikomari the Vampire Countess no Monmon

[0] 序章

這裡是核領域裡的某個地方。

也是前些日子天照樂土的前大神消逝的古城。

外觀上乍看之下是座廢墟。不管任誰看了，都會覺得這裡明顯已經很久沒有人出入。就因為這個地方如此的寂寥，更是適合拿來祕密會談。

「——那接下來，看樣子所有人都到齊了。」

在古城的某個房間裡，一道英氣凜然的聲音響起。

身上穿著阿爾卡的軍裝，頭上綁著桃紅色的雙馬尾，這位翦劉種——她便是納莉亞・克寧格姆。放眼環顧圍繞著圓桌的多張面孔，她臉上浮現滿意的笑容。

「這次要談的事情，都已經寫在信件裡了。二月十八日即將到來，我們必須對此做些準備。」

「納莉亞小姐，可以問一個問題嗎？」

叮鈴——來自鈴鐺的聲音響起。

就在納莉亞對面，有位身穿和服的少女坐在那邊。

她是天照樂土的大神，還（自稱）是全宇宙最強的人，名字叫做天津・迦流羅。

「怎麼了？我們沒有準備綠茶喔。」

「我也很喜歡紅茶，沒關係的。重點不是這個——我們今天來這邊聚集到底是為了什麼？我聽說是十萬火急的會議，才中斷手邊忙到一半的工作跑過來。」

「妳的頭髮好像睡到翹起來了？剛才真的在工作嗎？」

「那當然。不要看我這樣，我好歹也是天照樂土的領袖。」

「迦流羅大人一直在打瞌睡，也就是說她蹺班了。」

「等等啊小春!?拜託不要面不改色戳破別人好嗎!!像妳這樣將國家的恥辱洩漏給外人知曉，我身為大神實在不能視而不見啊!?」

「原來您還有自覺，知道那個是國家的恥辱啊。」

這時納莉亞「唉——」了一聲，嘴裡發出盛大的嘆息。

「妳還真的是無可救藥了。事到如今還來問那種問題，我一聽就知道妳根本沒有好好看我寄過去的書信——來吧薇兒海絲，來跟這顆傻乎乎的和菓子說說，看二月十八日這天究竟是什麼日子。」

「雖然我不想被妳命令，但我知道了。」

說完這句話，有個穿著女僕裝的青髮女僕當場站了起來。

她是姆爾納特帝國軍第七部隊的薇兒海絲特別中尉。就像平常一樣，臉上的表情依舊很冷酷——可是當她展開說明時，聲音聽起來有點熱切。

「說到二月十八日，這天對所有的人類而言都是個好日子。一旦這天到來，那所有的吉祥徵兆將會在各個地方顯現。鳥兒會歌唱，花朵會盛開，海裡面的鯛魚還會成群跳躍，像在跳舞一樣，讓漁民大豐收。而且在這之前覆蓋天空的烏雲也會散去，和煦的光芒將會——」

「啊——有夠囉嗦的！簡單講就是二月十八日這天，其實是可瑪莉的生日啦！」

這下迦流羅發出驚呼了，嘴裡說著「原來是這樣!?」。

納莉亞則是回了一句「就是這樣！」，將雙手交叉在胸前，人往椅子的椅背上靠去。

「這次會議是要討論該如何安排可瑪莉的生日。既然有這個機會，我想要替她盛大慶祝一番！根據薇兒海絲所說，可瑪莉已經有好一陣子連場生日派對都沒人幫她辦。」

「誠如您所言，在我就任成為女僕之前，生日派對似乎徹底遭到忽視了。但這背後畢竟還有一段過往，也不能太強求……」

「原來如此，也就是說我們大家要一起來辦個活動是嗎？」

迦流羅喝起紅茶，眼睛還跟著瞇了起來。

「這是個好點子呢。一方面也能加深各國之間的羈絆，就這點而言，也算是很有意義的。」

嘴巴上這麼說，迦流羅內心其實是很雀躍的。

可瑪莉對迦流羅來說是獨一無二的知音，還是她的恩人、她的朋友。為了她，不如使出渾身解數做些日式點心送她吧——迦流羅如此下定決心。

「禮物的部分，我傾向於大家各自準備。問題在於要去哪開派對……」

「我們預計在姆爾納特帝國舉辦。」

薇兒海絲當下如此斷言，那感覺就像在說「這種理所當然的問題還用問嗎？」。

「除此之外沒有更適合的地方了，因為可瑪莉大小姐是姆爾納特帝國的吸血鬼。」

「這樣不行啦，薇兒海絲。可瑪莉懶得出門，所以才更應該外出。如果來到阿爾卡這邊，我們可以慶祝到她哭出來，還能玩得開開心心。」

「我聽說阿爾卡首都的治安不好，可瑪莉大小姐會害怕的。」

「吸血鬼有資格說這種話？相較於帝都，首都這邊的殺人案件數根本就等同掛零，一天下來也不過發生百起而已。」

© riichu

「那樣不是掛零，至少有百件吧。」

「不管是掛零還是百起，不是都差不多嗎！再說妳覺得可瑪莉會被襲擊？那女孩可是拯救世界的大英雄喔？而且還會確實加派護衛，一定沒問題的。」

「這讓人無法信賴。對吧，梅墨瓦大人。」

這時坐在薇兒海絲隔壁的銀白色吸血鬼嘴裡發出一聲「咦？」。

她就是佐久奈‧梅墨瓦七紅天大將軍。

「……說得也是。就跟薇兒海絲小姐說的一樣，我也覺得在姆爾納特這邊最合適。」

「那我們就來用多數決決定吧！覺得姆爾納特比較好的人請舉手！」

有幾個人分別舉手，是薇兒海絲和佐久奈這兩位。

「覺得在阿爾卡更好的人舉手！」

有人的手快速舉直！——是納莉亞自己把手舉起來。

就只有她一個人。身為總統心腹的女僕少女在她身旁點著頭打瞌睡。

「——我說凱特蘿！妳別在那裡酣睡啦！」

「咦!?雖然我不知道發生什麼事了，但是很抱歉，納莉亞大人！」

頭被人拍了一下，在一頭霧水的情況下，凱特蘿將手舉起來。

這下就變成二對二了。納莉亞用銳利的目光掃視一直在旁邊靜觀其變的雙人組。

「迦流羅，妳選哪一個？」

「我不選了。不管選哪一邊，似乎都會引發爭端……不如就折衷辦理，在天照樂土舉辦，各位覺得如何？櫻翠宮那邊有足夠的空間可以容納大家。」

「…………………………」

就這樣，戰爭的火種熄滅了。

當然迦流羅並不像納莉亞或薇兒海絲那樣，不是會強烈自我主張的人。之所以會提議要去天照樂土舉辦，也是出於客觀的判斷，認為「再這樣下去會吵起來」，才那麼做的吧。

但這樣就只是火上加油而已。

納莉亞這下開始嚷嚷「我們這邊也有足夠的空間可以容納大家！」，薇兒海絲像是在跟她唱反調，嘴裡說著「照妳這麼說，姆爾納特才是空間最足夠的地方吧」，用這句話挑釁她。被她這麼一說，納莉亞回應「姆爾納特宮廷前陣子才發生騷動，我看都還在重建吧。」「迦流羅大人也在點頭。」「阿爾卡那邊的治安這麼差，我們這邊還比較好吧？」「迦流羅大人也在點頭。」「若是有暴徒出現，我會把他們砍成兩半，沒問題的！」「所以說迦流羅大人才會覺得不要去阿爾卡或姆爾納特，而是要在天照樂土這邊舉辦，那樣才是最好的。」「不對，我又沒有那樣想!?」——

會議完全沒有進展。

那表示黛拉可瑪莉・崗德森布萊德就是如此受人仰慕吧。

可是這樣下去就只是在浪費時間。最後按捺不住的納莉亞把椅子都弄倒了，人站了起來。

「——我知道了啦！既然事情變成這樣，那我們就像個軍人，靠戰爭來決定還比較快！」

「請先等一下，納莉亞小姐！我是絕對不會參加的！因為我已經不是五劍帝，現在在當大神了！」

「迦流羅大人嘴巴上這麼說，心裡卻很雀躍。」

「請不要用捏造的方式補上敘述性言詞好嗎!?」

「正合我意。那我們就趕快回去，為戰爭做準備吧。這麼說來，我們好像都還沒有認真戰鬥過呢。想必可瑪莉大小姐也會很開心吧。」

不，她怎麼可能開心得起來——迦流羅在心裡想著。

可是這裡沒有任何人的思考回路跟正常人一樣。總而言之她要先確保自己的人身安全無虞。打定主意後，在此同時迦流羅從座位上站了起來，正打算從現場逃脫。

© riichu

碰巧就在這個時候。

「不——不好意思！我有個想法！」

在這之前一直默默坐在位子上的某個人出聲了。

所有人的目光都集中在她身上。

那裡有個緊張到渾身僵硬的少女站在那邊。她是身上穿著姆爾納特帝國軍裝的吸血鬼，有著琥珀色的眼睛，紅褐色的頭髮還綁成單馬尾。

接著她用顫抖的手敬禮，有些支支吾吾地說起話來。

「說到戰爭！那是崗德森布萊德閣下最討厭的事情！所以說……就是……我們應該要找個真正能夠折衷辦理的場所……依本人的拙見來看，在核領域那邊召開生日派對或許不錯！」

這下納莉亞跟迦流羅互相對看。

這個人是誰？——現場充斥著這樣的氛圍。

然而薇兒海絲卻一臉嚴肅地點頭，嘴裡說著「原來如此」，並將手交疊在胸前。

「如果是核領域，那就不會有引發爭端的疑慮。我覺得這次或許可以採用她的提案——就不知克寧格姆大人是怎麼想的？」

「咦？這麼說的確有道理。如果選擇核領域，應該就不至於引發衝突……」

「那就這麼決定了。多謝妳的建議，艾絲蒂爾。」

被人稱作艾絲蒂爾的少女紅著臉，低頭鞠躬說「您太客氣了！」。

她身上穿著整齊、不起皺的軍裝，散發出非常像新兵的氣息。

納莉亞拿起配茶的點心，同時觀察起這位面生的吸血鬼。

「話說她是誰呀？薇兒海絲的新部下？」

「抱歉現在才報上名號！我是——」

這位吸血鬼少女就此展開結結巴巴的自我介紹。

如此這般，整場計畫開始暗中在水面下展開。

☆

帶著絕望的心情，我低頭看著一片空白的原稿用紙。

魚不用人家教就能夠游來游去。鳥兒一旦長大，自然而然就能夠在空中翱翔。跟他們一樣，她這位舉世無雙的賢者一生下來就具備譜寫出崇高故事的能力——照理說應該是這樣沒錯。

了。

「寫不出來……」

但握在手裡的筆沒有動靜。

就算她逼自己動筆，等到回過神的時候，自己都已經畫起貓咪或貓熊的塗鴉了。

變成這樣的原因很明顯。

——就是因為壓力。

一想到這實際上會出書問世，她就變得胃痛不已。

如今我正在做《黃昏三角戀》的改稿作業。出版社那邊的人給了許多建議，於是我就來修正文章和劇情發展。

他們給的要求很單純——「要改成更讓人心裡小鹿亂撞的感覺」。

心裡小鹿亂撞？心裡有小鹿在亂撞是什麼感覺？我試著回想最近心頭有過小鹿亂撞感的回憶。前陣子在戰爭中，梅拉康契的爆裂魔法命中了貝里烏斯的小隊，當下演變成狗對戰饒舌歌手對戰大猩猩的三強大戰局面，當時我心臟狂跳到都快死掉了。但那種心臟狂跳明顯是不同類型的，我完全不曾體驗過真正的「心頭小鹿亂撞」。

「可惡……在這種節骨眼上，經驗不足就造成很大的阻礙了……」

「請問您是哪方面的經驗不足？」

「那還用問，我完全都沒有戀愛方面的經驗。若是隨隨便便寫一寫，讀者可能會覺得不對勁也說不定……」

「沒問題的。這裡不就有我這位戀人在嗎？」

「咦？——哇啊啊啊啊啊啊啊啊!?」

有人突然對我用鎖頭功，我還以為自己會死翹翹。

是那個變態女僕從我背後抱住了我的脖子。

「所以說，請讓我吸您的血液吧。這樣會帶給您心中小鹿亂撞的感覺喔。」

「不準啦！若是弄到貧血該怎麼辦！」

我用盡全力推開薇兒。

她則是回了一句「真是的——」，然後聳聳肩膀，嘴裡繼續說著。

「在年末發生的那場騷動中，我們明明就已經進展到互相吸食血液的關係了。」

「可是靠我和可瑪莉大小姐愛的力量將敵人打倒，這都是事實不是嗎？」

「那、那是因為發生了很多事情才會這樣啦。」

可瑪莉大小姐未免也太冷淡了。」

我被迫想起去年十二月發生的那場騷動。

當時我跟薇兒發動烈核解放，要跟企圖對姆爾納特帝國不利的恐怖分子對抗。

說真的，我到現在都還難以置信。可是這次我沒辦法再主張「這都是隕石搞的鬼」。那是因為我都還保有記憶，記得自己發射光速砲把特利瓦打飛。

總而言之，是因為有薇兒在才會出現那樣的結果吧。

肯定不是愛的力量。

「……我承認自己曾經跟妳一起作戰過，可是我再也不會喝妳的血液了。」

「是這樣啊？不過客觀來看，就算說我們兩個人是戀人關係也不為過，我目前正在對各方勢力散播耐人尋味的消息，跟大家說『我開始跟可瑪莉大小姐交往了』。」

「妳都幹什麼好事啦!?」

「幸虧我這麼做，那還成了新聞報導。請您看這邊。」

我用堪比音速的速度從薇兒手中搶走報紙。

那上面寫了這樣一段文字。

『熱戀曝光!?薇兒海絲中尉表示「自己開始跟可瑪莉大小姐交往」

姆爾納特帝國軍薇兒海絲中尉於三十日當天在帝都召開的記者會上表明一事，說自己正在跟黛拉可瑪莉・崗德森布萊德七紅天大將軍交往。還說「我們都已經互相吸食血液了」，薇兒海絲中尉開開心心地表態。崗德森布萊德將軍身邊的人際關係最近變得越來越複雜，至於將軍最終會跟誰走在一起，一些專家已經對此展開議論，甚至打了起來，但這次的告白簡直形同晴天霹靂，所有人都驚訝不已，紛紛表示「太崇高了」、「原來神降臨在此」、「果然原點就是頂點」，歡喜到渾身顫抖。另一方面，得知這場記者會的訪談內容後，佐久奈・梅墨瓦七紅天大將軍則表示「這是在說什麼？不可能有這種事情啊」，臉上帶著笑容磨起菜刀。事態將越來越泥淖化，這點值得期待。』

「……這是什麼？」

「專門報導事實的新聞報導。」

「根本是捏造的吧!!」

我將報紙扔到地上。

有太多需要吐槽的地方了，我腦袋的處理速度追不上。這傢伙為什麼要召開記者會？為什麼要擅自胡言亂語？還有佐久奈幹麼去磨菜刀？

「這下您是否已經明白了？我跟可瑪莉大小姐的關係已經形同是公認的了。」

「不管是從東西南北哪個角度切入，這看起來都很莫名其妙啊！像這種新聞報紙，拿來當成擦窗戶的道具才是最合適的！妳怎麼每次都在那邊亂講話——」

「是的，我都亂講話。其實這些全部都是捏造再捏造。」

「啊？」

這下我愣住了。

「如果出現這種造假的新聞，不曉得可瑪莉大小姐會有什麼樣的反應，我很好奇。您的反應意外地口是心非，我看下次還是弄成真正的新聞報導好了。」

「我那當然是表裡如一了！妳這個女僕還真愛做些沒意義的事情……」

滿滿的疲憊感襲來。

我還是一樣無法理解這傢伙在想些什麼。雖然是那樣，總比她擅自跟六國新聞放出假情報好，而且是好太多了。也許這傢伙身上開始產生良知也說不定。

「可是梅墨瓦大人在磨菜刀這件事情是真的喔。」

「咦？也太恐怖。」

「當我半開玩笑的說『我在跟可瑪莉大小姐交往』，她的眼神瞬間就變得跟恐怖分子一樣。」

「…………」

最近佐久奈也開始讓我搞不懂了，她原本應該是無害的美少女啊……

在那裡鬱悶到一半，薇兒將話題拉了回來，嘴裡說了一句「那些姑且不論」。

「可瑪莉大小姐不是已經有我這位伴侶了嗎？只要把您跟我之間的濃情密意放入小說中，問題應該就能解決了。」

「我根本不記得自己有跟妳濃情密意過。不對，最根本的問題根本不是這個。

應該是說……我確實是寫不出相關劇情，但現在甚至連半個字都寫不出來了。」
「看來您是用腦過度了。我覺得偶爾可以去外面舒展一下，那樣或許也不錯。」
聽薇兒這麼一說，確實有那種感覺。也許是我一直待在房間裡的關係，不管是頭腦還是身體都跟著僵化了吧——就像這樣，我接受了她的說法，這時薇兒又開口了，臉上還浮現詭異的微笑。
「所以說，可瑪莉大小姐，有一件事情想跟您告知。」
「……妳先給我等一下。我有不好的預感，是我多心了嗎？今天可是星期天喔？」
「不，就讓我告知您吧。要說的事情就是——」
「不用了，不用告知我！反正一定又是跟大猩猩有關吧!?」
「不是大猩猩的事情，請您看這個。」
這次她拿了像是紙片的東西給我。
這個好像是……某種活動的邀請函？
〈三天兩夜　法雷吉爾溫泉街之旅〉
「——我去買晚餐食材的時候，抽獎抽中的。」

我實在沒料到登場的物件會是這樣東西，整個人當場僵住。

還以為這傢伙會拿過來的東西不是造假新聞，就是威脅信函。

「您覺得如何啊？要不要在二月中旬請個假，一起去那邊看看？」

「請假!?那是什麼……!?」

「請假就是可以休假的意思。」

聽了彷彿有種天翻地覆的感覺——這就是當下的寫照。

可是我不禁心生疑念，之前這個女僕曾有哪次是捎來真正的好消息？有可能那麼碰巧，偏偏就抽中這樣的獎項？

「……我說薇兒，這應該不是名為溫泉街的地獄之旅吧。」

「我看起來像是這麼壞心眼的女僕嗎？」

「前陣子妳說要去動物園，我就一直很期待，跟妳一起過去才發現是上戰場，還被迫跟一大群長頸鹿戰鬥。」

「這次如假包換，真的單純只是旅行而已。說到這個法雷吉爾溫泉街，那可是很有名的觀光勝地喔。據說那邊還有相傳光是泡個澡就能徹底洗刷疲憊的祕境溫泉。」

「…………」

「當然也有很多好吃的東西喔？有溫泉蛋啦、麵線、大福、天婦羅和甜饅頭——而且我還聽說那邊甚至有『溫泉蛋包飯』這一道菜呢。」

這下我聽著聽著開始覺得好像還挺不賴的。

可以休假又可以去泡溫泉——遇到這樣的事簡直就跟作夢沒兩樣，我是連作夢都沒想到。

如果要舒緩身心，去泡溫泉確實是最合適的。我看就去泡泡溫泉，活化活化腦袋好了。還要順便吃很多好吃的東西，養精蓄銳一下。

「……嗯。若是要讓書寫原稿更有效率，那或許是必要措施。」

「那我們就一起去吧，這樣可以嗎？」

「也好，難得妳抽獎抽中，若是不去未免也太可惜了。既然妳話都說到這個份上了，我也不是不能跟妳一起去。」

「謝謝您，那我就先跟他們預約二月中過去。」

「嗯。」

我好像開始興奮起來了。

上次旅行是多久之前的事情？印象中我是常常跑去核領域沒錯，但每趟旅行都非常嚴苛，嚴苛到我必須跟神明祈禱「希望今天也別死」。好久沒有來場和平的旅行，是說這搞不好還是第一趟。

那好吧。既然都決定好了，就來為這場旅行規劃一下吧。

我要挑選出想去的地方，決定一下行程表，還有要帶多少零食過去也很重要。如果要去三天兩夜，光是帶一包餅乾好像不夠。

我的心兒怦怦跳，同時低頭看薇兒給我的邀請函。

這上面畫著溫泉街的街景。

「嗯……？」

這時我突然萌生一種似曾相識的感覺。

關於我成為家裡蹲之前的記憶，有很多片段都好像被蟲蛀掉一樣。可是過往的一些影像在腦子裡朦朦朧朧地浮現出來。對了——這裡我好像有跟家人一起去過。

「——可瑪莉大小姐？您怎麼了？」

聽到薇兒在問我問題，我才回過神。詳細情節我已經想不起來了，就別多想了吧。

比起那個還有更重要的事情，就是要擬定旅行計畫。總而言之，蛋包飯是一定不可少的。

「沒什麼啦，那我就來期待一下吧。」

「說得也是。但在這之前為了去泡溫泉，我們來為工作努力一下吧。」

「這我明白…………咦？工作？」

「是，其實我們有收到這種東西。」

薇兒又拿了一張紙片給我。

那好像是信件。打開來看發現上頭寫了這段文字。

『　我會　過去妳那邊。　』

「看來大猩猩會過來遠足呢。」

「大猩猩果然還是出現了啊!!」

「好像是從冬眠中醒來了。可是一隻剛起床的野猴子，您只要用一根小拇指就能瞬間把他殺了。」

「我看我才該來冬眠一下，薇兒妳一個人去吧——別拉我啦啦啦啦!!」

就這樣，我被人拖上戰場。

現在還管什麼溫泉，我都還不確定能不能活過今天。

[0.5] 星之影與月之眉

在山丘上方，一名黑色的女子佇立於該處。

現在是夏日午後。自從那場轟動世界的六國大戰結束後，大概過了三天左右。

原本以為這個城鎮會被那些翦劉種蹂躪破壞，卻因為黛拉可瑪莉・崗德森布萊德七紅天大將軍而得救。沒有像核領域的其他城鎮那樣，遭到他人毀壞，還保有一份安穩。

戰爭已經結束了。在這個城鎮裡，沒有任何一個人丟掉性命。

這一切都是黛拉可瑪莉・崗德森布萊德的功勞。

那個吸血鬼少女在這個世界上四處奔走，拯救了許許多多的人。

她也希望自己能成為那樣的人。或許去拯救他人很困難，可是她想去各式各樣的地方，和形形色色的人相遇。

聽到雙親對自己說「已經可以去外面了」，這位少女就奮不顧身地前往祕密基

地。

那是給予少女夢想的場所，就在城鎮郊外的山丘上。

在這個城鎮裡，每隔幾年就會發生一種被稱為「黃泉幻寫」的奇妙現象。

來自其他世界的景色會映照在上空中。

沒錯——那是另外一個世界，也是她最想去看看的終境之地。

自從幾年前親眼見識過「黃泉幻寫」現象後，少女就成了異界俘虜。那不屬於這個世界，是另外一個地方。在少女身邊，沒有任何一個人去過那個地方，是塊未知的土地，最適合拿來當成旅行的目標。

於是她就把這座山丘上的土地當成是祕密基地，在這裡應該能將異界城鎮看得很清楚。

「黃泉幻寫」並不是隨時都能看見。聽說每隔幾年會發生一次的自然災害將成為契機，並引發這種現象，這樣的情況較為多見。但這次也許能看見異界也說不定？——少女心中都會懷抱這份淡淡的期待，頻繁造訪這座山丘。

後來她發現一個陌生人。

那是一個身高很高的女人。明明是夏天，她卻穿著黑色的長袖衣物。在毒辣的陽光炙烤下，感覺她好像隨時都會燒起來。那模樣看上去很像是從描繪地獄的圖畫中跑出來。

女人嘴裡叼著菸，抬頭仰望通透遼闊的藍天。

「——聽說這裡是距離常世最近的地方，我才來看看，但是……」

對方好像發現她了。

看她的舉手投足也不像觀光客。

「今天好像看不到，是不是要滿足什麼條件？」

「需要暴風雨。」

那個女人回過頭，用彷彿像是從屍體上硬摘下來移植的眼球看往這邊。

少女雖然有點膽怯，但還是繼續說話。

「等到暴風雨來了，就能夠看見。雖然我目前只看過一次……」

「妳還真清楚。妳是對常世很嚮往嗎？」

「原來那個叫做常世？那個顛倒的城鎮就是——」

「沒錯，我曾經去過喔。」

這下少女的心情變得雀躍起來。

這還是她第一次遇見實際上去過那個地方的人。她鼓起勇氣，問起關於「常世」的事情。黑衣女子嘴邊有著微笑，毫不吝嗇地透露相關訊息。

她說起常世的國度，常世的種族，常世的城鎮樣貌——還不只是這些。關於她們所處的這個世界，女人也向少女傳遞各式各樣的知識。那是少女不曾涉足的世界，是外面的世界。光只是聽著，她的心情就變得高昂不已。

那個女人說她是某個國家的大臣。

少女心想對方既然是大臣，會那麼清楚也是正常的。

「妳好純真啊！懷抱著滿滿的夢想和希望。若是看見掉落在地上的柳樹樹葉，妳想必是那種會喜出望外，聲稱『這是黃金』的人吧——不過我很喜歡如此純真的人。」

「？再多說一些給我聽嘛。說說法雷吉爾之外的事情。」

「很可惜，時間到了。我也是很忙碌的。」

真的是好可惜。可是少女總不能強行將對方留下。

她揮揮手說「還要再來喔」，目送那個女人離去。女人也笑著說「再見」，並朝少女揮揮手。可是她半路上突然停下腳步，開口說了這段話。

「在我們的國度裡，專門研究儒家經典的人都肯定『因果報應』和『天網恢恢疏而不漏』這類思想。努力才能獲得回報，若未心存此念，將無以立世。」

「咦……？妳在說什麼呢？」

「但這些都是愚蠢的誤解。人在做天在看——才沒這回事。否則像我們這樣的壞蛋哪有可能在外頭堂而皇之昂首闊步。在守望我們的，也只是那些無論對任何事物都毫無慈悲的星斗，現於夕陽西下後的暗夜。」

不知不覺間，這個黑衣女子來到少女眼前站定。

她就好像被蜘蛛網困住的昆蟲，動彈不得。

已經被點燃的香菸遭女人遺棄。她扭扭腳用力踩爛香菸，同時開口續言。

「那不如讓我們切磋切磋吧。那些愚蠢至極的人疾聲高呼『天道』，何不來忤逆看看——既然都來這裡一趟了，若是沒有拿個伴手禮回去，還有什麼意思。」

太陽的光芒斂去。

那隻黑色的手慢慢伸了過來

如今回想起來，這也許是最後一絲記憶了。

※

少女差點死在小巷子裡，拯救她的人是「弒神之惡」。

她真的非常非常和善。眼見這位少女無處可去，還把她當成真正的家人看待。

逆月對那個少女來說就像家一樣。

就連那幾位朔月，人其實也挺不錯的。她從來沒有失誤過，可能要歸功於這點吧。在組織內部被人謠傳冷酷無比的天津・覺明都還記住她的名字。而且少女還跟蘿妮・科尼沃斯談論各式各樣的研究話題，相談甚歡。

自從被絲畢卡·雷·傑米尼撿到之後，她真的度過了非常充實的一段時光。

正因為這樣——正是因為如此。

她才無法原諒那個害逆月毀滅的黛拉可瑪莉·崗德森布萊德。

「不可原諒。」

受到吸血動亂的影響，逆月成員四散各處。

少女費盡一番心力才從公權力的魔爪下逃脫。但那又怎樣，不管是絲畢卡或那幾位朔月，全都不知去向。原本堪稱是少女容身之處的逆月都已經沒了。

一定要把那個吸血鬼殺掉。

但就算認真起來跟她對戰，少女也不覺得自己會贏。

因此她必須要想出一套作戰計畫。

『——都沒什麼問題吧。』

通訊用的礦石在這時發光，裡頭傳出的聲音就好像從墓地吹過的風。

少女握緊拳頭，接通並做出回應。

「沒有問題。但這樣有什麼意義，我不是很懂。」

『這是要謀殺心靈的實驗。整個世界都是由「意志力」塑形而成的，一切事物的根本都在於人心。若是能夠用人為的方式破壞，那就等同稱霸這個世界不是嗎？——這形同是種禁忌的行為，要挑戰老天的底限。』

「……我不是很懂——」

心中的激情就快要傾瀉而出，被少女拚命按捺下來。

「只要能夠完成這件事情，接著就會把絲畢卡大人的所在地點告訴我吧？」

『這一切若無互信將無法成立——可以這麼說吧。我好歹自稱是儒學家，莫非妳懷疑我會違背約定。』

「…………」

一聽到那彷彿來自死神的笑聲，少女就覺得背脊發寒。

原本少女就是以逆月間諜的身分去調查那個女人的。

朔月特利瓦・克羅斯對她說「妳去調查那個女人」，強行要少女去做這件事。

一開始少女不太想那麼做，可是調查對象所在的國家，有少女想要的東西——那裡沉眠著各式各樣的藥方。也不是全然沒有任何好處，基於這樣的想法，少女才會接下充當間諜的任務。這些事情都發生在去年秋天。

可是身為她調查對象的女子，似乎早就看穿她背後的底細。一開始好像還佯裝不知情，可是等到逆月因為吸血動亂毀壞，她就本性畢露，還說了這種話。

——若是想要得到絲畢卡・雷・傑米尼的消息，就來替我跑腿。

少女無力違抗。

她可不想成為這種詭異女人的棋子，就這樣毀掉，少女死都不想。

對——這個女人無論何時都把少女當成道具使用。對於自己以外的人，女人似乎都只把他們當成雜草看待。跟對待所有部下都很和善的絲畢卡相比，實在差太多了。

「……我一定會讓妳履行諾言。」

『用不著特地叮囑。還有——若是能夠待在那邊，或許還能達成妳的另一個目標喔。』

「咦？」

『就是黛拉可瑪莉。妳不喜歡那傢伙不是嗎？』

「唔……！」

黛拉可瑪莉・崗德森布萊德。

將少女的人生攪得一團亂，那個作惡多端的吸血鬼。

少女彷彿聽見女人在礦石的另一頭咯咯笑。大概是自己的心靈變化被她看透了吧——但怎樣都無所謂了。若是她想要拯救自己，那就要不擇手段。

當少女進一步追問細節，女人就笑著回答她。

——黛拉可瑪莉・崗德森布萊德會自己跑過來。

復仇的時刻近了。

「真的沒問題嗎？這麼說有點難聽……可是第七部隊這個部門很像是用來處分問題兒童的最終處分場喔？雖然目前多虧有崗德森布萊德閣下在，變得很受人歡迎。」

在軍事學校的畢業典禮上，跟她同期的卡蜜拉一臉擔憂地望著自己。

可是艾絲蒂爾・克雷爾身上一點不安的情緒都沒有。

校長交給她「半月紋」，那是證明，證明自己在軍事學校嚴酷的操練下挺過來了。就算加入第七部隊，她也有自信能夠撐下去。

應該這麼說吧，其實艾絲蒂爾對於這樣的發配命令並未感到不滿。

她反而還覺得開心。原本在分派意願調查表上，她就已經寫了「強烈希望加入崗德森布萊德小隊！」。一想到能夠加入令人憧憬的第七部隊工作，就讓她的心撲通直跳。

接著艾絲蒂爾臉上浮現笑容，轉頭看跟她同期的同袍。

「謝謝妳替我擔心，但我不會有事的。」

「妳有什麼根據？」

「因為那邊有崗德森布萊德將軍在！」

卡蜜拉嘴裡發出顯而易見的嘆息聲。

「連教官都在嘆氣了，說第七部隊不是妳這樣的資優生該去的地方。」

「但那可是拯救姆爾納特帝國的英雄部隊啊？卡蜜拉妳也知道前陣子發生的事件吧？那個時候的閣下很厲害對吧。雖然我就只能一直待在家裡，可是一聽到閣下的聲音，胸口就跟著熱了起來。」

「這麼說是沒錯啦。」

「可瑪閣下真的好帥氣……可以跟那個人待在同一個部隊裡，簡直像作夢一樣……！」

「若是當著她本人的面呼喊『可瑪閣下』，搞不好會被殺掉喔。」

「這我知道啦！我這個人公私很分明。」

對於想要加入帝國軍的年輕人來說，黛拉可瑪莉・崗德森布萊德就好像一個大明星一樣。

具備壓倒性的戰鬥能力，又很有領袖魅力，這樣的人怎能讓人不憧憬呢？在軍事學校那邊，三不五時就會舉辦「七紅天人氣投票」，她每次都遙遙領先，贏得第一名。

可是艾絲蒂爾之所以會這麼仰慕她的理由，還有別的原因在。

這就要說到去年夏天引發的騷動——六國大戰。

艾絲蒂爾的老家位在核領域的姆爾納特管轄區中，差點被蓋拉・阿爾卡共和國的軍隊蹂躪。

可是就在即將慘遭毒手之前，可瑪莉閣下發動烈核解放拯救了他們。

艾絲蒂爾的家人能夠和平安穩地過生活，都是多虧有那個少女在，再也沒有其他原因了。

從此之後，艾絲蒂爾的「可瑪莉狂熱度」又變得更加膨脹。

等到畢業了，她想要追隨閣下戰鬥！——隨著日子一天天過去，這樣的念頭越來越強烈。

軍事學校裡有一半的學生都希望加入帝國軍。對於這些「具備勇氣的年輕人」，當他們還在學校讀書時，校方就會調查他們的未來就業意願，畢業生曾經說過一句話，「每五個人之中就只有一個人能夠得償所願」，甚至還有小道消息指出那些教官實際上根本就是擲骰子或是轉鉛筆來決定。

但就彷彿奇蹟發生，艾絲蒂爾得以加入她一心嚮往的分派單位。

這讓她開心的不得了，在床鋪上跳啊跳的。

「——妳想要懷抱憧憬是妳的自由。那麼受世人歡迎的第七部隊一旦成了分派單位，就沒什麼人想去了，這背後的原因，妳還是先想想看比較好吧。」

今年的畢業生有三十個人。

在這三十個人之中，想要加入第七部隊的就只有艾絲蒂爾一個。

「也是啦……第一部隊和第三部隊確實比較受歡迎。」

「沒錯沒錯。還有站在軍事學校的立場來看，聽說他們也不希望讓前途有望的年輕人加入第七部隊。因此教官那邊都有限制人數，所以我覺得這代表情況非常不妙。」

「妳是想說第七部隊那邊全都是問題兒童嗎？」

「我說妳啊，除了崗德森布萊德閣下，妳知道那邊都是些什麼樣的人嗎？」

「是知道其中一些人長什麼樣子，叫什麼名字，不過……」

至於這些人都是什麼樣的人，她就不是很清楚了。

姑且不論是好是壞，第七部隊隊長的存在感都太過強烈了，因此在背後支持她的那些人就相對顯得不是那麼醒目。究竟可瑪莉閣下的部下都是些什麼樣的吸血鬼呢？是曾經聽說那些人在姆爾納特宮殿大肆搗亂過，可是軍事學校的學生一旦來到暑假，有的時候也會放飛自我，並引發一些問題。她是覺得這種事情沒什麼大不了的。

——沒錯，艾絲蒂爾・克雷爾並沒有太放在心上。

能夠加入令人憧憬的第七部隊，光是這件事情就已經將她整顆心填滿了。就算那裡有可怕的前輩在，她還是覺得自己有辦法克服難關。簡單講就是艾絲蒂爾把這一切看得太簡單了。

也因為這樣，她才會抱著畢業證書，笑容滿面地開口。

「我都說沒問題了嘛！那裡可是崗德森布萊德閣下的部隊，一定會有很多又棒又帥、足以成為軍人典範的人！」

「希望真的是這樣……」

直到最後一刻，卡蜜拉都還頂著苦瓜臉。

順便說一下，她好像要回到位在核領域的故里，去那邊當警察。雖然是從軍事學校出來的，但並非所有人都想加入國軍。

「我們總有一天還會相見的！」——立下這樣的約定，艾絲蒂爾跟朋友道別。冰冷的雪花靜靜地飄下，那對軍事學校的畢業生而言別具風情，代表他們即將離巢。

之後跨越了年底，迎來新的一年，轉眼間艾絲蒂爾加入部隊的日子也來了。

☆

「妳就是新上任的士官吧，歡迎來到帝國軍第七部隊。」

一月五日。這在姆爾納特宮廷中，是嶄新一年的初始之日。

身上穿著全新的軍裝，艾絲蒂爾在那邊發抖，不是因為太冷的關係，而是因為緊張使然。她如今人已經來到位於七紅府最頂層的黛拉可瑪莉·崗德森布萊德七紅天大將軍辦公室前。

汗水不停冒出，心想自己如果說出失禮的話該怎麼辦。但又想說沒問題，反正她也已經做好切腹的準備了——就如同這句話所示，抱著必死的決心，她要奮不顧身試試，可是來迎接艾絲蒂爾的並不是可瑪莉閣下本人。

而是有著青色頭髮和冷酷雙眸的人。

這是身為可瑪莉閣下心腹的女僕小姐。

「妳怎麼一直呆站在那邊？請進吧。」

「失、失禮了！」

這下艾絲蒂爾才如驚弓之鳥般進入室內。

她已經預先想了一些拜會用的詞句，這下正拚命將那些話說出來。

「我、我是……！我是今天要來第七部隊上任的艾絲蒂爾·克雷爾！階級是少尉！雖然還沒辦法獨當一面，但懇請多加指導、鞭撻……！」

在敬禮的同時，艾絲蒂爾還偷偷放眼環顧周遭的情況。

這個辦公室弄得很有將軍風範。舉例來說，牆壁上掛著六國地圖。書架上排放著戰術書籍和魔法書，還有姆爾納特帝國的國旗、緊急聯絡用的通訊礦石，豪華的沙發，沙發旁邊還倒了一具渾身是血的屍體……嗯？屍體？

「我是第七部隊特別中尉，名字叫做薇兒海絲。是黛拉可瑪莉·崗德森布萊德七紅天大將軍的左右手，也是參謀，還是她的搭檔，更是為將來立下誓言的伴侶。」

「請問……」

「可瑪莉大小姐目前離席了，就由我來說明工作內容吧。」

「……請問一下！那裡看起來……好像有人死了……!?」

「？——在說那個啊，他是約翰·海爾達中尉。是被一群人集體殺害的。」

「他是被一大群人殺掉的!?」

這下薇兒海絲一臉沒轍地嘆氣。

「事發的導火線都出在可瑪莉大小姐身上。可瑪莉大小姐把吃到一半的饅頭遞給那邊那個金髮男，對他說——『你也要吃這個嗎？』。不覺得這樣不可原諒嗎？」

「這整件事我聽不太明白……」

「那他自然而然會遭人圍毆，那些憤怒不已的吸血鬼要拿他來血祭。」

艾絲蒂爾感到極度動搖，連話都說不出來了。是不是這顆饅頭裡面埋藏了什麼祕密……？

就在那個時候，伴隨從窗口吹入的風，她彷彿聽見慘叫聲。那是將死之人才會發出的痛苦哀號，而且耳邊還聽見有人無止境狂放魔法的聲音，接著是某樣東西爆炸的聲響，還有人體炸飛的聲音……

「……請問這是什麼聲音？」

「應該是第七部隊在自相殘殺的聲音吧。」

「咦……？那是在演習嗎？」

「不是，剛才說的那個饅頭並沒有交給海爾達中尉，於是大家為了爭奪這個饅頭才會自相殘殺，這很容易就能想像得出來吧？」

「很、很抱歉……！我想像不出來……！」

「是這樣啊，看來妳這個人意外地具備一般人的感性呢。」

戰鬥聲響斷斷續續響起。

就在窗外，宮殿的尖塔還被炸飛了。

這是什麼？是夢嗎？為什麼偉大的帝國軍人會為了一個饅頭自相殘殺？這裡真的是那個第七部隊所屬之處？——艾絲蒂爾的思考回路還算正常，發生這樣的事情讓她難以置信。

「那個……不好意思，請問崗德森布萊德閣下去哪了……？」

「她在廚房那邊做饅頭。若是不在一小時以內做出五百個，世界就會滅亡。」

這已經莫名其妙到讓人想哭的地步。

就在這時，薇兒海絲擁有的通訊用礦石突然發光了。

『——薇兒！大事不好了！』

這讓艾絲蒂爾回過神，臉龐跟著抬了起來。

在發生那場騷動的夜晚，帝都裡頭曾經響起這樣的聲音，兩者聽起來一模一樣。

「您怎麼了？是按捺不住把做出來的饅頭吃了嗎？」

『怎麼可能有那種事情啦!?妳給我聽好，是饅頭爆炸了！我明明就按照妳教的食譜製作……！』

「很抱歉，我不小心把會爆炸的食譜拿給您。」

『為什麼會有那樣的食譜存在!?』

「但這不是什麼大問題，因為不只是饅頭，連宮殿都爆炸了。」

『我就是為了阻止這種事情發生，才在製作饅頭的啊!!啊啊真是的，那些傢伙是從什麼時候開始喜歡吃日式點心的啊!?難道現在很流行吃那個!?——總之妳也過來幫忙吧！若是不趕快把饅頭送過去給他們，芙萊特會對我很生氣，把我刺成肉串！』

「我明白了，只要把那些全部做成下過毒藥的饅頭就解決了吧。」

『妳還是別過來好了!!我自己做!!』

艾絲蒂爾覺得好感動。雖然隔著通訊用的礦石，但黛拉可瑪莉・崗德森布萊德七紅天大將軍就在另一頭。

只是對話的內容讓人不明所以，但可以感覺到一股氣魄，對方似乎正處在生死關頭上。

果然一當上七紅天，日常生活就形同戰場。我是不是也能變成那樣？艾絲蒂爾心中浮現敬意。

「——那接下來，饅頭的事情先擺一邊。」

「請問……雖然我不是很懂，但這樣好嗎？」

「不會有事的，有的時候置之不理也是一種情趣。」

此時外頭傳來「咚哐咚哐」的危險爆炸聲。不不，若是扔著不管，世界會滅亡吧？——雖然艾絲蒂爾這麼想，薇兒海絲嘴裡還是說著「這已經是家常便飯了」，將那檔子事徹底無視。

「先不管那個了，我要來針對工作內容說明一下。請妳先坐下吧。」

「啊……不用了！我這樣站著就好！」

「是嗎？」

有很多事情都讓艾絲蒂爾很好奇。例如在外頭發生的謎樣戰鬥，倒在地板上的屍體，還有可瑪莉閣下的事情——可是薇兒海絲中尉既然都說「不用在意那些」了，她就不用放在心上。上級長官的命令絕對不容違抗，在軍事學校裡頭，他們都是這樣被教育的。

這時桌子上的通訊用礦石突然間傳來很急迫的聲音。

『我是凱爾貝洛中尉！情況不妙，芙萊特．瑪斯卡雷爾正趕過來這邊！這樣下去所有人都會死，趕快把饅頭送過來！有聽見嗎？薇兒海絲中尉!?』

……果然還是讓人在意的不得了啊!?

可是對於礦石中傳來的聲音，薇兒海絲卻不怎麼在意，而是展開說明。

「想必克雷爾少尉應該也知道了，帝國軍的工作大致上分為兩種。一種就是在娛樂性戰爭中屢戰屢勝，提高姆爾納特的威信，另外若發生緊急狀況，帝國軍還要率先迎戰。這兩者都很重要，但主要業務將會是前者吧。像去年年尾發生的那種騷動，並不會常常出現。」

「是、是的！我會為了姆爾納特帝國粉身碎骨，勤加努力的！」

「詳細資料都已經整理成書面了，請妳晚點看一看——對了，聽說妳是在軍事學校以第一名成績畢業的菁英對吧。也就是說，妳是用士官的身分加入第七部隊。」

「沒這回事，我哪裡算得上是菁英……！我每天都覺得自己還有很多需要學習的地方！」

這時薇兒海絲「呵呵」地笑了幾聲。

「我們是足以代表姆爾納特帝國的高人氣部隊，但不知道為什麼，人事部門的人都不願意送人過來，偶爾送來的新人都是在外面幹過壞事的殺人魔。我們一直很希望來的人是像妳這樣的人才，確實經過鍛鍊，受過教育。」

「不、不敢當。」

就艾絲蒂爾所知，加入姆爾納特帝國軍的方法有三個。

第一種就是去七紅府那邊自請入門工作。一旦實力獲得認可，就會被允許加入部隊，然後被分發到七個部隊裡的其中一個。就拿七紅天來說，佐久奈・梅墨瓦閣下就是屬於這種的。

第二種是被挖角。七紅府本著「高手在民間」這樣的理念，會直接挖角在外的優秀人才。例如海德沃斯・赫本閣下或米莉桑德・布魯奈特閣下，據說就是在政府的強力邀約下加入帝國軍部隊，還有可瑪莉閣下也是。

第三種就是像艾絲蒂爾這樣，從軍事學校畢業。一旦被分派進部隊，階級直接就是少尉，一般而言比起自願加入的士兵，他們的待遇會更好。但這種人往往會認為自己是天之驕子，一天到晚惹出事端，據說人們還會在背後揶揄這些人，說他們「只知道讀書」、「自詡是貴族」。

這些姑且不論——第七部隊這個部署似乎就如卡蜜拉所說。

簡單講就是大多數人都是志願兵，而且還都是從其他部隊降級過來的問題兒童。

那自己待在這邊可能也會間接在人前抬不起頭吧。艾絲蒂爾在心裡想著。

「也許在工作上會覺得有點吃力，但既然妳都是獲得軍事學校背書的吸血鬼了，應該頂得住吧。就請妳多多指教囉，克雷爾小姐。」

「是！——不對、那個——稱呼我為克雷爾『小姐』實在太客氣了！對我可以隨意稱呼沒關係，不用加小姐無所謂。」

「是這樣啊……那麼說也對。那我知道了，我會直接叫妳『艾絲蒂爾』。」

「是！麻煩您了！」

「還有妳其實也可以直接叫我『薇兒小姐』。我覺得『薇兒海絲中尉』太長了，若是只稱呼『中尉』，又很難跟其他的吸血鬼做區隔。」

「…………！」

互相稱呼彼此的名字，這讓人有點難為情……可是她好開心，有種被人認同的感覺。

接著薇兒海絲又說了一句「那接下來——」，同時眺望著窗外。通訊用礦石那邊則是傳來『拿饅頭來！給我們饅頭——！』，那陣號叫彷彿餐具互相摩擦刮出來的淒厲聲響。那究竟是什麼呢？不對，認真看待就輸了，肯定是幻聽之類的。

「那接下來給艾絲蒂爾的第一個工作就是『超殺戮大感謝祭』。」

「超、超殺戮……？不好意思，我太孤陋寡聞了，聽完還是不明白……」

「簡單講就是要參加娛樂性戰爭。幾個國家會派出數個部隊作戰，熱鬧到就像在辦慶典一樣，我們第七部隊要跟白極聯邦的茲塔茲塔軍團作戰。」

「那就是說——對方是那位普洛海莉亞．茲塔茲塔斯基嗎？」

「對，若單純只是衝過去猛攻，我們是奈何不了對方的，因此需要先擬定作戰計畫。我還想要請妳提供協助——我看我就講白了吧。其實我想讓艾絲蒂爾．克雷爾少尉擔任第七部隊特殊班的班長。」

這下艾絲蒂爾腦子裡浮現一堆問號。

「要我當……班長？」

「第七部隊裡頭存在六個班別。這之中的第六班就是特殊班，已經有很長一段時間都沒有固定的領導者。這是因為都沒有合適的尉官可以擔任……總之為了戰勝普洛海莉亞．茲塔茲塔斯基，第七部隊整體都必須受到管束才行，所以我想讓艾絲蒂爾率領第六班的野蠻人……想讓妳率領那些精銳人員。」

艾絲蒂爾當下一陣感動。

沒想到才剛上任就被委派如此重大的任務。若是想成她肩負著期待，應該不算她自我感覺良好吧。為了第七部隊——更重要的是為了可瑪莉閣下，她為了完成任務，粉身碎骨也在所不惜！——於是艾絲蒂爾就握起拳頭，拿出滿滿的幹勁。

「遵命！我一旦成為班長，一定會率領第七部隊贏得勝利！」

「拿出這樣的鬥志就對了。就算差點被部下殺掉，也請妳不要辭職喔。」

「是！……什麼？」

是她多心了嗎？剛才好像聽到某種危險字眼。

艾絲蒂爾原本打算詢問，就在那個時候——

「……呵。呵呵呵呵呵……妳這傢伙……是新來的……？」

艾絲蒂爾的身體瞬間嚇到彈了一下。

因為她腳邊的那具屍體在說話，原來那個不是屍體。眼神變得跟死人一樣的約翰・海爾達中尉正向上看著這邊，看樣子他還有一口氣在。

「說這種話也是為妳好……像妳這種來自軍校的溫室花朵，還是坐在桌子前面讀讀書好了。」

「這……這是什麼意思……!?」

「嘿嘿嘿嘿嘿嘿。都怪我人太親切了，才會說這種話。說到我們這個小隊啊，隊員會面不改色拿刀子刺自己人的背，都是一些瘋子。像妳這樣的小姑娘，衣服馬上會被人脫光，拿去做成蛋包飯的材料……若是不想見血，還是快點回故鄉吧。」

「什麼……」

這下艾絲蒂爾惱火了。

這個人位階比她還高，由不得她反抗。可是面對這種毫無根據的侮辱，艾絲蒂爾忍無可忍。她好歹都做好要在可瑪莉閣下身邊賣命的覺悟了，現在要她「回去」不會太過分了嗎？

於是艾絲蒂爾就向下狠狠瞪視約翰，還提高音量。

「回、回您的話！我起碼還是被賜予少尉階級的軍人！才不害怕鮮血──」

「咳呃呃呃呃呃呃呃呃呃、嘔啊啊啊啊啊啊啊啊啊啊啊啊啊!!」

「呀啊啊啊啊啊啊啊啊啊啊啊啊啊啊啊啊啊啊啊啊啊啊啊啊!?」

她被人噴了一身的血液。

嘴裡還發出恐懼的尖叫聲，一屁股跌坐在地上。

那些鮮紅色液體噴發的氣勢都快要引發彩虹了，全都黏答答地沾在艾絲蒂爾的軍裝上。這明明還是新的衣服！──在品嘗這份絕望的同時，艾絲蒂爾還愣住，最後約翰．海爾達中尉用虛無的目光左顧右盼，嘴裡的聲音彷彿在詛咒某種東西。

「不可原諒……殺了你們……殺了你們……等到我起死回生，一定要把你們全宰了……饅頭……」

喀咚。他就這樣斷氣了。

渾身發抖的艾絲蒂爾看著這具備衝擊性的光景。

這是什麼？好像發生殺人事件了？不用叫警察過來嗎？——一般具備常識的人應該都會這麼想才對。事實上艾絲蒂爾就是這麼想了。

「——那麼，就請妳在工作上多多努力了，艾絲蒂爾。」

只見薇兒海絲中尉悠悠哉哉地吃起饅頭。

太莫名其妙了。雖然很莫名，但她也只能努力了。假如這就是第七部隊的洗禮，那她倒是願意開開心心接受洗禮。耳邊聽著庭院那邊傳來的爆炸聲響，艾絲蒂爾做了一個深呼吸，接著她的手用力緊握成拳頭狀。

——她才不會輕易氣餒！

艾絲蒂爾之所以那麼努力的理由，其實還有一個。

就是在她的故鄉溫泉城鎮中，還有一個正因生病而臥床不起的妹妹。

為了讓她變得更有精神，艾絲蒂爾這個當姊姊的才要成為軍人，漂亮地完成任務，讓妹妹看見她的英姿。

就這樣，艾絲蒂爾・克雷爾這彷彿地獄一般的日子就此揭開序幕。

另外還有一件事情，那就是姆爾納特宮殿這邊發生的饅頭爭奪戰，據說已經被芙萊特・瑪斯卡雷爾閣下鎮壓住了。可瑪莉閣下為了跟人賠罪，拿了五百個饅頭送對方（來不及做出來給部隊人員的份），這導致勃然大怒的瑪斯卡雷爾閣下宣稱要跟可瑪莉閣下決鬥。

那對艾絲蒂爾來說簡直就像雲頂上發生的事情，不是她能夠理解的。

☆

「克雷爾少尉，說這種話是為妳好——若是妳覺得不合適，可以立刻逃跑。」

「沒問題的！我好歹也算是帝國軍人的一分子！」

「……但是有八成的帝國軍人一看到我們部隊都會噤聲。」

走在前頭的獸人一臉複雜地說了這番話。

他是貝里烏斯・以諾・凱爾貝洛中尉。

之所以會出現，是為了帶艾絲蒂爾來到特殊班駐留的地方。

這個獸人在第七部隊裡，受到矚目的程度可以說僅次於可瑪莉閣下。在一群吸血鬼之中，若是有個長了狗頭的人跟人動粗，就算不想也會引人注目。不曉得他是有過怎樣的經歷才加入帝國軍的，但薇兒海絲說了，「他是少數有在姆爾納特魔核中做過登錄的獸人」。這個職場內不會因為種族問題就歧視他，想來果然很不錯呢。艾絲蒂爾當下如此認為。

走了一陣子後，他們來到七紅府後方。

貝里烏斯停下腳步，聳立在那的建築物看起來很像倉庫。

感覺好像都沒人在打理，牆壁黑黑髒髒的，到處都有裂痕，而且上面還被人用噴漆或其他器具畫下的奇妙塗鴉。如果是骷髏或妖怪之類的塗鴉倒還好，但上面甚至還用潦草字跡寫了些不方便讓人念出來的單字或文句。

「這裡是什麼地方？……看起來很像不良少年聚集的巢穴。」

「這裡原本好像是武器庫，可是特殊班那幫人占領了這裡，將這裡當成大本營。」

「我好像不太懂你的意思……」

「換句話說，」貝里烏斯在這時一臉困擾地抓抓頭，接著又說「像妳這樣的人，我不覺得有辦法管得動他們。」

「這話是……什麼意思呢？」

「我是覺得乖乖去當薇兒海絲中尉的部下，生活可以過得更平穩。若是要管束這幫人，對於來自軍校的人來說負擔太重了吧。」

「唔……」

這可能都要怪她表現得太有自信。

被人這樣評論，艾絲蒂爾覺得有點生氣。

「——凱爾貝洛中尉，我很清楚自己還是菜鳥。可是不管碰到任何事情，沒有實際去做都不會知道結果是怎樣。再說就是那位薇兒海絲中尉命令我來當特殊班的班長，我才會當這個班長喔？」

「這我明白。可是——」

「你才不明白！」

艾絲蒂爾一股腦地挺直背脊，用雙眼瞪視對方。

「這確實也令人感到不安……可是薇兒小姐就是覺得我適合當班長，才會派我來這邊的。若是你有意見，麻煩去找薇兒小姐！」

「那個女僕說話常常都是隨便說一說的。」

「我覺得是薇兒小姐給予我正當評價才會那麼做！」

他們兩人的視線碰撞在一起。結果貝里烏斯狼狽地別開目光。

接著艾絲蒂爾才驚覺，面對上級長官不應該擺出這樣的態度。可是這個人跟艾絲蒂爾小時候養過的狗很像，那並不是在侮辱對方，而是她會覺得比起其他隊員，跟這個人說話更不容易有顧忌。

「很、很抱歉。是我失禮了……」

「不，沒關係，我知道了。抱歉，妳就遵從命令行事吧。只是……」

貝里烏斯在這時一臉難以啟齒地開口。

「說到特殊班這幫人，那些吸血鬼就像是在體現第七部隊罪惡的本質，勸妳還是要做好覺悟。」

「罪惡的本質……？具體來說是怎麼樣的本質呢？」

「就是會不分青紅皂白殺人之類的。」

「…………」

這個世界上怎麼可能會有這樣的軍人存在，這個獸人一定是想嚇唬她。軍事學校的前輩也曾經說過他們要絞盡腦汁，想想該如何整治新人。這個特殊班實際上形容起來就像是「會蹺班光顧著遊玩的不良少年集團」，這才是最貼切的吧。

「……大家都在這裡面嗎？」

「對，基本上他們好像都在這邊生活。根據傳聞指出，他們在地下還弄個祕密基地，會去城鎮上偷東西來吃。」

假如這些話都是真的，那他們根本就只是一個犯罪集團。

不會錯的，這一定是對新人的一種洗禮，她怎麼能為這種事情屈服。

艾絲蒂爾帶著不願服輸的心情，將手放到門扉上。

就在那個時候，她好像聽見有人在笑的聲音，八成是那些人在裡面胡鬧吧。

既然如此，我身為上級長官就要徹底矯正他們的劣根性！——懷抱著這份堅定的決心，艾絲蒂爾將門推開，碰巧就在這一刻。

——咻。

有某樣東西從艾絲蒂爾的臉頰旁邊刷過去。

「咦？」

感到不可思議的她轉頭看向背後。

原先還立在那的樹木被人斜斜地砍斷，斷面以上的部分慢慢滑落——接著發出好大的「嘶咚————！」聲，然後就面朝下倒到地面上了。

「……咦??」

「——好可惜！沒有打中欸!!」

像怪鳥發出的尖銳爆笑聲在四周作響，驚訝的艾絲蒂爾將視線轉向倉庫內部。

那裡有一群把姆爾納特帝國軍裝穿得吊兒郎當的吸血鬼，人數大概少於三十人一點。每個人看起來都很猛，而且模樣一看就不是什麼好人。

這下艾絲蒂爾驚訝到呆掉了，光顧著站在那邊。

——這些人就是我的部下？不管怎麼看都是無賴啊！

倉庫內的情況慘不忍睹，到處都有酒瓶散落，不然就是吸完的菸屁股，甚至還有屍體倒在那邊，掉落物還包含上面沾了血跡的鋸子跟錘子等等。這時有個長頭髮的吸血鬼「鏘啷——」一地彈起吉他，開始演奏重金屬音樂。在他搖頭晃腦的同時，其他吸血鬼也跟著發出奇妙的叫聲，嘴裡大喊「唔喔喔喔喔喔!!可瑪莉!!可瑪莉!!」。

緊接著艾絲蒂爾察覺一件事。

後方那棵樹之所以會變成兩半，都是因為遭到攻擊的關係。

剛才貝里烏斯有說過——「他們會不分青紅皂白殺人」。

看來這並不是在嚇唬新人什麼的。面對眼前這片恐怖過頭的光景，只要看一眼，艾絲蒂爾就會意過來了。

「——喂喂喂，貝里烏斯，這個小女孩是來幹麼的？」

這時有個光頭男靠過來。

指尖還有魔力滯留。剛才放出魔法的一定是這個男人沒錯。

「哭泣的孩子遇到第七部隊第六班就不敢再哭了，這裡可是第六班的大本營兼運動場啊？想要約會就去看水族館的海豚秀。但若是想要接受我們的款待，那就另當別論啦。」

對方用惡狠狠的目光瞪視艾絲蒂爾。

這讓她下意識躲藏到貝里烏斯背後。

好可怕，那跟軍校不良少年的眼神根本是兩碼事。為什麼這種人會跑來當帝國軍人。

「不要沒頭沒腦威脅人。」

像是在庇護艾絲蒂爾，貝里烏斯上前一步。

「今天她會過來是基於人事命令，不是來戰鬥的。」

「人事命令？難道是要讓本大爺『鎌鼬威努格』當班長的指令!?那我就很歡迎啦！可瑪莉閣下總算認可我的實力了！」

「啊!?」「開什麼玩笑啊。」「是誰發布這樣的指令!?」「看我宰了他!!」──其他隊員都用充血的雙眼瞪視那個光頭男。艾絲蒂爾嚇到差點連魂都飛了，就算他們當場展開廝殺也不奇怪。是說直到剛才為止，他們肯定都在殺來殺去。

「你冷靜點，威努格。班長並不是你。」

「你說什麼!?難道是要透過殺戮戰來決定!?這樣正好──」

「並不是這樣！要成為新任班長的人是──這位艾絲蒂爾・克雷爾少尉。」

「咦!?」

艾絲蒂爾的肩膀突然被人抓住，還被推向前方。

另外那個男人嘴裡則是「啊？」了一聲，發出錯愕的低吟。

「……這個小姑娘是班長？」

「沒錯。」

「這是在跟我開某種玩笑嗎？」

那個鎌鼬威努格向下瞪視艾絲蒂爾，像是在對她品評一樣。不只是他，連人在倉庫裡的其他流氓無賴也都祭出堪比猛獸的視線，幾乎都要把艾絲蒂爾當場射殺了。害艾絲蒂爾變得非常委靡。

這時貝里烏斯鄭重其事地開口，說了一句「那麼克雷爾少尉」。

「接下來就沒我的事了，妳之後要跟第六班這幫人好好相處。」

「請等一下！」

我抓！——正要離去的貝里烏斯，手被人緊緊抓住。

「光靠我一個人沒辦法！這些人的眼神都跟殺人狂沒兩樣！」

「放……放手！剛才妳不是說『任何事情都要做了才會知道結果』那類的嗎！」

「唔唔……話是——這麼說沒錯……！雖然真的是那樣，但是……！」

在她還沒做之前，她好像就逼不得已看清結果了。

艾絲蒂爾已經有種想哭的衝動。這以最初的任務來說，擔子實在太過沉重！——大概就是這種感覺，艾絲蒂爾把貝里烏斯當成救命稻草揪住，當她凝視對方的雙眼一陣子後，貝里烏斯嘴裡這才「唉——」地嘆了一口氣，動身擋在光頭男前方。

「——我說威努格，克雷爾少尉是來自軍事學校的菁英。若是要成為班長，她也具備無可挑剔的實力。可不是你們能這樣惡意對待的人。」

「那我問你，貝里烏斯。這個少尉大人是根據誰的命令來就任第六班班長的？」
「是薇兒海絲中尉下的命令。」
「不是可瑪莉閣下下的命令？」
「基本上閣下都將隊伍裡的人事分配權委派給女僕了。」
「既然是這樣～～～～～～～～我們就不方便聽令啦～～～～～～～～!!」
眼看那個光頭男豎起中指。
「我們一大早起來就要朝著南南西方向來個三跪九叩的儀式，這背後的理由，想必你應該知道吧!?」
「不知道。」
「是因為可瑪莉閣下的住家就在那個方向啦！給老子聽好了，我們都不是在為薇兒海絲做事。而是為了守護可瑪莉閣下，才會留在第七部隊裡！我說得對不對，你們這幾個混帳!?我們是何方神聖啊!?」
「「「我們是可瑪莉閣下忠實的僕人!!」」」
「就是說啊!?不管薇兒海絲跟閣下是多麼要好的朋友，我們都不會聽從她的命令啦──因為我們是為可瑪莉閣下而戰的最強軍團！不停作戰作戰作戰……然後死了又重新投胎，轉生變成雞蛋，被煮成蛋包飯，運氣好還可以被閣下吃下肚，這就是我們的人生志向啦！可瑪莉！可瑪莉！」

「「可瑪莉！可瑪莉！可瑪莉！可瑪莉！」」

…………………

…………

……這些人的狀況是不是很不妙？

「事情就是這樣啦！那種莫名其妙的人事命令，拒接啦拒接！」

「就算你嘴巴上這麼說好了。在書面上，成為班長的人也已經是克雷爾少尉了。」

「關我屁事！再說了，這種小丫頭怎麼有可能管得動第六班!?」

像是在對那個光頭一呼百應，其他吸血鬼紛紛吼叫說「沒錯沒錯！」。

「像妳這種從學校出來的讀書咖，跟我們第七部隊不搭啦！這種人應該去加入芙萊特．瑪斯卡雷爾的腦裡都是小花田部隊，這樣最合適了啦！如果連那邊都不想去，我看妳就把包袱收一收滾回鄉下好了！」

「沒錯沒錯！」「我們可是奉行實力至上主義的精銳集團！」「在這裡的所有人都曾在小巷子裡喝過泥巴水！」「說穿了都是些髒東西！」「妳這傢伙沒有成為髒東西的韌性吧!?」「像妳這種可愛的女孩子，不適合待在這個垃圾場啦!!」「去找別的部隊疼愛妳吧!!」「吼嗚吼嗚吼嗚吼嗚!!」——那群吸血鬼嘴裡又叫又罵的，在倉庫內跳來跳去。

這算什麼？這算什麼！

咦？好奇怪？眼睛裡面一直有眼淚流出來。

她明明連在軍校裡頭都沒有哭過。

「──我看這些人也沒什麼好處置了。克雷爾少尉，妳還好嗎？」

這時貝里烏斯用有些擔憂的目光看著艾絲蒂爾。

怎麼可能沒事。她受到過大的打擊，都快死掉了。萬萬沒想到會被人當著面口吐惡言，叫她「滾回鄉下！」。

可是──被人當白痴耍成這樣，她怎麼能夠悶不吭聲。

為了生病的妹妹，她必須要努力才行。

用軍裝的袖子擦乾淚水後，艾絲蒂爾鼓起全部的勇氣，接著放聲大喊。

「──我！艾絲蒂爾．克雷爾少尉！從今天開始就任成為第七部隊第六班特殊班的班長！今後你們要聽從我的指示行動！現在就先來打掃這個散亂的倉庫──」

「糟糕，已經十二點了!!今天的『決定誰是班長殊死鬥』要開始了──!!」

「「「唔喔喔喔喔喔喔喔喔喔喔喔喔喔喔喔喔喔喔喔喔──!!」」」

艾絲蒂爾被人無視了。

她說過的話就跟耳邊風沒兩樣。這些人紛紛拿起武器，開始不分青紅皂白廝殺起來。望著那些陸陸續續死掉的部下（暫定），艾絲蒂爾在心裡想著──我怎麼會來到這種地方啊。

「嗚、嗚嗚、嗚嗚嗚嗚嗚……！聽我說話啦……!!」

「別哭了，第七部隊就是這樣的地方。」

「可、可是……！凱爾貝洛中尉……！」

「今天就先到這邊吧。那些人一旦廝殺起來，沒有殺到所有人都死光是不會結束的。」

眼前發生的事情實在太過異次元了，艾絲蒂爾覺得她的腦袋都快炸掉。是說還有人在眼前爆炸。接著貝里烏斯就抬抬下巴，示意她說「我們走」。

於是艾絲蒂爾就流著眼淚離開那個地方。

☆

書面上的記載似乎變成「姆爾納特帝國軍第七部隊崗德森布萊德小隊第六班特殊班班長艾絲蒂爾・克雷爾少尉」。

但那充其量也只不過是字面上的記載罷了。

第六班那幫人對於艾絲蒂爾說的話完全聽不進去。

自從經歷了那場頗具衝擊性的會面後，艾絲蒂爾就頻繁進出第六班的老巢（倉庫），試著遊說他們。可是那些人似乎就只把艾絲蒂爾當成雜草看待，不管她再怎麼大喊「請你們聽我說話！」、「我要來擬定下一次戰爭的作戰計畫了！」，那些人也都充耳不聞。

光顧著喝酒、打架，不然就是鬼叫可瑪莉隊呼。幸好他們沒有對艾絲蒂爾直接動手，可是一直被人這樣忽視，難免她的心會被傷得體無完膚。

若是要舉個最具代表性的例子，那就非前些日子的娛樂性戰爭莫屬了吧。

拉貝利克王國的企鵝部隊當時對他們宣戰。根據薇兒海絲所說，那幫人跟其他的獸人不一樣，似乎是不會冬眠的類型。不對，不會冬眠的類型是什麼鬼？雖然艾絲蒂爾心裡這麼想，卻還是沒有深入探究。

比起那個還有更重要的事情，那就是對艾絲蒂爾而言，這是她第一次踏上真的戰場。

之所以在軍校接受那麼多的鍛鍊都是為了這天，就算這麼說也不為過。為了不讓可瑪莉閣下打下的戰績蒙塵，她可要好好努力一番！就像這個樣子，艾絲蒂爾鼓足幹勁。

在決戰到來的早晨，她原本還在帝國軍女子宿舍的私人寢室中做準備，這時放在化妝臺上的通訊用礦石突然發光了。

『——早安，艾絲蒂爾。今天也是個美好的早晨呢。』

「薇兒海絲中尉……不對，是薇兒小姐才對！早安啊！請問今天有命令要我做什麼事嗎!?」

『沒有。若是妳緊張到睡過頭就糟糕了，所以我才會早上打過來叫妳起床。』

對方說起話來看似冷淡，裡頭卻蘊含藏不住的體貼。

薇兒海絲中尉其實動不動就會關照艾絲蒂爾。如今艾絲蒂爾被那些聽不懂人話的部下搞到暈頭轉向，這對她而言足以讓她感激到流淚。

「多謝關照……！可是我今天起床覺得精神抖擻。我早就為了這天做好諸多準備。」

『那就好。話說妳已經有跟那些部下溝通好了嗎？』

「嗚……關於這點……」

為了今日的戰鬥，艾絲蒂爾還是有先想些戰術，看要如何運用這個特殊班。但卻不曉得那幫人會不會聽從她的命令——不，其實她知道，那些人肯定是不會聽的。

可是她能做的還是只有設法突圍。這是因為艾絲蒂爾是他們的上司。

『看來情況不是很樂觀呢。』

「沒、沒這回事！不……其實……說沒這回事，或許也不盡然……但只要我堅持下去，一直跟他們接觸，他們應該就會願意賞臉了！為了實現這點，不管前行之路有多麼辛苦，我都會樂於挑戰的！」

『那麼現在特殊班的人正在姆爾納特宮殿那邊作亂，妳可以想想辦法嗎？』

「咦？」

『聽說他們好像跟其他的部隊起口角，已經展開決鬥了。這樣下去哪還顧得上跟拉貝利克王國作戰，還在修復途中的宮殿建築眼看又要被再度破壞。』

「…………」

艾絲蒂爾知道自己的臉逐漸變得越來越蒼白。

她連頭髮都忘記梳了，快快趕往姆爾納特宮殿。

首先映入眼簾的是一堆屍體山。

自從加入帝國軍後，很快就過了一個禮拜。部下死去的景象，她也已經親眼目睹好幾次了，但這次感覺起來不單單只是自己人內訌導致全滅。這是因為艾絲蒂爾已經看見疑似將這群人討伐殆盡的軍隊出現在那裡。

「——哎呀？」

有個立於屍體山前方的吸血鬼注意到她，那是一名一舉手一投足都很有貴族風範的女性。她甩掉沾附在細長刀劍上的血液，朝艾絲蒂爾投來頗具壓迫感的威嚴目光。

「妳是來自哪個部隊的？用不著擔心，這些野蠻人都已經被我們擊退了。」

對方就是芙萊特・瑪斯卡雷爾七紅天大將軍。

在軍校中留下好幾個傳說，是最強的畢業生。

「他們實在是讓人搖頭！明明上個禮拜才剛暴動過！若是妳也想過上端正清幽的軍隊生活，最好不要跟第七部隊有所牽扯，這才是明智之舉！」

艾絲蒂爾心頭一驚。因為她正好就是第七部隊的幹部。

這時芙萊特看似不悅地皺起眉頭，嘴裡還發出嘆息。

「波斯萊爾！去把崗德森布萊德小姐叫過來！——真受不了，那個吸血鬼到底在想些什麼。不，我看她肯定都沒在用腦吧！前陣子一看到我就好像看見怪物一樣，帶著那樣的表情右轉掉頭……！啊啊真是不可原諒！妳是不是也這麼想!?」

「我……」

「——喂，芙萊特，這些人是在第七部隊裡也算得上特別有名的激進分子，是隸屬於特殊班的。」

這次艾絲蒂爾又是一陣錯愕。

那是因為在沒發出半點聲音的情況下，有一個戴面具的吸血鬼現身了。

對方是七紅天大將軍德普涅，這個人她有印象。

他（還是她？）拿著帝國軍分派下來的名牌，看來都是從剛才那些被鎮壓的吸血鬼所著軍裝上拔下來的。艾絲蒂爾仔細觀看刻在上面的文字。

——『第七部隊特殊班曹長格魯・威努格』

「特殊班？那是什麼東西。」

「簡單講就是一群不受管束的野獸。根據我部下帶來的報告指出，會爆發這場騷動似乎都是為了爭奪限定版『閣下T恤』。」

「什麼？」

「是上面有印上黛拉可瑪莉臉龐的T恤。聽說是為了慶祝新年才會製作這種限定版商品，這次製作的是『睡懶覺可瑪莉』，可是聽說就只有限定販售一百件。其中有一個隊員買到了，才會引發這場自相殘殺事件。」

「我都不知道有這種事情!!」

「這個就是沒收來的東西。」

「我不需要這種東西!!」

「啪嘶！」一聲，芙萊特將德普涅的手拍掉。

那件T恤輕飄飄地落到地面上。我也好想要那個——不對不對，不是這樣。

在軍校裡上課的人，沒人不知道芙萊特・瑪斯卡雷爾和德普涅這對組合。以學年度來說，她們還大艾絲蒂爾五屆左右。雖然不曾跟她們在同個時期一起上課過，但她們那些聽了讓人難以置信的傳聞，艾絲蒂爾聽到耳朵都快長繭了。

這兩個人的成績時常都是最頂尖的。當時有一些軍校學生過得很荒唐，據說她們還將那些人一個接著一個殺掉，用來端正風氣。最後甚至還在當時以學生的身分挑戰七紅天，在決鬥中打敗對方。因此連校長在走廊上遇到她們，也得下跪讓路，連這樣的傳聞都有。

總而言之，這兩個人很神就對了。

在這樣的人面前，還能保持平常心──艾絲蒂爾可沒有不諳世事到這種地步。

「──已經夠了，接下來我要直接去找崗德森布萊德小姐談判。上次她隨便找個理由，說『我得去保養銅像』，然後就逃走了！這次就算追到地獄的盡頭也不會放過她，等追到了要好好質問一番！」

「話是這樣說，但憑良心講，我覺得這次的案件不是黛拉可瑪莉可以應付的。」

「妳說什麼？這是在幫崗德森布萊德小姐講話嗎？」

「我不是這個意思。那個黛拉可瑪莉確實擁有強大的烈核解放，但是在沒有發動的狀態下，她只不過是一個平凡的女孩罷了，看起來就像是那樣。關於這點，想必芙萊特妳也心知肚明吧？」

「這麼說來……的確是那樣沒錯。」

「對於軍隊內情一無所知的小丫頭，想必是不可能壓制得了這些野獸。換句話說，真正能夠管理並運用這些人的，其實是黛拉可瑪莉小隊裡的那班幹部。」

「就算是那樣好了！說到底這依然還是崗德森布萊德小姐該負的責任！」

「妳的心情我明白。明白是明白……但我覺得特殊班的班長若是能夠像樣點，應該就不至於引發這次的事件了。我說得沒錯吧，艾絲蒂爾・克雷爾少尉。」

話說到這邊，德普涅轉頭看過來。

隔著那張面具，逸散出來的目光顯得很銳利。突然被人指名道姓，艾絲蒂爾有種被推落地獄深淵的感覺。因為這個人知道艾絲蒂爾真正的身分是什麼。

把困惑的芙萊特扔在一旁，德普涅慢慢走了過來。

「軍校那邊的學弟妹有把妳的情報捎上來了。妳在所有的科目中都留下一等一的成績，是帶著這樣的紀錄畢業的菁英。如今還被分發到第七部隊，負責管理一小班——也就是死在那邊的特殊班，聽說是這麼一回事呢。換句話說，妳如果有好好管理部下，這場殺伐事件也就不會發生了。」

「很……很抱歉……!!」

「若是道歉就可以讓時光回溯，那妳要道歉幾次都行——對了，我所率領的第四部隊已經被皇帝陛下指派為『宮殿修復負責人』。我們不分晝夜修繕姆爾納特宮殿，甚至犧牲睡眠時間，卻因為妳帶的這一班來這搗亂，努力都付諸東流。碰到這種事情都讓人想割腕了。明明我最近還因為有點貧血的關係，正感到困擾……」

「那個——其實……我有聽說貧血的話，吃點綠花椰好像不錯……」

「問題的癥結不是這個。」

問題癥結的確不是那個。艾絲蒂爾想都沒想到自己會被七紅天當面數落，這下就連思考回路都變得怪怪的了。

「我並不是妳的直屬上級長官，也不太能多說什麼。可是依然要讓妳做出相應的補償才行——」

「——小德！別那麼咄咄逼人！」

芙萊特一副看不下去的樣子，出手抓住德普涅的手腕。

「不能因為她是學妹就得意忘形，這樣克雷爾小姐會很困擾的。」

「可是——我之前那樣辛辛苦苦整理好的草坪都變得坑坑疤疤的……」

「不管是誰都有失敗的時候。我們要用寬容的心去包容，不覺得這也是身為將軍該做的事嗎？」

「但妳卻還是不能原諒黛拉可瑪莉？」

「那是另一回事——克萊爾小姐。德普涅將軍其實並沒有苛責妳的意思，是她說的太過火了，妳可以原諒她嗎？」

艾絲蒂爾變得十分惶恐。這世間的人似乎都說她是「高傲的貴族」，但芙萊特‧瑪斯卡雷爾閣下本人卻意外有著和善的一面。

「不、不是的！應該要怪我……監督不周……！」

「這麼說也對。關於這點，妳確實也有不對的地方。」

「…………」

「但是小德跟我都不打算鑽牛角尖追究。即便如此，自己闖下的禍事還是要自己彌補，這在社會上算是一般常識了。所以說——接下來這邊就讓妳負責善後吧。艾絲蒂爾．克雷爾少尉，這樣妳可以接受吧？」

呈現在艾絲蒂爾眼前的，是一大片破破爛爛的中庭風景。

還有堆了又堆變成一座山的吸血鬼屍體。特殊班的人都變成這副模樣了，不管怎麼看都不可能去參加娛樂性戰爭。於是艾絲蒂爾初次上戰場的事情也成了泡影。

到頭來她變成德普涅的小助手。

雖然艾絲蒂爾宣稱「我要一個人做！」，德普涅卻說「不能全都交給不具備建築知識的人處理」。對方這番言論正確到一針見血，害艾絲蒂爾無從反駁。

雖然她設法讓庭園恢復原狀，卻被迫搬運了好幾次石材和木材，全身上下如今都在哀號。

等到德普涅跟她說「已經夠了」，那個時候早就夕陽西下了。

倒在自己臥室床鋪上的艾絲蒂爾，嘴裡發出深深的嘆息。

——照這個樣子來看，第六班是不可能上戰場了吧。那麼艾絲蒂爾就請遵從德普涅大人的指示，去整修宮殿吧。

薇兒海絲中尉還跟她說了這種話。

她難得能夠上戰場經歷第一戰，這是讓她履行軍人職責的機會，還可能有機會看到可瑪莉閣下英勇的姿態——結果全都泡湯了。

這些都是第六班吸血鬼害的。

「討厭——！真讓人火大！那些人搞什麼鬼啦！」

艾絲蒂爾將枕頭丟向牆壁。

她心裡明白，沒辦法好好帶領這些人，自己在手腕上也有問題，但是第六班狂暴的行徑已經嚴重到無法忽視了。如果是軍人，一般來說不是要聽從上級長官的命令嗎？不對，那些大笨蛋又不是一般人。就是因為他們不夠普通，艾絲蒂爾才會那麼煩惱。

「我——！明明都已經這麼辛苦了！都叫他們不要殺來殺去了！為什麼就是聽不懂！這些人的倫理觀念未免也太奇怪了！」

艾絲蒂爾開始毆打吊起來的沙包，打了一次又一次。被人用力打飛的沙包彈了回來，用力撞上她的臉。艾絲蒂爾嘴裡跟著發出「咕啊！」的悲鳴聲，朝著她背後滾了好幾圈，然後沉默幾秒鐘。當她趴在地面上，罪惡感也逐漸膨脹。

對了，她不應該把責任推卸給他人。因為所有的原因都出在她不成氣候——就在她靜靜思考的當下，耳邊彷彿聽見隔壁房間傳來像是在小聲碎念的聲音。

是不是自己太吵了？原本艾絲蒂爾還為此感到不安，但好像是她弄錯了。

隔壁那邊很像在念咒一樣，有人在說「可瑪莉小姐可瑪莉小姐可瑪莉小姐可瑪莉小姐……………」，一直在複誦殺戮霸主的名字，艾絲蒂爾搬來這邊的時間才一個禮拜多一點。看樣子隔壁又住了一個脫離常軌的可瑪莉狂熱粉絲，再加上牆壁太薄，那奇妙的聲音就不斷傳入她耳中。

「可瑪莉小姐，我做的蛋包飯好不好吃？」

「欸嘿嘿，我好開心，隨時都可以做給妳吃喔。」

「讓我餵妳吃吧。來，啊——……不行啦！這個不是蛋包飯，是我的手指……！呀！請不要突然吸食我的血液！討厭啦！」

有的時候那個人還會自顧自跟某個不會回答的人對談，可是認真看待就輸了。

先不管這個了，艾絲蒂爾她必須要為今後的事情做些打算。

故鄉那邊還有受疾病侵蝕的妹妹在，她骨子裡是個徹頭徹尾的可瑪莉迷。當艾絲蒂爾跟她說自己被分派到第七部隊，之前不管對她說什麼都只會敷衍回應的妹妹卻變得雙眼發光，展現出她這個年紀該有的樣子，嘴裡還輕聲說著「好厲害」。

她這個姊姊不能在這打退堂鼓。

為了讓妹妹恢復精神，自己能做的事就只有努力了。

☆

在那之後又過了三天。

包含艾絲蒂爾在內，第七部隊的尉官都來到崗德森布萊德閣下的辦公室集合。要他們過來集合的人是薇兒海絲特別中尉。聽說是每個禮拜五都會召開幹部會議的關係——可是上星期爆發大混戰，除了貝里烏斯，其他成員都死了，因此會議沒有開成。

也就是說，這對艾絲蒂爾而言是第一場幹部會議。

「——那接下來，事不宜遲，我們這就來開會吧。」

不知道為什麼，薇兒海絲堂而皇之地坐在可瑪莉閣下的椅子上，還率先起了個頭。

「另外可瑪莉大小姐要跟皇帝陛下用餐，沒辦法出席。雖然我很想在陛下的紅茶裡下毒，但今天就先忍住吧。至於這次的議題——」

「是要討論特殊班的現狀對吧。」

貝里烏斯·以諾·凱爾貝洛中尉在這個時候插嘴。

「若是要跟普洛海莉亞·茲塔茲塔斯基的部隊對抗，那我們就必須採取組織化行動。為了實現這點，希望第六班特殊班能夠聽命行事。」

這下艾絲蒂爾感覺自己的心情開始變得消沉起來。

在那件事情發生後，過了三天——原本被芙萊特殺掉的部下都在魔核運作下全員復甦。

可是他們一點都沒有反省的跡象，只為了一點小事就開始互毆。當然他們更不可能聽從艾絲蒂爾的指示。照這個樣子下去，就算遇到超殺戮大感謝祭，他們也肯定會懷抱自生自滅的覺悟展開自殺攻擊。

「貝里烏斯敢說這種話，代表你有辦法管束自己的部下？前些日子有些人為了爭奪饅頭搞到全軍覆沒，這些人主要都來自你的部隊吧？」

用挑釁態度說出這種話的人是卡歐斯戴勒．康特中尉。

他在第七部隊這邊負責做宣傳。似乎是很罕見的空間魔法操控高手，但是薇兒海絲曾說「那傢伙有誘拐過小女孩的嫌疑，最好不要靠近他」。即便參加如此重要的會議，他身上也穿著閣下T恤（害羞可瑪莉款式），明顯散發出不對勁的氣息。

「我家部隊的事情就別管了吧，有問題的是特殊班。」

「基本上第七部隊根本不需要受人管束。我們可是透過特攻和暴動屢戰屢勝的最強部隊喔？用不著為了個區區蒼玉種就特地改變方針。」

「我說你，好歹還自稱第七部隊的參謀不是嗎……？」

「是啊，我是參謀。身為參謀思考作戰計畫後得出結論，那就是我們不需要作戰計畫。」

「康特中尉雖然在那邊隨口胡謅，但若是對普洛海莉亞・茲塔茲塔斯基發動突擊，最後也只會淪為槍彈的鏢靶。我是覺得這次的重點依然還是要擬定作戰計畫——艾絲蒂爾，目前特殊班的情況如何？」

艾絲蒂爾當下嚇了一跳。

在場所有人的目光都集中到她身上。只見艾絲蒂爾接著從椅子上「喀噠」地站起。

「……偶爾還是會出現起內訌的現象，或是在執勤期間內喝酒抽菸，這類問題行為依然可見…………可是！總有一天我會讓他們變成紀律良好的班別！起碼要做到下達指令也不會被忽視的程度……」

「但超殺戮大感謝祭要在下個星期天舉辦喔？」

「嗚……這個就……」

薇兒海絲對她下的命令是「在超殺戮大感謝祭到來前管束好第六班」。

艾絲蒂爾最初的任務來到這個時間點上已經形同失敗了。

不——還不能論定，她還剩一點時間。至今為止，她已經跨越了各式各樣的難關。這次也一樣，只要她拚了命努力，總會有轉圜的餘地。妳不能夠被打倒，艾絲蒂爾・克雷爾——

「——哈！這對妳來說根本是不可能辦到的事吧。」

突然間，艾絲蒂爾聽見有人在嘲笑她。

那來自艾絲蒂爾正前方。有個金髮吸血鬼——是約翰・海爾達中尉，他正眼神不善地盯著她看。

「特殊班那幫人才不會對妳這種黃毛丫頭屈服！就連我都被那幫人三兩下幹掉！像妳這種沒骨氣的貨色，別說是班長了，連擔任第七部隊的隊員都無法勝任。我看就連當軍人都不適合吧？」

「才、才沒那回事！我可是在軍事學校受過訓練的——」

「啊——啊——不行不行不行！軍事學校不是都在教那些東西嗎？像是怎麼跟人鞠躬啦，不然就是喝紅茶的方式，去那種地方都在學這些吧!?連一個人都沒殺過的小鬼頭少在那邊裝瀟灑。」

「唔……那、那不然海爾達中尉殺過幾個人!?」

「妳還記得之前殺過的人是幾個人嗎？」

「是零人！因為……我才剛成為軍人而已……」

「那關我屁事！我們這邊的人在成為軍人之前，早就都殺過人了，全部都是罪犯啦。像妳這種天真的小姑娘，根本就不適合加入帝國軍！」

怎麼能夠拿犯罪的事情自賣自誇。笨蛋、蠢蛋——想是這樣想，艾絲蒂爾卻沒有說出口。

當然她也知道自己還不足以獨當一面。可是為什麼她非得被人講成這樣，這實在讓她不能接受。看來在帝國軍裡面，「會讀書的乖寶寶」果然令人厭惡。是不是一開始填寫志願就應該申請加入芙萊特・瑪斯卡雷爾閣下的部隊，那邊來自軍校的人更多。

但這樣不對。因為她想要待在可瑪莉閣下身邊工作。

她已經決定要來到第七部隊賣命了。

可是——

「事情就是這樣啦。既然都聽明白了，那妳就乖乖找個正經的公司上班吧。」

「你這個臭小鬼，適可而止吧。」這時貝里烏斯出聲了。「克雷爾少尉也是很努力的。你什麼都不知道，這樣就來責備人實在不妥。」

「這跟我有什麼關係呀！我還覺得只罵這樣還不夠欸————嗯？咦？」

咦，糟了。淚水——淚水止不住。

為了這點程度的小事就哭泣，人家只會更看不起她。最近有太多事情都不順心，她的情感起伏才會變得那麼奇怪。再也忍不住了，她又在別人面前丟臉了。

「嗚嗚……嗚嗚……請、請你……別看……」

這下換約翰慌亂地起身。

「……不是啦……那個，有必要哭成這樣嗎？」

「我才沒有哭……只是有髒東西跑到眼睛裡……」

「——讓女性哭泣是最差勁的，約翰。我認為這次的案件都足以讓你吊死謝罪了。」

「啊!?我又沒那個意思……」

「耶——！你叫做約翰，喜歡吃炒飯，還是讓女生哭的慣犯。約翰的屁股有蒙古斑。」

「在那邊鬼扯什麼啊，小心我宰了你!!」

這時換梅拉康契大尉說了一句「哎呀，下雨了呢」，還把手帕遞給艾絲蒂爾。

在擦拭臉頰的同時，艾絲蒂爾心想——我陷入這樣的狀態好嗎？

我是為了什麼才來到第七部隊？肯定不是為了讓同僚或部下回嗆「滾回鄉下！」，然後對自己比中指。而是為了生病的妹妹、為了可瑪莉閣下，還有最重要的一點，那就是「想要成為軍人為國作戰」——為了自己的這個夢想，她才會待在這邊不是嗎？

那就不能為了這點程度的小事哭哭啼啼。

腦子裡明明就明白這個道理，可是她卻——

「——艾絲蒂爾。看來對妳這個新人而言，負擔好像有點過重了。」

薇兒海絲在這時開口了，語氣很柔和。

可是艾絲蒂爾的自尊心早就已經被傷得體無完膚。

「我看第六班的班長就先空著好了，先讓妳來當我們這班的副班長吧。讓妳親眼看看第七部隊執勤都在做些什麼，並且從中學習，這樣或許更好吧。」

「等、等等，薇兒海絲！要不要再讓她繼續試試看……？現在才剛上任兩個禮拜吧？就算是我，要花兩個禮拜管住那群人應該也不容易。」

「哎呀？你現在說的話跟剛才很不一樣。」

「那又沒什麼關係！不管是誰都有可能改變說法啊。」

「雖然是那樣。但艾絲蒂爾畢竟是新人，總不能繼續勉強她——」

「——不。我沒問題。」

將手帕塞到口袋裡，艾絲蒂爾接著站了起來。

她將手放在胸口上，要自己的心冷靜下來。在這之後用淩厲的目光盯著眼前的約翰看。

「我……我還做得下去！總不能因為被人當白痴耍就丟下任務不管。」

「不，我那又不是在把妳當白痴看待。」

「不，你就是看不起我！若是在這裡逃走，我沒有臉面對軍校的所有人！——

薇兒小姐！我會以第六班特殊班班長的身分管好那些部下給大家看！還會在超殺戮大感謝祭上為勝利貢獻一份心力！所以請妳不要解除我班長的職務！拜託妳了！」

艾絲蒂爾朝著薇兒海絲大力低頭鞠躬。

也許這是自暴自棄下才拿出的勇氣。

然而薇兒海絲卻酷酷地說了一聲「我明白了」。

「既然妳話都說成這樣了，那就交給妳吧。請妳好好調教特殊班。」

「是！我一定會設法管好他們的！那我先失陪了！」

太好了，這個機會還沒有溜走。她要趕快去找那些部下——如此下定決心後，艾絲蒂爾對著那些上級長官們默默地行了一個禮，接著就準備離開房間。

「請先等等。我們還有一個議題要討論，就是『是否要建造第二具可瑪莉雕像』。」

「咦……!?很、很抱歉！」

這下艾絲蒂爾慌慌張張回到房間裡，在椅子上坐好。

剛才那樣實在太丟臉了，讓她連頭都抬不起來。

☆

然而艾絲蒂爾的心願未能如願。

威努格他們那些特殊班成員始終都不願意認可艾絲蒂爾。折騰了一段時間後，超殺戮大感謝祭舉辦的日子也到來了。

先從結論說起，第七部隊崗德森布萊德小隊贏得勝利了。

因為普洛海莉亞・茲塔茲塔斯基六凍梁得了感冒休息。取而代之，一位比特莉娜・謝勒菲那少佐出面率領蒼玉種們，並將第七部隊小看到了骨子裡。

「——根據我的計算！不過是些吸血鬼，我們根本不用特地搬弄戰略，可以直接把他們擰碎！那是蚊子！都是些跟蚊子沒兩樣的東西！姊姊正在床鋪上受到惡夢折磨，我要拿這些蚊子的死前慘叫聲當禮物送給她！來吧，親愛的蒼玉種們！為了祖國和姊姊，還有今天晚上的酥皮濃湯！將你們那些微不足道的性命燃燒殆盡吧！」

部下們全都用「這個人沒問題嗎？」的眼神看比特莉娜，可是比特莉娜都無視了，還命令全軍突擊。

普洛海莉亞擅長擬定策略，再把對手殺個措手不及。因此對那些蒼玉種來說，比特莉娜所用的突擊戰術可以說正好是他們不擅長的。另一方面，第七部隊才是真的不需要任何策略支撐的無腦突擊狂。蒼玉種跟這樣的一幫人正面衝突，自然會落得被人打到落花流水的命運。

艾絲蒂爾幾乎是沒什麼發揮的餘地。

當戰鬥一開始，特殊班就直接衝過去。不管艾絲蒂爾叫了多少遍「先等等」「我有想好作戰計畫了」，也都沒什麼意義。因為他們似乎都當成耳邊風了。

當艾絲蒂爾落得手忙腳亂之際，那位比特莉娜・謝勒菲那少佐已經在一場大爆炸中從這個世界上消失了。

事情就發生在一瞬間。真的是一瞬間，太過短暫導致艾絲蒂爾完全反應不過來。

她只知道一件事──那就是在這場戰爭中，艾絲蒂爾・克雷爾少尉連一件事情都沒能完成，就只有這樣。

☆

艾絲蒂爾在姆爾納特宮殿的占地內有氣無力地走著。

一下子去倉庫一下子又回來。她今天也在嘗試說服這些人，不過──一點效果都沒有。他們甚至還發出邀約，嘴裡說著「別管那個了，妳也來喝酒吧！」。除了班長下的命令，在其他地方他們都意外的友善，因此艾絲蒂爾才能勉強撐住，不至於心靈挫敗，但即便是那樣，依然有個限度。另外還有一件事，那就是艾絲蒂爾尚未成年，沒辦法喝酒。

「唉……好累喔……」

她坐到七紅府附近的長板凳上。

太陽已經開始西沉了。望著桔紅色的天空眺望一會，艾絲蒂爾莫名有種想哭的衝動。感覺她加入帝國軍之後，好像就變成愛哭鬼了。說到底，最根本的原因是工作做不好的關係吧。

就連前陣子舉辦的超殺戮大感謝祭，她也沒留下什麼成績。第七部隊的確是獲勝了。可是這裡頭完全不包含艾絲蒂爾的任何一份心力。

「……我是不是……不被需要的人。」

會出現這種想法也無可厚非。

她甚至連每個月領薪水都領得很心虛。

要不要哭著找薇兒海絲中尉，請她讓自己辭職不當班長？不，乾脆去打探一下，讓她幫自己調動到其他部隊去，不要待在第七部隊了吧——這些消極的心情開始抬頭。

就在這個時候。

忽然有一陣冷冷的風吹過。

「——發生什麼事了？」

嚇了一跳的艾絲蒂爾轉眼看向一旁。

她嚇了一大跳，還以為自己會嚇死。

背對著桔紅色的光芒，有個嬌小的少女站在那邊。對方有一頭長長的金髮，再加上紅色的眼睛，這兩點特別容易讓人留下印象，手上還抱著疑似裝滿很多食物的紙袋。身上穿的衣服是帝國軍的制服——上面還有代表準一級位階的「望月紋」。

換句話說，這個人就是……不對，甚至連階級徽章都不用特地去確認不是嗎？因為這個人的長相，對艾絲蒂爾本身而言就是讓她最熟悉的一張臉。

「可瑪……崗德森布萊德閣下!?您怎麼會在這!?」

「咦？妳知道我叫什麼名字啊？」

黛拉可瑪莉・崗德森布萊德七紅天大將軍。

這個人怎麼會出現在這？話說回來，自從加入第七部隊後，她連一次都還沒有跟這位大將軍說過話。話說她有把自己當成隊員看待嗎？不，應該沒有吧。畢竟她都說「妳知道我叫什麼名字啊？」如果是面對隊員，她不可能這樣問。既然是那樣，為什麼又要跟她說話？——不行了，她搞不懂，艾絲蒂爾已經快緊張到腦袋瓜破裂了。

可是一直默默無語太過失禮。

於是她立刻站了起來，跟對方敬禮。

「那、那個！我、我、我叫做艾絲蒂爾・克雷爾！被指派來擔任第七部隊特殊班的班長……！」

「第七部隊？」

「是！差不多是在兩個禮拜前就任的！那、那麼晚才跟您問候，真的很抱歉。」

在說這句話的同時，艾絲蒂爾渾身戰慄。

都已經就任兩個禮拜了，卻一直沒有去找部隊隊長拜會，未免太沒有禮貌了。

就算被殺也不能有怨言——原本她是這麼想的。

但不知道為什麼，可瑪莉閣下呆呆地張著嘴巴，一臉茫然的樣子。

「咦……？妳加入我們的部隊啊？為什麼？」

「是我希望被分派到第七部隊的。就是……從軍校畢業的時候，學校有對我們做志願調查。」

「可是艾絲蒂爾小姐不管怎麼看都不像殺人狂啊。」

「很抱歉！我是不是應該要變成殺人狂比較好!?」

「不不不，不用變成那樣沒關係啦!?我還不希望妳變成那樣呢!!」

艾絲蒂爾太過緊張了，對於可瑪莉閣下說的話是有聽沒有懂。

為了避免做出失禮的事情，艾絲蒂爾偷偷觀察這個令她憧憬的人。就近看才發現對方比想像中更加嬌小許多，身高還矮艾絲蒂爾一顆頭。最重要的是——她好可愛、好漂亮，身上還有像花朵一樣的好聞香味。怪不得街頭巷尾都在傳，說她是一億年來難得一見的美少女。

糟了，到底該跟她說些什麼才好，說的時候必須注意別失禮才行——

可瑪莉閣下也開始盯著艾絲蒂爾看，在觀察她。看的時候將她從頭到腳都看了一遍，嘴裡還說著「是這樣啊」「原來如此啊——」「我們這個小隊終於也有看起來頗正經的人加入……」，同時一臉感動地點頭。最後她臉上浮現笑容，朝著艾絲蒂爾伸出手。

「請……請多指教！我是黛拉可瑪莉・崗德森布萊德！是被迫成為七紅天大將軍的。希望我們兩個能夠好好相處，那樣我會很開心。」

「怎麼這麼說！還說要跟我好好相處……！我才要請您多多指教！」

惶恐的艾絲蒂爾伸手回握對方的手。

糟了，手上都是汗水，閣下的手好軟嫩。

「……對了，妳怎麼會坐在這種地方？不冷嗎？」

「我沒事的，已經習慣寒冷了。」

「感覺妳好像在為某些事情煩惱……」

「我、我沒事！不能給閣下添麻煩！」

「嗯——」

可瑪莉閣下手中還抱著紙袋，一臉困惑地望著艾絲蒂爾。

她不能表現出懦弱的態度。對此，艾絲蒂爾都已經明白到不想再更加明白了——她已經明白第七部隊是個超級實力至上主義集團。若是說些懦弱的話，搞不好對方會說「妳被開除了！」，還把她趕出去。

可是可瑪莉閣下卻說「抱歉」，尷尬地抓抓臉頰。

「其實剛才女僕有跟我說——『那邊有個人遇到困難，請您去幫助她』。只是呢，我也不知道自己能做些什麼……」

「咦……？」

「我在對面那邊的廚房做了一些甜饅頭，要不要一起去辦公室吃啊？」

艾絲蒂爾連拒絕的餘地都沒有。

她的手被可瑪莉閣下拉住，就這樣走掉了。

「原來是這樣啊，那我都明白了。」

這裡是七紅府的七樓，也是黛拉可瑪莉・崗德森布萊德將軍的辦公室所在處。

到頭來，艾絲蒂爾還是把事發經過都講出來了。

包括部下們不願意聽話的事情，還有在學校學到的東西完全派不上用場。在超殺戮大感謝祭上，她就只能呆站在那邊，諸如此類。

面對令她憧憬的七紅天，她的膽子可沒有大到有辦法虛張聲勢。

應該這麼說——一旦面對這個人，她就會想將藏在心裡的苦惱全都一吐為快。跟黛拉可瑪莉．崗德森布萊德明明是初次見面，她卻讓艾絲蒂爾感受到奇妙的善意和包容力，還散發一股親切感。六國新聞說她是「殺戮的霸主」「番茄醬帝王」「USB（究極猩紅狂戰士）」等等，感覺這些都像是胡亂編造的。

嘴裡咬著饅頭，艾絲蒂爾在等待可瑪莉閣下做出反應。

對方是不是會很失望？——但她的這些擔憂其實都是多餘的。

「——抱歉！真的很抱歉！」

「咦？」

不知道為什麼，可瑪莉閣下在跟她道歉。

「薇兒那傢伙也真是的，到底在想什麼啊。難得有新來的人加入，卻把一些莫名其妙的工作塞給她——這樣說好像也不對吧。若是我能夠更有擔當，艾絲蒂爾就不會這麼苦惱了。真的很抱歉。」

「不、不是的！事情會變成這樣，原因全都出在我實力不夠。」

「沒那回事，根本就沒有人能治得了那幫人。」

「可是……如果是閣下，您應該可以輕輕鬆鬆管好他們。」

「若是艾絲蒂爾都辦不到，我就更不可能辦到啦。因為妳是在軍校那邊受過正規教育的優秀吸血鬼對吧？我在成為軍人之前，一直都只有悶在房間裡打混度日——不對，說錯了！應該是在核領域那邊踢正步，埋頭跟人街頭格鬥！被我用小拇指殺掉的人數已經遠遠超過一億人——不對不對，又錯了！總而言之跟我相比，艾絲蒂爾才是更有擔當的人！」

艾絲蒂爾已經聽不懂對方想說什麼了。感覺可瑪莉閣下好像在衡量該跟她保持多遠的距離。怎麼說呢……就是在猶豫要不要把很重要的祕密說出來，像是那種感覺。

可是艾絲蒂爾還是聽得出來。

聽得出這個人是在關心她，對象還是她這種沒用的隊員。

「……閣下，我在學校裡的成績的確很優秀，幾乎不曾掉到第二名以下。老師跟同學也都常常對我說『妳真棒』。」

「嗯，我就是想要這樣的人才。」

「唔……可是！在現實中下了部隊後，我卻什麼忙都幫不上……！」

她原本還覺得如果是自己，不論遇到怎樣的任務都有辦法解決，但那根本是她想得太美了。艾絲蒂爾那小小的自尊心，早就已經被特殊班吸血鬼們踐踏到體無完膚。

「我已經開始不懂自己待在這裡的意義是什麼了。事實上……在我的故鄉那邊，還有一個生病的妹妹在。我跟她說自己被分派到第七部隊，她看起來非常高興。也許您不曉得，但是在六國大戰中，多虧有閣下在，我的故鄉才會得救喔。」

「咦？是、是這樣啊……？」

「是的，所以我跟妹妹都是崗德森布萊德閣下的粉絲。也因為這樣……為了讓那孩子恢復精神，我才必須加入第七部隊做一番努力。不對，不只是為了妹妹。我還想成為像崗德森布萊德閣下這樣的軍人，但我好像沒有這方面的才華。我覺得自己可能不適合走這條路，或許乖乖回到老家那邊繼承溫泉旅館才是更好的吧。」

「啊哈哈哈。」——艾絲蒂爾嘴裡發出陣陣乾笑聲。

對於姆爾納特帝國的吸血鬼而言，軍人是令人憧憬的職業。要背負許多人的期待，跟其他國家在戰場上交鋒——那樣的世界有多麼耀眼啊。

像她這種沒有才華的吸血鬼，恐怕不適合吃這行飯吧。

人們都必須要找到「正好適合自己」的夢想。若是懷抱與自己不相襯的夢想，那就形同是束縛自己的枷鎖。每當認清理想與現實的差異，心情就會變得絕望。

「我在想自己可能也差不多該考慮轉職了。或許還有更適合我的工作——」

「才、才沒這回事！」

對方緊緊握了過來。可瑪莉閣下的右手放到艾絲蒂爾的右手上。

感覺好像有點躊躇、有些迷惘，可是那對溫和的雙眼近在咫尺，而且是打從心底擔心艾絲蒂爾。

「不對……若是我說沒這回事，或許很失禮……但我認為艾絲蒂爾具備成為軍人的資質。最起碼我覺得艾絲蒂爾對我而言是不可或缺的人。」

「為、為什麼……？我們今天明明是第一次見面……」

「因為妳是正常人。」

正常人？這是什麼意思呢？

「就是說呢！我們這是比起吃三餐更喜好互相廝殺的殺戮集團，幾乎找不到像艾絲蒂爾這樣的成員，曾經在學校受過正規教育。所以妳可能會為第七部隊帶來好的變化……我是這麼想的。」

薇兒海絲中尉也曾經對她這麼說過。可是「在學校讀過書」這樣的經歷來到第七部隊這邊，反而只會成為讓人退避三舍、心生厭惡的主因。換句話說，這算不上優勢。

「我沒辦法的。因為……只是會讀書，根本沒辦法把軍人當好……」

「我會為妳的夢想加油。」

這話讓艾絲蒂爾驚訝地抬起臉龐。

那對誠摯不已的紅色眼睛正望著她。

「一個人獨自背負那些不是好事。或許艾絲蒂爾在跟特殊班的成員接觸時，心情上比較偏向『我一個人總會有辦法解決所有事情！』，可是對象是那樣的一群人，要獨自一人管好他們是不可能的。若是有人能夠管得動他們，那這個人一定是超越狂戰士的超級狂戰士。」

「可是成為特殊班的班長，這是我被賦予的任務啊。」

「成為七紅天大將軍也是別人強加給我的任務，但我不可能光憑自己的力量就把這份工作做好。」

「這話怎麼說呢……？」

「透過年末的那場騷動，我已經從中學習到了，光靠我一個人不可能把將軍當好。因為有第七部隊的所有人和其他國家的朋友在背後支撐，我才能勉勉強強把工作完成。雖然我也不曉得事實上是不是真的有做到好……但不管怎麼說，艾絲蒂爾都已經找我商量了，所以我會幫忙艾絲蒂爾，好讓妳的夢想得以實現。再說了，我原本就是艾絲蒂爾的上司，去改善職場環境也是我的職責所在嘛。」

可瑪莉閣下這時「嘿咻」一聲，慢慢站了起來。

艾絲蒂爾有種獲得救贖的感覺，她抬頭仰望這位嬌小的將軍。

聽完這個人說的一番話，她心中便湧現了勇氣，真是不可思議。對了——吸血動亂當時也是如此。聽到她的聲音在黑暗中響起，艾絲蒂爾就覺得好感動。

「若是有我能夠幫得上忙的地方，我什麼都願意做。那我們現在就過去吧。」

「咦？請問——我們是要去哪呢？」

「要去特殊班待的倉庫啊。對喔，為了以防萬一，也把薇兒一起帶去好了——喂喂薇兒？我已經跟遇到困難的人打探完囉。都處理好了，妳過來這邊吧。」

「我在這裡。」

「哇啊啊啊啊啊啊!?」

那個薇兒海絲中尉從冰箱中現身，看來她好像打從一開始就在偷聽了。

只見可瑪莉閣下將通訊用礦石丟了出去，嘴裡還跟著大叫。

「妳待在那種地方做什麼啊!?」

「我為艾絲蒂爾的未來感到擔憂，於是就在這邊偷聽了。但這樣聽起來好像已經沒事。多虧有可瑪莉大小姐在，她的臉色似乎也變得比較好了。」

這下艾絲蒂爾開始覺得害臊起來。安排自己和可瑪莉閣下見面的人就是這位女僕。看來這個人好像也很擔心她。

「不對，話是這麼說沒錯，但妳不冷嗎!?那裡可是冰箱喔!?」

「我已經破壞冷卻用的魔法石了，不會有問題的。」

「啊啊啊啊啊啊!?我的布丁還放在裡面耶！」

「布丁我已經先吃掉了，這也不會有問題。」

「問題可大了啦!!」

接著薇兒海絲就無視可瑪莉閣下，而是轉頭看艾絲蒂爾這邊。

然後她臉上浮現微笑，嘴裡說了這麼一段話。

「那麼艾絲蒂爾，我們一起過去倉庫那邊吧——用不著擔心，就算那些傢伙出手襲擊，可瑪莉大小姐也會放出很強大的魔法，在轉眼間將他們通通殺光。」

「喂，拜託不要一下子就把門檻拉到這麼高好嗎？那種事情應該是薇兒要負責的……」

「您這是在說什麼呢？現在可是當著部下的面喔？」

「這、這麼說也對喔！妳不用擔心，艾絲蒂爾。有我跟在妳身邊！妳就盡情跟那些特殊班的成員對話吧！但拜託妳盡量都以對話為主！不要去挑釁他們喔！」

就這樣，有了可瑪莉閣下推艾絲蒂爾一把，艾絲蒂爾即將要去跟人展開決戰。

我的身邊有這個人跟著——光是想到這一點，艾絲蒂爾就覺得自己好像無敵了。

☆

這裡是位在姆爾納特宮殿外圍的倉庫。

在可瑪莉閣下和薇兒海絲的守望下，艾絲蒂爾伸手去開門。

這個地方她幾乎天天都過來。即便是這樣，那些來自特殊班的吸血鬼還是不曾把艾絲蒂爾當成班長看待。

但是這次不同了，因為她的身邊有可瑪莉閣下在。

「大家好！我是艾絲蒂爾・克雷爾少尉！」

艾絲蒂爾用力將門打開，大聲喊出這句話。就在倉庫內部，一群吸血鬼一如既往地窩在那邊，直到上一刻都還吵吵鬧鬧的說話聲突然間止住。

「——搞什麼？這不是艾絲蒂爾嗎？妳是要一起來玩大富翁嗎？」

「我不玩！今天來這邊是有話想對大家說！」

艾絲蒂爾快步走向倉庫內。

面對這個書面名義上是班長的人，那群人全都用活像殺人狂的眼神望著她。

「想必各位也知道，我是第六班的班長！為了在下一次的戰爭中贏得勝利，你們必須成為一個服從管束的班別！因此我已經構想出幾條規矩了——」

「哈！若是要談這件事，去別的地方放炮啦！我們沒道理服從妳這種小丫頭的命令！」

「「「沒錯沒錯!!」」」

那幫吸血鬼根本沒把艾絲蒂爾放在眼裡，繼續玩他們的大富翁。

果然還是不行。他們就是不認可自己。

也許她沒有成為班長的資質吧——就像這樣，艾絲蒂爾有被人打落地獄深淵的感覺。可是一絲光明突然從艾絲蒂爾背後照射過來。

「——我說你們幾個！連艾絲蒂爾的話都不願意聽了嗎!?」

一切動作頓時間停擺。

那裡忽然變得一片死寂，聲音全都不翼而飛。但是很快的，人們就群起譁然。

「閣下……？」「是閣下……！」「閣下大駕光臨了！」「她怎麼會出現在這!?」——就好比是這樣，人們不是感到驚訝就是歡喜，彷彿親眼目睹神明降臨的信徒。面對那些突刺過來的目光，可瑪莉閣下並不介意，而是繼續說著。

「艾絲蒂爾是你們的班長吧！不能讓班長那麼困擾！若是還敢繼續不聽話，我就不做點心給你們吃！」

「「「非常抱歉!!」」」

「砰!!」的一聲——這群吸血鬼不約而同下跪。

他們下跪帶來的風壓差點把艾絲蒂爾吹跑。

這群吸血鬼的額頭就貼在骯髒的地板上，渾身呈現靜止狀態。這樣的景象實在太過震撼了，艾絲蒂爾嚇了好一大跳。這真的是那些不聽話的特殊班狂戰士……？

接著可瑪莉閣下的鞋子踩出聲響，並在這陣聲響中靠近他們。

仔細看還會發現那群下跪的吸血鬼正在發抖。大概是看到上司動怒，讓他們非常驚恐吧。光就這點來看，艾絲蒂爾也有深深的體悟——那就是她看清現實，知道艾絲蒂爾．克雷爾根本就不可能比得上黛拉可瑪莉．崗德森布萊德。

「這裡頭階級最高的人……是威努格吧！為什麼不把艾絲蒂爾當一回事？」

「這、這是因為……」

那個光頭男——也就是鎌鼬威努格，此人一臉尷尬地看往別處。

「那是因為第六班也有自己的規矩。最強的人才能夠當班長……」

「就算是那樣好了，一直無視人家是怎樣？你們有考慮過艾絲蒂爾的心情嗎？」

「會這麼做全都是為了艾絲蒂爾著想！她好不容易才在軍校那邊受完教育，卻跑來加入我們這種汙穢的集團，實在太浪費人才了！簡直就像是垃圾場中出現一隻白鶴啊！」

「虧你有辦法把自己人貶損成這樣……」

「因為我是打從心底這麼想的……若是要找領導者，那就應該讓夠格當領導者的人來當才對。若是要在第七部隊裡面當領導者，那這其中數一數二的必要條件就是『強大』。事實上我們這邊的幹部也都是很強的吸血鬼不是嗎？約翰是個例外，晚點再把他宰了……也就是說，像艾絲蒂爾這樣的女孩子就算待在我們這邊，我覺得她也只會一天到晚把自己弄傷。」

「哎呀威努格曹長，你是想找些藉口來唬弄可瑪莉大小姐？」

「咦!?我沒有，我完全沒有那個意思——」

「啊——啊。看來你害可瑪莉大小姐動怒了呢。等到了明天早上，你早就變成一堆白骨了，屍體會被拿去七紅府門口當裝飾品吧。」

「喂薇兒，妳不要隨便亂講話啦——!?」

「對不起對不起對不起對不起對不起對不起!!」

「那些話當然是隨便說說的啊!!」

這下換成威努格哭叫著請求原諒。就連其他的吸血鬼也都變得戰戰兢兢又惶恐，全都僵在那邊。此時可瑪莉閣下說了一句「總而言之！」，趕緊將話題拉回來。

「我已經知道你們也有自己的苦衷了，但還是希望碰到艾絲蒂爾的事情可以斟酌一下。」

「遵命！既然閣下都那麼說了，那我們會拚了命斟酌的！」

這些特殊班的吸血鬼就像被人圈養的狗一樣，平伏在地上磕頭。

這下就解決一件事了——或許是吧。

可是艾絲蒂爾心裡卻覺得悶悶的，就連她自己也覺得這樣的性格很難搞。有可瑪莉閣下出面幫忙解決，她是覺得很開心沒錯——可是艾絲蒂爾・克萊爾本身卻沒有獲得他人認可。她只是一直在依賴可瑪莉閣下，這樣的自己好難為情。

似乎看穿艾絲蒂爾的心思。

薇兒海絲在這時撇撇嘴笑了一下，還說「我懂了」。

「——可瑪莉大小姐，請您看看貼在那邊的紙。」

「嗯？貼在那邊的紙？」

就連艾絲蒂爾也跟著朝牆壁看。

那裡用字體威猛的毛筆字寫了這樣的一段話。

【強大的人就來當班長。階級不重要。不管是誰都不能破壞這個規矩。】

「正所謂入鄉隨俗。就算是七紅天大將軍，擅自曲解特殊班的規矩也不太好吧。」

「是這樣嗎……？」

「所以說，艾絲蒂爾，妳可以把特殊班的人全殺了。」

「咦!?」

艾絲蒂爾跟可瑪莉閣下的聲音重疊了。因為這樣的劇情發展實在太出人意料。

「反正第七部隊是最重視武力的野蠻部隊。既然如此，艾絲蒂爾乾脆也來展現一下武力，藉此讓大家認可妳，這樣也比較好收場不是嗎？我說對吧，威努格曹長。」

「話是這麼說沒錯……但就是為了避免這種事情發生，我們才會無視艾絲蒂爾。」

「先等一下，薇兒！再怎麼說，這麼做還是太過分了吧!?若是真的那麼做——」

「——真的可以這麼做嗎!?」

艾絲蒂爾不由得連身體都向前探出。其他那些人就好像目擊到什麼稀奇的野生動物一樣，視線都集中在她身上。這時薇兒海絲又說了一句「關於這點」，並且將手放到下巴上，然後繼續說了些話。

「只要可瑪莉大小姐許可，那就可行。」

「是這樣嗎!?」

「在姆爾納特帝國這邊，殺人基本上是違法的。可是根據帝國軍法，裡面有一條是這麼規定的，『只要獲得七紅天許可就能夠殺人』。」

「啊？我好像聽得不是很明白耶？」

「換句話說，只要可瑪莉大小姐說『可以把他們殺了』，她就可以殺了這些人。」

「為什麼我身上會有這種權限呀!?我是絕對不會放行的！」

「可是可瑪莉大小姐，若是要讓艾絲蒂爾的夢想實現，可瑪莉大小姐就必須出手相助喔。」

若是要率領特殊班，最有效率的方式就是「透過武力鎮壓」。早在許久之前，艾絲蒂爾就已經發現這個事實了。

可是艾絲蒂爾卻依然頑固地堅持，一直使用談話溝通的方式。因為她討厭無用的紛爭——其中一個理由當然是出自於此。

可是更重要的理由在於「法律上禁止殺人」。

就算那是最有效的手段好了，艾絲蒂爾也沒辦法執行。這是因為艾絲蒂爾・克雷爾少尉的成績一直保持在「素行ＳＳ」「禮節ＳＳ」「遵守校規ＳＳ」「生活態度ＳＳ」這種水平上，而且還是在該狀態下畢業於軍事學校，是冠上「超」這個字眼也不為過的超認真資優生。

不過，只要獲得許可。

或許她就能改變現況。

「——閣下！麻煩您了！」

艾絲蒂爾拚命請求閣下。

「請允許我殺人！我覺得這樣一來，或許就能夠跟特殊班成員打成一片！」

「咦……？原來艾絲蒂爾是『那一國』的人……？」

「我不知道那一國是哪一國的……可是我希望能夠獲得大家認可！」

「就算妳這麼說……」

可瑪莉閣下看起來很困擾的樣子，顯得有點畏畏縮縮的。

她的目光從艾絲蒂爾身上離開，改看威努格那幫人，接著又用眼神跟她的心腹女僕求救。看不下去的薇兒海絲貼到她耳邊說悄悄話，「不會有問題的，可瑪莉大小姐。就算發生什麼事情，我也會想辦法解決掉。」在這之後，可瑪莉閣下似乎才得以下定決心。

她那雙紅色的眼睛筆直地望著艾絲蒂爾。

「……那好吧。我是真的很不想說這種話……但既然無論如何都得說……那就控制在不會鬧出人命的程度內，盡量不要把人弄死就是了。」

就這樣，一場決鬥就此揭幕。

緊接著下一瞬間——伴隨「唰啦啦啦啦啦啦啦!!」的聲響，從艾絲蒂爾的軍服袖子裡飛出帶有魔力的鎖鏈，前端有發光的銳利刀刃。這是在軍校模擬戰中將同袍葬送無數次的最強武器——《魔力鎖鏈》。

在場所有人都呆若木雞，連話都說不出來了。

透過魔力，艾絲蒂爾讓鎖鏈浮在半空中，眼裡睥睨著那群吸血鬼。

「『最強的人才能當班長』——你們是這麼說的吧？那我也要參加決定誰是班長的決鬥！」

「喂、喂喂，艾絲蒂爾。要跟妳作戰是無所謂啦？可是那種玩具怎麼有辦法抵擋我們厚重的一擊唔咳⁉」

神速的刀刃就此命中威努格頭部。

鎖鏈發出唰啦唰啦的聲音，在空中迴旋。那個光頭男的身體就好像成了壞掉的稻草人，軟軟地倒了下去。他並沒有死掉——艾絲蒂爾只是痛擊能夠讓他失去意識的要害罷了。因為可瑪莉閣下對她說「不要把人弄死」。

她沒有殺過人的經驗。可是專門用來殺人的訓練，艾絲蒂爾受過的次數都已經多到令人厭煩的地步。

失手沒殺成，這種事是萬萬不可能發生的。

「放馬過來吧。直到被你們認可之前，我都不會罷手的！」

軍校的教職員曾經這麼說過。

——啊——在說那孩子啊。嗯。她可是不得了的資優生喔。若是光看成績，搞不好連瑪斯卡雷爾閣下或德普涅閣下都望塵莫及。只是她好像有點太守規矩了。

艾絲蒂爾・克雷爾少尉。

畢業時，在「戰鬥能力」上的成績是——SS。

只見薇兒海絲看似感佩地發出嘆息，嘴裡「哦——」了一聲。

可瑪莉閣下則是笑著說「這是在作夢嗎？」，還在捏自己的臉頰。

至於那些特殊班吸血鬼——

「「「——要戰就來啊啊啊啊啊啊啊啊啊啊啊啊啊啊啊啊啊啊啊啊啊啊啊啊啊啊啊啊!!」」」

他們勃然大怒，對艾絲蒂爾出手攻擊。

於是一場互相血洗的激烈戰鬥就開始了。

面對那些直逼而來的吸血鬼，艾絲蒂爾用《魔力鎖鏈》將他們一一刺傷。這樣的動作很單調，要打偏也很困難。這群笨蛋就只會像這樣衝過來攻擊，根本不可能戰勝普洛海莉亞・茲塔茲塔斯基的軍團——在冷靜思考這些事情的同時，艾絲蒂爾還讓倉庫染上噴濺出來的血跡。

「去死吧!!——咕啊！」

有個長頭髮的特殊班成員從背後打過來，鎖鏈捲著他的脖子讓他窒息。那是最後一個人。確認長髮男也昏倒趴在地上後，艾絲蒂爾將附著在《魔力鎖鏈》上的血液甩掉，同時環顧四周。

那裡屍橫遍野，屍體堆積如山、血流成河。

話雖如此，卻沒有任何人喪命。他們只是失去意識，徘徊在死亡邊緣苟延殘喘，只要經過一段時間，魔核就會讓他們完全康復吧。總而言之，再也沒有人過來攻擊艾絲蒂爾。

這中間經過的時間只有一分鐘。

讓艾絲蒂爾擁有這一分鐘的人，不是別人，正是黛拉可瑪莉‧崗德森布萊德。

帶著豁然開朗的心情，艾絲蒂爾轉而面向令她憧憬的那個人。

「——謝謝您！多虧了閣下，我終於和大家打成一片了！」

聽到這句話，可瑪莉閣下她——

「……哈哈。啊哈哈哈。嗯。那太好了……」

「可瑪莉大小姐，現在並不適合沉浸在打擊之中。因為這就是現實。」

不知道為什麼，可瑪莉閣下看起來好像精神恍惚，還要女僕支撐她的身體。

☆

自從被分派到第七部隊後，時隔一個月，今天是星期天。

艾絲蒂爾人正在帝都的餐廳中，與她的妹妹取得聯繫。

如果是在自己的房間裡，她會不太想用通訊礦石。那是因為牆壁太薄了，說什麼都會被聽見。她每天晚上都能聽見既像在念咒語又很鮮明的「可瑪莉小姐可瑪莉小姐」，而那都來自隔壁的鄰居。

就這點而言，如果換成中午時分的餐廳，這裡會有恰到好處的吵雜聲，讓人待起來較為舒適。

她用湯匙撈起燉飯，嘴邊開開心心地訴說。

「——前陣子第六班那些人還替我舉辦歡迎會，在宮殿中庭那邊舉辦派對呢。大家好像都認可我了，願意把我當成班長看待，我好開心喔。」

『喔。好厲害。』

「大家人真的都很好。雖然很容易動不動就跟人打起來，這點我是滿有意見的啦——但只要我說『快住手』，他們就會確實停手。一開始我還在擔心，不曉得之後會變成什麼樣子，但現在似乎都苦盡甘來了，真的很慶幸。」

自從在倉庫中經歷了那場戰鬥後，特殊班吸血鬼對待艾絲蒂爾的態度就有所轉變。

感覺他們好像變得很怕自己。威努格甚至還說「之前是我太囂張了，很抱歉班長！」，然後請艾絲蒂爾喝檸檬汁。其他那些人不論大大小小，也多半都有類似的轉變。他們再也不會將艾絲蒂爾忽略，或是對她惡言相向。

武力即是正義——就因為這裡有這樣的風氣存在，才會形成那樣的結果吧。

聽說可瑪莉閣下一開始好像也是殺掉部下才贏得大家信賴的，因此艾絲蒂爾採取「用武力讓人閉嘴」這種方式作戰是正確的做法。

「這些全都多虧了可瑪莉閣下。因為那個人鼓勵我，我才沒有氣餒。『殺戮的霸主』果然與眾不同呢！能夠加入可瑪莉小隊真的太好了——姊姊會加油的。若是莫妮卡也願意替姊姊加油，姊姊會很開心的。」

『……嗯。』

妹妹她——莫妮卡就只給出冷淡的反應。

與其說侵蝕她的是身體上的病痛，倒不如說她的心生病會更加貼切。

她對所有的事物都越來越漠不關心，患上謎樣的奇怪病症。原本在約莫半年前，她還是臉上笑容不斷的天真少女，如今生活起居上卻一整天都離不開床鋪。

『可瑪莉閣下……』

「莫妮卡妳也想跟她見面嗎？」

『嗯，因為「暗影」有這麼說過……』

這話讓艾絲蒂爾不由得抱頭。

感覺妹妹好像還會一直看見幻覺。若是跟妹妹說話，她三不五時就會提到有個「暗影」在。還說那個暗影會在莫妮卡周遭徘徊，對她說各式各樣的悄悄話。

但是母親也說了，「沒見過這種東西」。

換句話說，那樣東西明顯只存在於莫妮卡．克雷爾的想像中。

是因為心靈太脆弱，她才會看見奇怪的東西吧。

但就算是這樣好了，妹妹她也的確想跟可瑪莉閣下見面。若是能夠想想辦法招待閣下來到老家的溫泉旅館，艾絲蒂爾覺得莫妮卡也會很開心，但是——現實中執行起來卻沒有那麼容易。七紅天的工作似乎很忙碌，而且是忙得要死，再說艾絲蒂爾跟可瑪莉閣下的關係並沒有好到能夠隨意邀約，問對方「要不要一起來趟溫泉之旅？」。

而就在這一刻。

突然有別的通訊用礦石（工作用）發光了。

「——抱歉莫妮卡！部隊那邊來跟我聯絡了。」

『沒關係，我無所謂。』

「真的很抱歉，我還會跟妳聯繫的。」

『嗯……妳要加油喔，艾絲蒂爾。』

拜拜——跟妹妹道別後，艾絲蒂爾切斷通訊。緊接著就對工作用的礦石灌注魔力。等到通訊回路構築起來，一個聽慣的冷淡嗓音就傳入艾絲蒂爾耳中。

『辛苦妳了，艾絲蒂爾。我是薇兒海絲。』

「妳也辛苦了，薇兒小姐！」

對方是可瑪莉閣下的心腹女僕——薇兒海絲特別中尉。

在第七部隊這邊，她也是實質上幫忙替艾絲蒂爾做職業訓練的人。這個人先說了一句「抱歉在妳休息的時候打擾」，接著就迅速地告知要辦理的事務。

「有個重要的工作要交派給艾絲蒂爾妳。因為妳不是變態，才有辦法拜託妳去做這件事情……」

「變態……咦？這是什麼意思呢？」

「其實是這樣的，阿爾卡共和國的納莉亞・克寧格姆總統寄邀請函過來。為了替可瑪莉大小姐慶祝生日，好像要開會討論。說真的應該要當作沒看見才對，但若是在生日當天，她我行我素引發一些騷動，對我們來說也是種困擾。既然事情演變成這樣，那我們就回應她的邀約，先跟她做些叮囑，這才是明智之舉吧。」

「是……」

「事情就是這樣，希望艾絲蒂爾可以和我一同前去。妳跟其他那些人都不一樣，不是變態。在感性層面上更貼近可瑪莉大小姐，就像普通人那樣。因此若是能夠在那場對談中從妳身上汲取到各式各樣的意見，我會很高興的。」

這簡直就像是從天而降的機會。

有了這次的機會，也許她還能向可瑪莉閣下報恩。

還有——搞不好能夠順水推舟招待她到自己的老家那邊。

當薇兒海絲在告知日期地點等等詳細情報時，艾絲蒂爾也暗中將手緊握成拳頭。

[1.5] 從前的記憶

「——我帶妳去一個很棒的地方。這是特別為可瑪莉準備的喔。」

那天是冬天的某一天。我被媽媽拉著手，「沙沙沙」地走在積雪的街道上。

這裡是法雷吉爾溫泉小鎮——印象中好像是那樣。

爸爸跟媽媽碰巧都在這天休假，才能夠引發這樣的奇蹟。崗德森布萊德家族的成員們來到這個溫泉小鎮，開開心心來上一場最初也是最後的家族旅遊。

可是當時我年紀還很小，對溫泉這個東西並沒有興趣。

當時的我大概想要在家裡看書吧。屬於自己的時光被人打斷，還被人強行帶出來，心情不是很好。就連來到溫泉小鎮的旅館裡，我也只是一直望著窗外的雪景，當時好像在鬧彆扭。

看不過去的媽媽對我說話——「若是覺得無聊可以去外面玩」。

她還說要對其他的兄弟姊妹保密，這讓我的心情變得比較開心一些。

在媽媽的勸誘下，我來到溫泉小鎮的街道上散步。

聽說這裡一直到昨天為止，都還籠罩在猛烈的暴風雪中。雖然街道上的景色很漂亮，但是有樹木倒塌，還有建築物毀壞，四處都留下災害肆虐過的傷痕。看樣子我們來的時間點實在很巧。

「很棒的地方在哪啊？要帶我去企鵝住的地方嗎？」

「嗯——應該有點不一樣吧。那裡是能夠得知世界祕密的地方。」

「這個世界的祕密……」

我不是很懂媽媽在說什麼。可是可以跟媽媽一起單獨外出，這讓我好開心。

過沒多久，媽媽開口說了一句「我們要穿過『門』」，並在溫泉小鎮的邊緣處設置了一個用來【轉移】用的入口。我都還不曉得這一趟是要去哪，一直跟著媽媽走。

接著我們【轉移】過來的場所是在一個小小的山丘上。

在那邊能夠將法雷吉爾溫泉小鎮一覽無遺。透過天照樂土和姆爾納特帝國的建築技術，建造出這一片充滿異國風味的石造風貌。可是讓我看得目不轉睛的並不是地面上的街道——而是上空中的街道。

就在溫泉小鎮的正上方，從天空那邊出現一座顛倒過來的城鎮。

這景象很像映照在鏡子裡，可是上下這兩個城鎮並非完全相同。在紛飛飄落的雪片中，因此增色的夢幻「空中小鎮」感覺上比法雷吉爾溫泉小鎮更加古老許多，而且比較小，樣貌很像是從故事書插畫裡跳出來的一樣。

「……這是──什麼？」

「這是另一個地方的景色，會映照在銀色的天空中。一旦發生災害而且條件吻合就會出現──這種現象是法雷吉爾這邊特有的。」

那是會將異界景色投射出來的自然現象。當地人好像都把這種現象稱為「黃泉幻寫」。

可是媽媽說了，「那並不是死了以後才能去的世界」。

「這個溫泉小鎮就在核領域的正中央，跟另外一個地方──『外國』最接近，所以才能看到這種不可思議的景象吧。」

「外國是在哪裡呀？是動物王國嗎？」

「不是動物王國也不是仙人居住的國家。是在這個世界上都沒有人知道的國家──或許我們才是被關起來的一群人，其實世界遠比人們想像的更加遼闊。」

我有聽沒有懂。

對當時的我來說，從各個層面來看，這個世界都很狹窄。有和自己親近的人，有美味的點心，都是由這些構成的，那個封閉的空間小到跟貓咪的額頭沒兩樣。可是那裡是個幸福的地方，滿滿都是溫馨的感覺。

媽媽她似乎在當下察覺女兒的困惑。

她接著說道「也對」，並且溫和地撫摸我的頭髮。

「那些小事情都不重要。媽媽只是想讓可瑪莉看看這樣的景象——很棒對吧？若是要看見這些，每三年就只有一次機會喔。」

「嗯，好漂亮。」

媽媽臉上浮現微笑。

受到感染的我也跟著露出笑容。

「——對了。可瑪莉有沒有什麼想要的東西？」

「想要的東西？」

「妳的生日是不是快到了？妳可以說說看。」

當時我想要的東西是什麼，如今已經想不起來了。

因為我還是當時的那個我，或許是想要點心、玩具或是書之類的吧。

可是我還記得媽媽當下的反應。她臉上帶著困惑的笑容，嘴裡這麼說。

「是嗎？媽媽知道了……可是就只有這樣，過生日的感覺好像不夠豐厚，我也會想想能不能送別的禮物。」

在我的記憶裡，我好像沒有收到禮物。

在那場家族旅行過後，媽媽就幾乎都沒有回家。

爸爸是說她忙於跟人戰爭。後來歲月流逝，我跟媽媽都不太有機會說上話——

然後尤琳·崗德森布萊德就在核領域的戰場上消失了。

我們要去的溫泉小鎮幾乎就在核領域正中央。

從位置上來看，很靠近去年跟佐久奈和米莉桑德一起潛入的聖都雷赫西亞。

薇兒有說過，「這裡從以前開始就是姆爾納特帝國和天照樂土攜手共同管理的觀光勝地」，聽說是這麼一回事。因此這整個城鎮都洋溢著微微的和風氣息，大部分的建築物都有著瓦片做的屋頂，掛在河川上的橋梁全都是木頭製造的，立在路旁的街燈有著類似燈籠的形狀。

我走在被冰雪包覆的街道上，放眼眺望周遭的風景。

這裡當然會有溫泉旅館，另外還有餐飲店、伴手禮專賣店，甚至連遊樂設施都有，可以說是應有盡有。

有來自各個種族的行人在街道上走著，同時還開開心心地聊天——

「——嗯。還不錯，真的不錯，這樣的景象很能夠刺激創作靈感。」

二月十七日。星期五。今天的天氣是細雪紛飛。

我請了年休，來到法雷吉爾溫泉小鎮。

這一趟的成員有我、佐久奈、薇兒和艾絲蒂爾這四個人。原本靠著抽獎抽中的旅遊優待就只有三人份，可是這時我卻得知一樁驚人的事實，那就是我們預計要住宿的旅館居然就是艾絲蒂爾老家。居然還有這麼巧的事情啊——正覺得感嘆，薇兒就在這時提議「那艾絲蒂爾也一起去吧」，於是她就加入我們的行列。

這時我不經意看向背後。

有個少女像花嘴鴨的幼鳥一樣，跟在我們後面，她就是艾絲蒂爾．克雷爾少尉。

她是自軍校以頂尖成績畢業的菁英。接獲薇兒的命令擔任特殊班班長後，似乎吃了不少苦頭，但最終透過將部下打得面目全非的方式獲得他們的信賴。

不過若是要讓這些部下信服，能用的手段就只有這種了。這位少女並不像那些人一樣，腦袋的螺絲沒上緊就噴到別處去。可以期待今後將會以她為中心，讓一般正常人的倫理價值觀慢慢滲透進第七部隊。雖然有句話說腐爛的橘子會讓其他的橘子跟著腐敗掉，但美味的橘子若是能夠讓其他的橘子變好吃，這樣也算好事一樁啊。（這是心願）

「請問……！您覺得如何？這個法雷吉爾溫泉小鎮……」

看來艾絲蒂爾似乎注意到我的視線了，她看似不安地詢問我。

「我覺得這個地方非常棒，光只是走在這邊都覺得心情變好了。」

「太好了……其實我原本還在擔心閣下會不會喜歡這裡。因為我聽說您若是遇到看不順眼的溫泉小鎮，就會把那邊破壞到連點痕跡都不留，這還是您的興趣……」

「這是誰跟妳說的!?」

「是我。」

在一旁貪嘴吃甜饅頭的薇兒不以為意地自白。

那個甜饅頭一直冒著蒸氣，看起來好好吃——不對，那種事情不重要啦。

「妳又來了——老是隨便亂講話！若是艾絲蒂爾真的相信該怎麼辦。」

「這是在開玩笑。想必艾絲蒂爾也能聽得出來——話說回來，這個小鎮還真不錯呢。連食物都很好吃，太棒了。」

「……這個甜饅頭是哪來的？」

「是在那邊的攤販販售的，品項叫做『巧克力饅頭』。麵皮蓬鬆柔軟，裡面包著又甜又滑順的巧克力奶餡。所謂好吃到臉頰都要掉下來了，指的就是這個吧。」

「那有我的嗎？」

「沒有。」

「…………」

「若是您無論如何都想吃，那就要聽我的話。對了……那就先做這個吧，今天洗澡的時候，讓我直接用手替可瑪莉大小姐清洗身體如何？」

怎麼會有這種人。面對主人應該要懷抱的敬意，在這傢伙身上殘存的分量似乎連米粒大小都不到。

當然我不可能答應薇兒的要求，可是我又很想吃吃看巧克力甜饅頭。順便說一件事，那就是不知道為什麼，我的錢包變成薇兒在管理，所以我就不能隨隨便便亂買東西吃。開什麼玩笑啊——想到這邊，另一側的佐久奈對我說「可瑪莉小姐」。

「我也有買，妳要不要吃？」

「咦，真的嗎!?要吃要吃。」

「請先等等，梅墨瓦大人！麻煩不要餵食可瑪莉大小姐！」

「我是野生動物嗎！好了啦，別來妨礙我——！」

「請妳不要來妨礙我們，薇兒海絲小姐。可瑪莉小姐有權利吃她喜歡的東西。來，啊——」

「啊啊！可瑪莉大小姐！」

姆咕！——我一口咬住佐久奈手裡拿的甜饅頭。

再來「姆姆」地咀嚼，巧克力的甜味在口中擴散開來，這實在太美味了。我之所以會踏足來到這塊土地上，搞不好就是為了吃到這樣東西。

「可瑪莉大小姐，這樣不行。我的巧克力甜饅頭更好吃喔。」

「如何啊？好吃嗎？」

「嗯，好好吃！能夠替我實現願望的，果然就只有佐久奈。」

「可瑪莉大小姐請妳看這邊!!我的上面還有加蜂蜜喔!!」

「欸嘿嘿……那我就來用手替可瑪莉小姐洗身體好了。」

「可瑪莉大小姐，請您看這邊!!我現在連鮮奶油都加上去了!!」

「哇啊啊啊啊!?別塞給我啦!?這也加太多了吧!!」

就像這個樣子，我們發出好大的吵鬧聲，同時在溫泉小鎮上前進。其他的觀光客都在看這邊，嘴裡說著「那個好像是閣下？」，但我不在意。因為我最近發現裝作不知情才是最好的做法。

稍微走了一陣子後，艾絲蒂爾突然說了聲「我們到了」。

「就是這裡。這裡就是大家預計要留宿的旅館，也是我的老家『紅雪庵』。」

「喔喔……！」

我不由得發出呼喊。

佇立在那裡的，是一座巨大的旅館。外觀上有著鮮明的天照樂土加姆爾納特風格塗裝，比我們在城鎮中看到的任何建築都還要來得巨大、豪華。

難道說艾絲蒂爾其實是家境不錯的千金小姐……？

「請進，我已經跟員工告知閣下要來的事情了。」

「人家都這麼說了，可瑪莉大小姐，我這就來替您脫衣服。」

「現在脫還太早吧！喂別碰我啦！」

也許跟這個女僕一起來泡溫泉是錯誤的決定。

就在這個時候，我忽然感覺到有人在看我。

就在二樓的窗口那邊，有一道人影正注視著這裡。那是一名身上穿著睡衣的少女，她一跟我對上眼就散發出「這下糟了」的氣息，當場蹲了下去。

這是什麼感覺，好像跟平常會出現的看熱鬧群眾有點不太一樣。算了沒關係——在腦海裡隨意下了些結論，我邁步跨進今天要住的旅館。

「——什麼!?你們這裡不能包場是什麼意思!?如果要錢，不管多少我們都能支付，麻煩把其他客人趕走！否則姊姊她就不能夠好好舒展筋骨了！」

「雖然您這麼說……那樣卻會為其他客人帶來困擾。」

「若是有其他客人在，會感到困擾的是我們才對吧！這間旅館還真是不會辦事——我們是看到旅遊雜誌上面給你們五星好評，才會千里迢迢來到這邊！這是對待貴賓的態度嗎！把你們的負責人叫出來，把負責人叫出來！」

也不過才剛進到旅館而已，我就遇到有人在客訴。

就在櫃檯那邊，有個少女如狂風過境般連續抱怨了一大串。

她有一頭閃閃發亮的銀白色頭髮，不管是誰都能看出這名少女是蒼玉種。就算櫃檯人員表現出極度困擾的樣子，她也不在乎，而是蠻橫地表達出「快點讓我們包場！」、「若是不這麼做，小心我去跟旅遊雜誌投書，說『這間旅館住了大概兩萬隻蟑螂』！」的意思。

可是這種奇葩的說話方式，我好像有種似曾相識的感覺。

印象中似乎曾經在戰場上見過這個女孩，而且還是最近見到的。

「啊——真是的！既然這樣，那就讓我來親自收拾掉其他客人——」

「這位小姐。妳擋到我們了，可以讓開嗎？可瑪莉大小姐很困擾。」

「啊？妳才擋到我的路好不——」

那個蒼玉種少女回過頭——一對紅色的眼睛捕捉到我的臉龐。

接著她不知為何驚訝地發出一聲「咦？」，動作也停住了。可是她很快就再度啟動，接著沒頭沒腦用食指指向我這邊，還發出淒厲的叫聲。

「啊……啊啊啊啊啊啊啊啊啊!?黛拉可瑪莉・崗德森布萊德!?」

「嗯，我是黛拉可瑪莉沒錯……妳是誰？」

「還敢問我是誰！前陣子不是才對戰過嗎!?妳都不記得了!?是說黛拉可瑪莉妳

怎麼會在這邊!?難道是要把溫泉小鎮都弄成蛋包飯!?」

「怎麼可能有這種事情……啊對了!我想起來了……!」

上個月有召開「超殺戮大感謝祭」，在這個不知道要感謝什麼的莫名其妙活動中，我們曾經跟這個女孩對戰過。她好像是六凍梁大將軍普洛海莉亞・茲塔茲塔斯基的左右手還什麼的，將軍當時感冒臥病在床，於是她就代替這位將軍率領部隊。

名字好像叫做——比特莉娜・謝勒菲那。

我對她的印象就只有這個人太愛衝鋒陷陣打突擊戰，是個過於激進的狂戰士。

眼下她似乎正朝著櫃檯人員發動過分激進的突擊。

「妳怎麼會出現在這種地方……剛才說有其他客人，該不會就是在說黛拉可瑪莉妳吧……!?」

「妳說得沒錯，謝勒菲那大人。我們在超殺戮大感謝祭上將你們的大軍完完全全、徹徹底底殺個體無完膚，讓你們哭著回去，這次來溫泉旅行就是要慶祝此事的。」

快住口，不是那樣吧。只是抽獎抽中而已呀。別煽動人就跟隨便吐口氣一樣啦。若是對方抓狂動怒該怎麼辦——才剛想到這邊，果不其然就聽見像是理智斷線的「噗滋」聲。

「啊——啊——那還真不錯呢，你們是來悠悠哉哉旅行的是吧！帶著贏家的心情來是吧！但那根本就和井底之蛙沒兩樣！你們知不知道？若是姊姊她健健康康，可瑪莉小隊根本就形同蚊子柱一樣，不過是一群烏合之眾，她瞬間就可以把你們捏爛！」

「啊？妳要罵的到底是青蛙、蚊子還是鳥，都讓人分不清楚呢。就連罵人也沒什麼品味。」

「罵人有沒有品味，這重要嗎？對我們來說重要的不是玩文字遊戲，而是在戰爭中比個黑白分明吧？」

「但輸掉的是妳不是嗎？這簡直像是喪家之犬在號叫。」

「妳有沒有在聽我說話!?我在說姊姊若是健健康康，我們早就贏了！不管你們再怎麼掙扎，獲勝的都會是茲塔茲塔斯基小隊！因此那場戰爭就等同於是我們獲勝！只是剛好在戰爭前夕，姊姊的睡衣翻起來了，肚子都露出來才會那樣，導致她在命運的分歧點上走錯路，就只是這樣罷了！」

「看樣子不管跟妳說什麼都說不通呢。可瑪莉大小姐，我們趕快進到房間裡吧。」

「喂，妳是想逃跑嗎！要看清現實啊，看清現實！我說女僕！不准帶著黛拉可瑪莉走掉！這隻蚊子要由我來捏爛！」

呼轟。

待在我身旁的薇兒，身上開始有一股殺意波動膨脹。

「——可瑪莉大小姐，請您允許我殺人。」

「別說那種聳動的話啦。今天可是和平的休假日——」

「哈！連殺人許可都下不了的軟腳蝦也可以當七紅天，未來會有什麼樣的下場可想而知！——哎呀？在那邊的人不是佐久奈・梅墨瓦七紅天大將軍嗎？妳身體內流著蒼玉種的血液，用不著聽命於那種蚊子啦？跟黛拉可瑪莉・崗德森布萊德這種人待在一起，只會讓妳越來越汙穢！妳要不要也加入茲塔茲塔斯基小隊啊？」

這邊也在「呼轟」了。

在我身旁的佐久奈，身上開始有一股殺意波動膨脹。

「可瑪莉小姐，我可以稍微跟這個人談談嗎？一看到有人種族歧視，我就難以忍受。讓我置換她的星座，做思想矯正，這樣或許會更好……」

「咦？這樣真的只是要跟對方談談嗎……？」

「請問……閣下……若是要在這裡展開戰鬥，好像有點……」

「這、這我知道啦！啊——真是拿妳們沒辦法。」

我推開薇兒和佐久奈，人來到前方。

薇兒抓住我的肩膀，對我說「這樣不行，可瑪莉大小姐您的手會被咬到！」，但是我裝作沒看見。這時比特莉娜狼狽地後退半步，一雙眼瞪視著我。

「現……現在是怎樣!?如果要來場廝殺，我可以奉陪喔……!?」

「不是啦！我們又沒有要跟妳敵對的意思，就把娛樂性戰爭中的勝負忘了，大家好好相處吧。難得都來這邊泡溫泉了。」

眼下變得有點緊張的我伸出右手。

薇兒、佐久奈、艾絲蒂爾——甚至是比特莉娜，她們全都睜大雙眼。

這是我最近才發現的事情。那就是拿出誠意對待他人，對方也會用相應的誠意回敬我們。

比特莉娜就好像看到外星人一樣，用那種眼神看向我這邊。可是她似乎也能感受到我的心意，慢慢抬起那隻如雪般白皙的手——

啪唰！

然後她把我的手用力打掉了。

「——哼！我們又不是朋友！若是跟吸血鬼有任何掛鉤，這件事情一旦穿幫，不曉得共產黨本部會拿什麼話來數落我！」

「那就把妳殺了吧。」

「我要洗腦妳。」

「暫停暫停暫停暫停暫停!!在這邊引發紛爭會給旅館裡的人帶來困擾啊!!」

可是事態卻一面倒逐漸惡化。薇兒跟佐久奈和第七部隊那幫人不一樣，並沒有特別喜歡戰鬥，但她們怎麼會怒成這樣。

「我知道了！既然妳們有開戰的打算，我就在這間旅館引發殺人事件吧！犯人當然就是我！我從一開始就自白！來吧，放馬過來——」

「——啊啊啊啊啊啊啊啊啊啊好冷好冷好冷好冷好冷!!廁所那邊都沒有開暖氣耶!!還以為會冷死!!」

忽然間，有個似曾相識的聲音在此響起。

在場所有人都轉過頭。

一名少女抱住自己的身體跑了過來。

好吧也是啦。當比特莉娜出現在這邊，我就已經猜到她有可能也在這了。

「比特莉娜！我們迅速前往房間吧！是不是已經辦理好入住程序了……嗯？」

看來對方也察覺到我的存在了。

她有著一頭白色頭髮和一雙紅寶石般的眼睛，這是那個蒼玉種的正字標記——她就是普洛海莉亞・茲塔茲塔斯基。

那表情就好像被一隻狐狸抓到，對方那雙眼目不轉睛地盯著這邊看。

「黛拉可瑪莉・崗德森布萊德……？妳怎麼會在這？」

「怎麼會在這……就用很一般的方式來觀光啊。這是我們抽獎抽到的，反而是看到普洛海莉亞妳出現在這邊，我還比較驚訝吧。」

「說什麼驚訝，也太失禮了吧！不管蒼玉種擁有多麼強韌的肉體，都還是需要保養的。我聽說這裡有很多溫暖的溫泉，並沒有抱持太大的期待，都是部下吵著說『去吧去吧』煩死人，我才會過來的。」

原因不明，但是普洛海莉亞說話的速度好快。

她今天應該是休假模式吧。身上穿的不是平常那套軍裝，而是換上蓬鬆的厚大衣和厚圍巾，看起來好溫暖。她好像發現我在看什麼，接著就莫名其妙地害羞起來，嘴裡說了一句「別一直看我這邊啦！」，並將臉轉向一旁。

「總、總而言之，這還真是巧遇啊！今天我放假，所以就把戰爭的事情都忘了，好好來舒展一番……啊啊對了對了，洗手間那邊很冷喔，要注意一下，圍一條圍巾都不夠用。」

「話說妳的感冒已經治好了嗎？」

「我原本就沒有感冒啦！沒辦法參加前陣子的超殺戮大感謝祭，單純是我碰巧不方便罷了！絕對不是發燒臥病在床喔！」

我聽了一頭霧水，可是心裡卻覺得有點開心。

去年吸血動亂發生的時候，這個少女有來幫助姆爾納特帝國。如今回想起來，在天舞祭舉辦的當下，最終她也是站在迦流羅這邊的，然而我卻沒辦法準備足夠的謝禮送她。是說我完全不瞭解普洛海莉亞這個人，也許這次是加深友誼的好機

會──想到一半，不知為何旁邊的薇兒小聲說了一句「這還真是意料之外的發展呢。」

這一看才發現佐久奈和艾絲蒂爾的表情好像也變得有點險惡。

咦？難道她們關係不好？我覺得普洛海莉亞算是個好孩子啊。

「──普洛海莉亞大人，不能容許這些吸血鬼存在。」

我聽了那句話一陣錯愕。

說這話的人是比特莉娜。現在用的語氣跟剛才那種吵吵鬧鬧的語調正好相反。

「這是我們的休假，不需要吸血鬼這種異物。若是您有那個意思，那我就會想辦法把這裡包場。首先要用武力趕跑黛拉可瑪莉．崗德森布萊德一行人──」

「妳在說什麼啊？我跟黛拉可瑪莉是地位對等的客人，在我們之間沒什麼能讓我們引發鬥爭的。妳那是盜賊才會有的思想，實在不值得誇讚。」

「失禮了，您說得對。」

像是被外借過來的貓一樣，比特莉娜用那種乖巧態度一鞠躬。

這傢伙是怎樣？用來對待普洛海莉亞的態度跟對待我們的態度，兩者之間有著天壤之別。

到底哪邊才是她的本性？──正在為此傷腦筋時，普洛海莉亞開口說了句「事情就是這樣！」，打算出面做個總結。

「今天來這邊並不是要跟妳戰鬥。我們就來好好享受彼此的休假吧——比特莉娜，我們走，我想要快點去視察那個叫做溫泉的東西。」

「遵命。」

將這話說完後，那對雙人組就走了。

沒想到就只有比特莉娜一人用很猛烈的速度跑回來。

她惡狠狠地看著我，還壓低音量開口。

「若是妳以為這樣就贏了，那就大錯特錯啦！呸——！（吐舌）」

「到底哪種才是妳的本性啊。」

「當著姊姊的面，我會扮演『模範聯邦軍人』！因為我不想讓姊姊失望！若是妳把我的本性跟姊姊說了——小心我把妳這樣。」

比特莉娜雙手弄出類似在比「ＹＡ」的動作，再像螃蟹那樣夾個幾下。我不知道這樣的動作代表什麼意思。是說她幹麼自己把弱點暴露出來，我真的不懂。

「——喂，比特莉娜！別在那邊磨蹭啦！要是溫泉冷掉該怎麼辦？」

「很抱歉，普洛海莉亞大人。我立刻過去。」

比特莉娜又對我做了一次「吐舌頭扮鬼臉」的動作，最後才走人。

感覺這個人還挺有個性的。算了，我就來好好享受我的旅程吧——正在悠閒思考這檔事時，旁邊的薇兒突然間邪笑起來，此事還被我察覺。

「我們就將那傢伙的本性透露給茲塔茲塔大人知道吧。」

「別那樣啦……」

於是我的三天兩夜溫泉之旅就此展開。

☆

我們被分配到的三人房位在二樓。

那裡會讓我、薇兒跟佐久奈這三個人來使用。另外還有一件事，就是艾絲蒂爾有她自己的房間，不會跟我們一起住。老家就是溫泉旅館，感覺好厲害喔。那不就能夠泡溫泉泡到飽了——心中懷抱羨慕的心情，我躺到位在床邊的軟綿綿床鋪上。

「可瑪莉小姐想要靠窗的位子嗎？那我就來使用中間這張床吧。」

話說到這邊，佐久奈坐到中間那張床鋪上。

然後她又用贏了很得意的目光看著薇兒。

被人這樣看，那個女僕嘴裡發出一聲嘆息，一副「真受不了妳」的樣子。

「可瑪莉大小姐隔壁的床鋪被人搶走了呢，這也是沒辦法的事情。」

「先搶先贏，請薇兒海絲小姐睡靠牆的床吧。」

「不，我要跟可瑪莉大小姐用同一張床。」

「！？！？」

佐久奈當下的表情很像被閃電打到一樣。

這是在比什麼？——正感到疑惑時，薇兒坐到我的床鋪上。不對，為什麼跑來這邊啊。妳就像個普通人那樣，直接去睡邊邊那張床不就好了。

「喂，這裡既然都有三張床鋪了，若是沒有一人睡一張床會很浪費吧。」

「核領域的氣溫比姆爾納特還低，為了避免可瑪莉大小姐的身體太冷，我會一整晚抱著您。」

「不需要啦！我說佐久奈！妳也說說她嘛！」

「薇兒海絲小姐心懷不軌，這樣不行。就讓我來代替她溫暖妳吧……」

「咦？為什麼連佐久奈都跑到我的床上坐？」

「就是說啊，梅墨瓦大人。這張床鋪跟可瑪莉大小姐都是屬於我的。」

「才不是屬於妳的好不好。」

「一個人獨占很不好。再說薇兒海絲小姐總是跟可瑪莉小姐待在一起不是嗎？有的時候讓我跟可瑪莉小姐作伴也行啊。」

「原來妳是這個意思啊？那我們就透過相撲比賽來決定吧。」

「妳們住手啦，別比相撲了。」

「這樣正好！我可是不會輸的……！」

「佐久奈妳別這樣，不要中了薇兒的挑釁。」
「先從床鋪上面掉下去的人就輸了，麻煩可瑪莉大小姐當裁判。」
「我怎麼可能當啊！我要先去外面一下啦！」
無視在背後爆發的那場紛爭，我離開那間房間。
難得有機會來到這麼豪華的旅館，我們每個人用一張大大的床鋪就好了啊。是說我明明很想睡那張床的。難道佐久奈是為了阻止薇兒，不讓她做出會給人添麻煩的事情，才答應要跟她比相撲？如果是這樣的話，佐久奈還真的是無害美少女沒錯。
就這樣，我將佐久奈的評價向上修正，同時在走廊上走了起來。
後來我遇到從自己房間出來的艾絲蒂爾。
「啊……閣下！您這是怎麼了？」
「我稍微出來散步一下。因為房間裡爆發一場紛爭……話說回來，這間旅館很棒呢。雖然我才剛來。」
「謝謝誇獎……！」，艾絲蒂爾臉上浮現笑容，看起來是打從心底感到開心。
「能夠讓閣下喜歡，我真的很開心。其實紅雪庵在法雷吉爾溫泉小鎮中也是被人評為頂級旅館的旅店喔。常常在旅館人氣投票中獲選為第一名。」
「是喔，這邊的服務真的很棒呢。房間都亮晶晶的。」

「說得沒錯。我也是從小就以旅館女繼承人的身分接受嚴格教育——啊，對、對不起！說我的身世一點意思都沒有！請您忘了吧……」

「其實我反倒很想聽聽看呢。將來艾絲蒂爾是不是會成為紅雪庵的老闆娘？」

「這……我已經選擇走上軍人之路了。如果要找人繼承的話，應該會是妹妹吧。」

就在這個時候，艾絲蒂爾的表情蒙上些許陰影。

她接著又一臉緊張地看向這邊，嘴裡說著「閣下……」。

「其實……我妹妹是閣下的粉絲。」

「咦？是這樣啊？」

「是的，她聽說閣下會大駕光臨就非常高興。若是不會給您添麻煩的話……您可不可以去見見她？——不對！那個——占用閣下的時間，我知道這樣的行為有多麼罪孽深重！若是您不方便而拒絕了，我們是完全不會介意的……！應該是說您若是拒絕，我心情上反而更能釋懷……！」

艾絲蒂爾在說這些話的時候，模樣看起來惶恐至極。

她明明沒必要害怕的……想歸想，她畢竟還是新人，會有這樣的反應也是情有可原吧。既然艾絲蒂爾都這樣拜託了，我沒道理拒絕。是說我也很想見見她的妹妹。

「——我知道了。若是妳願意帶我過去妹妹那邊，我也會很開心的。」

後來我被帶到一個地方，那裡寫著「無關人士禁止進入」。

在這一塊區域裡，有個房間位在最深處——門板上面還貼著一張寫了「莫妮卡」這幾個字的牌子，這就是艾絲蒂爾帶我前來的房間。

「莫妮卡！可瑪莉閣下——崗德森布萊德閣下來看妳了喔。」

在敲門的同時，艾絲蒂爾還對裡面的人說話。

過沒多久，門就從內側那邊「喀嚓」地開啟，現身的人是一名身穿白衣的少女。這個女孩就是莫妮卡？——但我好像猜錯了。只見艾絲蒂爾「啊！」了一聲，向後退開一步。

「光耶醫師……！原來妳已經來了啊。」

「是啊，今天是星期六，我就來府上出訪看診。」

那是一名神仙種，髮型是頭上頂著兩個圓球的樣式。

這個被稱作光耶的少女用明顯睡眠不足的眼神仰望艾絲蒂爾。

「妳應該是在休假吧。那妳可以去見見莫妮卡小妹妹。跟家人見面說說話，這對於心靈療養也有很大的幫助。」

「是！請問……莫妮卡的狀況如何呢？」

「狀況上可以說沒什麼變化。每個禮拜會用神具幫她治療一次，可是都沒顯現出什麼效果。目前也還沒找到確切的治療方法——話說……」

那個夭仙開始盯著我看。感覺這個人身上散發不可思議的氣息——這念頭才剛浮現，艾絲蒂爾就慌慌張張地謝罪，嘴裡說著「很抱歉！」。

「閣下，這位是莫妮卡的主治醫生，名字叫做光耶醫師。而這位是黛拉可瑪莉・崗德森布萊德閣下。我想光耶醫師應該也聽說過——」

「我當然曉得啊。」

那個光耶醫師面帶笑容靠近我。

「妳是拯救帝國的英雄對吧。早就對妳的活躍表現有所耳聞了。能夠見到妳是我的榮幸。」

「那個……我也覺得很榮幸。但我不是英雄就是了……話說回來，妳是醫生啊？」

我心裡覺得有點疑惑。

所謂的醫生，這種職業似乎是能夠替人治病療傷的。很久以前，這樣的人好像很多——但自從這個世界開始受到魔核影響後，聽說做這種職業的人就逐漸消失了。

此時光耶醫師開口了，臉上還露出有點自嘲的微笑。

「這個職業已經跟不上時代了，但依然存在需求。例如人們若是受了傷，但魔核又無法治癒。又或者是去到母國魔核的效果範圍外，在那邊受了傷。還有就像這次的莫妮卡小妹妹那樣——得了無論如何都沒辦法靠魔核治癒的『心傷』，諸如此類的。」

「心傷……？」

「沒錯，莫妮卡・克雷爾並不是身體不好。而是人變得越來越沒有幹勁，逐漸失去動力——她得了這類型的心靈疾病。我都把這種病稱作『消盡病』。」

「一直到約莫半年前，莫妮卡都還很正常，會去學校上學……可是現在幾乎每天都關在房間裡，一直在睡覺……」

原來還有這種病症存在，我聽了好驚訝。

接著光耶醫師又將手放到下巴上，嘴裡發出一聲「嗯——」，並且向上看。

「但是莫妮卡小妹妹是可瑪莉閣下的粉絲。只要跟她說起閣下的事情，她就會變得比較有精神一點。妳來得正好——若是能去見見她，對她也是有好處的。」

「不好意思，閣下。若是您能夠為了莫妮卡，稍微跟她說說話，那樣會很有幫助。」

「這樣會讓我覺得很有壓力……」

我會擔心看到真正的我，對方會不會幻滅。

但既然艾絲蒂爾跟醫生都這麼說了，我就去見見她吧——當我將自己的想法告知後，艾絲蒂爾微微地笑了，還跟我低頭道謝，對我說「謝謝您」。

「莫妮卡小妹妹已經醒過來了，請進吧。」

光耶醫師將門完全打開。

裡面有溫暖的空氣飄散出來。應該是用來暖房的魔法石正在作用吧——緊接著我就看見一間屬於少女的房間，看起來沒有任何異樣之處。

房內放置書架、桌子跟觀葉植物等物。

靠近窗邊的位子有一張床，一名少女就坐在上面。

「咦……妳是誰？」

對方嘴裡發出滿是驚訝的輕喃。

她是髮色跟艾絲蒂爾一樣呈現紅褐色的吸血姬。長相跟姊姊很像，卻散發一股脆弱感，彷彿碰了就會弄壞似的。

「這位就是七紅天大將軍黛拉可瑪莉・崗德森布萊德閣下。她是來這邊見莫妮卡的——閣下，她就是我的妹妹莫妮卡・克雷爾。」

「初次見面，我是黛拉可瑪莉・崗德森布萊德。在帝國軍那邊跟妳的姊姊一起共事。請多指教喔——莫妮卡。」

那對純真無邪的雙眼一直望著我。但我感覺她好像是在看我肩膀那邊，也許是跟我對看會覺得難為情吧。

這些就先不管了，我還發現令一項讓人驚愕的事實。

那就是我什麼伴手禮都沒準備。是不是做點才藝表演會比較好？可是我能夠做的才藝表演，頂多就只有學貓叫——原本還在擔心這個，但現在看來好像是我杞人憂天了。只見莫妮卡一臉感動的樣子，嘴裡輕聲說著「是本人……」，臉還紅了起來。

「請問——妳真的是七紅天嗎？」

「沒錯喔，我是這個世界上最強的七紅天大將軍。」

「聽說妳總有一天要征服世界，這是真的嗎？」

「沒錯，雖然不是現在馬上要征服。」

「聽說妳還用小拇指殺了五兆人，這是真的嗎？」

「是真的！就在我的小拇指上，已經沾附了五兆人的鮮血和悲憫！」

我不想說謊，但是又不想破壞小孩子的夢想。

話說五兆人是什麼鬼，是要把數字堆得多高才甘心啊。都已經超過全世界總人口數了吧。晚點要去跟六國新聞那幫人正式抗議一下——但就算去抗議了，也沒什麼效果吧。可惡。

莫妮卡一直用尊敬的眼神看我。

湯
© riichu

那樣的視線刺痛我了，拜託不要用那樣的眼神看我。不對，先不說這個了，我發現一件事。

「——光耶醫師？她好像滿有精神的啊？看起來不像生病。」

「平常她往往連點反應都不會給，剛才也一直都是這樣。應該是說醒來的時間原本就極度短暫……一整天下來有十五到十六個小時都在睡覺。如此說來，這次作為說是一番壯舉也不為過。」

「是，時隔許久，終於又能看到妹妹的表情出現變化，這都是多虧了閣下。」

原來如此。詳細情況我不是很清楚，但我好像有幫上忙。

我靠近莫妮卡，盡可能展現出年紀比較大的人才具備的包容性笑容。

「謝謝妳替我聲援。能夠見到莫妮卡，我也很高興——不嫌棄的話，要不要跟我一起玩？平常妳都在玩些什麼呢？」

「都是看書……」

「是這樣啊，我也很喜歡看書。」

「可是最近都沒有看。因為大家都很忙碌，沒有人能夠念給我聽。」

「那我來念給妳聽吧。莫妮卡喜歡什麼樣的書呢？」

「妳可能沒聽過。就是像『宵之森漫步』這種的……」

「那本我知道！最後謎底解開的時候，看了好驚訝呢！都沒想到一開始出現的狐狸就是伏筆。」

「……!!」

莫妮卡的眼睛跟著睜大了。

在那之後，她似乎逐漸對我敞開心扉。

我們從《宵之森漫步》的話題開始談起，接著又聊喜歡的書、喜歡的作者，還有推薦的系列等等，話題越聊越廣。比起一開始給人的印象，她其實更健談。光耶醫師曾說「這種疾病會逐漸讓人失去幹勁」，聽起來像是那樣——但是她現在卻說了好多話，一直在笑，看了實在讓人難以想像這個女孩罹患了那種病症。

「我也想看看閣下寫的小說。若是真的出書了，我一定會買的。」

「謝謝，雖然覺得有點可恥，但妳可以期待一番。」

我不太有機會跟人像這樣大聊感興趣的話題，因此一不小心就連自己有在寫小說的事情都講了。莫妮卡當下是說「好棒好棒」，看起來非常開心的樣子。她實在是太純真了，害我都覺得有點難為情。

「閣下，時間好像差不多了……」

「咦？」

聽到艾絲蒂爾跟我說悄悄話，我這才注意到。

自從來到莫妮卡的房間之後，已經過了大約二十分鐘。我是不是打擾太久啦。

莫妮卡也一副很想睡的樣子，打了個呵欠後，她用手擦了擦眼角。

「抱歉，我好像聊太久了。」

「沒關係……我很高興，可是我又很想睡……」

看樣子一天睡十幾個小時的事情好像是真的。晚點再去找薇兒打聽一下好了。她對於毒藥跟藥物都很清楚，搞不好能夠找到治療的方法也說不定——想是這樣想啦，但就連專業的醫生都找不出解決辦法了，我看還是別抱太大期好了。

「那麼莫妮卡，我就先失陪了。一直到後天都會待在這邊，若是妳想要見我，隨時都可以叫我過來。是說我也會主動來見妳就是了。」

「嗯，啊……可是……」

這時莫妮卡說起話來變得欲言又止，當下還讓雙眼看向下方。

「……我覺得可瑪莉閣下可能會先死掉。」

「………………」

……嗯？

我好像聽見超級意想不到的話？

「莫、莫妮卡！妳在說什麼啊!?那種事不可能發生吧！」

「不是這樣的，艾絲蒂爾。因為『暗影』都已經說希望可瑪莉閣下過來了。」

「妳又～在說暗影的事情！世界上根本就沒有那種東西吧？」

「有啊！昨天就來過我的床鋪旁邊。」

不對，先等一下。那兩個人在說什麼？暗影？所謂的暗影，是在說自己的影子？——好像有人察覺我陷入困惑狀態。光耶醫師在這時偷偷跟我說了些悄悄話。

「可能是她自己幻想出來的朋友。莫妮卡小妹妹三不五時就會宣稱『有暗影過來跟我說話』。有可能是她的精神狀況不穩定，才會出現奇怪的幻覺。」

「原來還有這種事啊……？」

「莫妮卡小妹妹是說『紅雪庵這邊有「暗影」在徘徊』。可是除了她，沒有其他人看見。當然我也沒看過。可是強行否認也不太好，總之妳們要多加小心。」

「沒有多加留意的必要啦，光耶醫師。那些都是莫妮卡的妄想……」

這時莫妮卡大聲叫喊「那不是妄想！」。

我差點嚇到心臟停擺，她正用很迫切的眼神看著艾絲蒂爾。

「真的有暗影，暗影還說會帶我到幸福的地方。」

「就說沒有了。媽媽她也說沒看過不是嗎？」

「那是因為除了我，其他人都看不見。暗影是很怕生的……」

這真的是妄想之類的嗎？

還是莫妮卡在跟人開玩笑？或者真的是什麼恐怖事件？

總覺得談話的方向一口氣轉變了啊。

「那個……莫妮卡？為什麼我會死掉？」

「我也不知道。可是暗影很氣可瑪莉閣下……」

「…………」

哎呀呀。看來這下能夠確定，一切就像光耶醫師推測的那樣。

因為我根本就沒有見過那個什麼暗影。一個沒見過的人（？）在生我的氣，這樣未免太莫名其妙了。我在想這應該是莫妮卡想出來的玩笑話，想要嚇唬我。一定是那樣。

「哈、哈、哈。是嗎是嗎？那我就對這個暗影說句話吧。沒什麼好擔心的啦。我可是全宇宙最強的七紅天大將軍——」

「啪哩!!」——棚架上的花瓶就在這時出現裂痕，害我差點要發出慘叫聲。並不是有人去觸碰那個花瓶，而是在沒有任何前兆的情況下，花瓶就壞了。

莫妮卡接著喃喃自語。

「暗影生氣了，今天晚上可能會有人死掉。」

我看找人來做一下法事可能會比較妥當。

去拜託薇兒，請她拿個「御幣」（註1）過來好了。

註1　神道教在祭典中奉神用的附棍白紙條或布條等。

「請您不要太在意，閣下。只是經年累月之下劣化罷了。」

「說得也是。若是那個暗影又跑出來了，我也會想辦法收拾，沒問題的——莫妮卡，我還會過來，妳好好休息吧。晚安。」

「嗯，晚安，可瑪莉閣下……」

只見莫妮卡一躺到床上就靜靜地閉上眼睛。

都還沒過十秒，我就聽見安穩的鼻息聲。

光耶醫師在這時嘆了一口氣，嘴裡說著「事情就是這樣」，人找了放在附近的椅子坐下。

「等到為莫妮卡小妹妹診斷完病情後，我就會回去了。謝謝妳，可瑪莉閣下……多虧有妳，我覺得她的『意志力』好像多少有恢復一些了。」

「意志力……？」

「在說心靈方面的事情，那麼妳們二位就好好享受這段旅程吧。」

雖然我不是很懂，但有醫生跟在身邊，應該不會有事吧。

接著我就跟艾絲蒂爾一起離開莫妮卡的房間。才一離開，艾絲蒂爾就向我低頭，對我說「真的很抱歉」。

「妳別放在心上，那只是莫妮卡的童言童語……」

「唔唔……」

但話又說回來。

那個暗影到底是什麼呢？很有可能就像光耶醫師說的那樣，就只是幻覺而已，這樣的可能性還是存在。可是莫妮卡臉上的神情實在太認真了。是不是看到幻覺都會像那樣？還有根據莫妮卡所說的話聽來，會覺得這個「暗影」好像不是多好的東西。

舉例來說，她還說過「暗影要帶我前往幸福的地方」。

我覺得有種不妙的感覺，是不是我想太多了？

而且不知道為什麼，那個暗影好像還在生我的氣，這樣真的不會有事嗎？

「……去想那些也沒用吧，我看還是在這次旅程中玩個盡興比較實在。」

「是，若是您能夠在紅雪庵這邊度過一段開心的時光，那將會是我們的榮幸。」

調適完心情後，我就從莫妮卡的房間離去。

那個叫做暗影的謎樣存在固然令人在意——但眼下好好泡個溫泉享受一番才是最要緊的。

☆

等到我回房間之後，相撲大賽已經分出勝負了。女僕張開雙手雙腳倒在地面上。

「這怎麼可能……我居然輸了……？怎麼會這樣……」

那是我無法理解的世界。女僕好像受到了打擊，我看就丟著別管好了。

佐久奈則是突然露出一抹微笑，對我說「歡迎回來，可瑪莉小姐」。而且不知道為什麼，她坐在我的床鋪上不說，雙手還握成拳頭形狀。真可愛。

「我贏了！剛才都已經約好了，今天睡覺的時候，就讓我跟妳一起睡吧。」

「咦？約好了？在說什麼。」

「妳難道忘了嗎？就是約好贏的人可以跟可瑪莉小姐一起睡覺啊。」

佐久奈笑得天真無邪。

我們有做這樣的約定？可是佐久奈是個認真的好孩子，只是跟她一起睡沒什麼關係吧。又不會像薇兒那樣，對我做些奇怪的事情。而且身上聞起來好像還香香的。

「剛才妳都跟艾絲蒂爾小姐在一起嗎？」

「嗯，我跟艾絲蒂爾一起去見她的妹妹。她好像因為生病的關係，暫時臥病在床……」

「原來是這樣啊……要不要讓我對她放些回復魔法？」

「不用了，我想她的病應該不是那種的……」

回復魔法的話，光耶醫師早就試過了吧。恐怕莫妮卡肉體上並沒有損傷，因此魔核的效果也無法擴及到她身上。換句話說，能夠提高魔核魔力供給速度的回復魔法也不會有效果。接著佐久奈又語帶遺憾地說「原來是那樣」。

「若是有我能夠幫得上忙的地方，不管是什麼事情都可以跟我說——請妳跟艾絲蒂爾小姐轉達這句話。別看我這樣，我可是很擅長使用輔助系的魔法。」

「嗯，謝謝妳。」

像佐久奈這樣的好孩子，不可能做出類似薇兒的邪惡行徑。

我看我今天就放心抱著佐久奈入睡吧。

「……可瑪莉大小姐，我剛才被梅墨瓦大人推下床。」

不知不覺間，薇兒已經淚眼汪汪地望著我了。

其實我都明白，那一定是假哭。

「請您看看。我全身的骨頭一根不剩，通通粉碎掉了。」

「是嗎？那還真是飛來橫禍呢。」

「真的是這樣。我明明都哭喊著不要不要了，梅墨瓦大人還毫不留情將我推下來。我只是想在可瑪莉大小姐的床鋪上睡覺而已……不覺得這樣很過分嗎？您難道就不想抱著可憐的女僕安慰一下？」

「先別管這件事了，我們來擬定今天的計畫吧。我想要吃吃看溫泉蛋包飯。」

「遵命，若是可瑪莉大小姐不願意安慰我，那我現在就把可瑪莉大小姐的衣服切成碎片，全部丟到溫泉裡面。」

「哇——！別這樣，不准抓我的衣服！要脫的時候會自己脫啦！」

「那麼可瑪莉小姐，既然來都來了……要不要去泡溫泉？」

此時佐久奈扭扭捏捏地說了這番話。

正在按住薇兒腦袋的我，腦子裡也在思考——的確，若是不去泡溫泉就太可惜了。可是來到這個節骨眼上，我心中卻有種近乎躊躇的情緒萌芽。

那是因為——冷靜下來想想，這可是要跟朋友一起去洗澡喔。

不會覺得害羞嗎？哎呀也不是啦——或許覺得害羞的人才奇怪吧。

「妳怎麼了？如果去泡溫泉的話，也許能想到寫小說用的題材喔。」

「唔唔唔……」

聽到佐久奈這麼說，我也覺得有道理。這一天之中最容易開啟妄想力的，莫過於睡前和洗澡那段時間。再說我會來參加這次的旅行，理由正是想要從低潮中脫離。

「好吧，佐久奈說得對。那我們就趕快來去洗澡——」

「請先等一下，可瑪莉大小姐。」

此時薇兒抓住我的肚子阻止我。

她抓著我的側腹，用很不服氣的語調說了些話。

「要去泡溫泉，這我很贊成。可是在那之前，多了不得不先處理的事情。」

「是什麼事情？要先做暖身運動之類的？還有妳先放開我。」

「這不是要去游泳池，不用那麼做。事實上，跑來紅雪庵這邊的人不是只有我們跟茲塔茲塔大人一行。」

「有其他的客人在是理所當然的吧。還有妳不要揉我的肚子，這樣很癢。」

「話可不能這麼說——」

薇兒拿出通訊用的礦石。

接著她告知了令人驚訝的「巧合」。

「阿爾卡跟天照樂土那邊的人好像也來這了。剛才就跟我聯絡過——他們還說『我們在一樓的休息室等待，快點過來』。」

「——可瑪莉！在這邊遇到真的好巧喔！」

一進到那個什麼休息室裡，一道人影就朝我衝過來。

「咦？妳怎麼會——」

我都還來不及跟對方打招呼。

接下來的事情，其實我已經隱約猜到了。她憑藉那跟彈丸不相上下的速度，就這樣衝了過來——接著還緊緊將我抱住。在我背後的佐久奈跟薇兒都發出悲鳴聲，對方卻毫不在意，甚至開始用臉頰磨蹭我。

對方的真實身分自然不用多說——她就是將桃紅色的頭髮綁成雙馬尾的少女。同時還是阿爾卡共和國的總統，納莉亞・克寧格姆。

「原來可瑪莉也來泡溫泉了啊！實在是太巧了！不覺得這是命運的安排嗎？」

「先、先不管是不是命運安排，總之好巧喔。但妳可不可以先放開我？」

「才不要！我跟妳可是互相分享血液的姊妹了喔？姊姊跟妹妹感情融洽地抱在一起，這很理所當然吧？再說我們可是相隔差不多兩個月沒見了呢。」

我磨我磨我磨我擦我擦我擦。

納莉亞用臉頰摩擦的動作一直沒有停擺。這樣很丟人，拜託快住手。有好多人都在看啊——雖然我是這樣想的，她卻緊緊貼在我身上，感覺很像是要故意做給周遭其他人看似的。

「最近好冷喔。讓我來溫暖妳吧？」

「不、不用了啦！反正我接下來準備去泡溫泉。」

「也對喔！那我們一起去泡吧！身為姊姊就要負責幫妳洗背！」

「為什麼妳是姊姊啊!?而且我跟妳根本就不是姊妹，就算我們真的是姊妹好了，我身上散發出更知性更成熟的氣息不是嗎！當姊姊的應該是我！」

「妳在說什麼啊？我都已經十六歲了喔。」

「…………」

咦？原來納莉亞才是姊姊？是說她什麼時候變成十六歲的？我原本還想替她慶生耶——情況就是這樣，我心中抱持遺憾的念頭，這時薇兒強行將我和納莉亞拉開。

「麻煩您別這樣，克寧格姆大人。可瑪莉大小姐臉頰上的皮膚要是剝落該怎麼辦？」

「怎麼啦？在嫉妒嗎？」

「這不是在嫉妒。因為可瑪莉大小姐最看重的人肯定是我。克寧格姆大人妳覺得自己跟她交換過血液就足以拿來誇口賣弄，但我在前不久發生的騷動中，也已經跟可瑪莉大小姐互相吸血過了。」

「是這樣啊。那妳就是在我『之後』才跟可瑪莉互相吸血對吧。」

「……您說這話是什麼意思？誰先誰後有什麼關係嗎？難道您是那種會在意先有雞還是有蛋，想到無法睡覺的人？順便跟妳說一下，比起順序，我認為次數更重要，所以現在立刻讓我吸可瑪莉大小姐您的血液吧。」

「哇啊啊啊啊啊啊啊!?夠了!!別貼過來，變態女僕!!快點救救我，納莉亞!!」

「好啦好啦，抱歉抱歉。這都是在說笑，妳就別那麼做了，薇兒海絲。」

只見納莉亞打趣地笑著，這才從我身邊離開。

看來她剛才似乎是在調侃薇兒。除此之外，在納莉亞身旁的凱特蘿還鼓著臉頰瞪視我。真的拜託妳了，不要亂散播戰爭的火種。雖然我看不明白，不知道為何會引發這場紛爭就是了。

「納莉亞大人，為這種人慶生的事還是……」

「又沒什麼關係，凱特蘿。等到妳生日的那天，我也會替妳盛大慶生嘛。」

「就算您這麼說……聽您這麼說……我是覺得很開心啦……」

納莉亞跟凱特蘿開始在那邊偷偷摸摸對話起來。我好像聽到慶祝之類的字眼，不知道是在說什麼？好吧算了。比起那些──

「為什麼納莉亞妳會來這邊？該不會是抽獎抽中的吧？」

「差不多是那樣，還有來的人可不是只有我們喔。」

「──別來無恙，可瑪莉小姐。最近一切仍都安好嗎？」

叮鈴──一陣鈴鐺聲響起。

有個少女就坐在休息室的桌子前喝茶。她身上穿著一如既往的和風服飾，這個人就是天照樂土的大神──天津・迦流羅。就在她旁邊的位置上，坐了一身忍者裝束的峰永小春，她嘴裡還吃著布丁。我也想吃那個。

「迦流羅妳也是抽獎抽到的？」

「是的，感覺我好像把這一生的好運都用完了。」

「……不覺得這樣實在太過巧合了？在同一個時期中獎，還來住同一間旅館，有可能發生這種事情？」

「一般而言是不會發生的。就是因為這次情況夠不尋常，才會發生這種巧合。」

「等等啦小春！別多嘴亂說話！若是穿幫了該怎麼辦！」

穿幫……？這是在說什麼呢？

當我困惑地歪著頭，迦流羅臉上就浮現討好的笑容，靠近我說「請別放在心上」。我覺得她們好像有什麼事情瞞著我，但還是如她所說，就別放在心上了吧。

「妳過得好嗎？我聽說姆爾納特帝國正在順利復興中。」

「咦？喔那個啊——我覺得應該沒太大問題。還是能像平常那樣生活。」

去年年底發生的那場恐怖攻擊讓姆爾納特帝國帝都蒙受重大損害。

然而現在在皇帝的主導下，該處正急速復興。被破壞的街道也幾乎都修復完成了，吸血鬼們又能開始回去過和平的日常生活。

這些都要歸功於來幫忙鎮壓恐怖分子的納莉亞和迦流羅吧。

對於她們兩個，實在是感激不盡。

「逆月那幫人還真是不像樣。他們似乎還說要把魔核破壞掉——若是做了這種事，整個世界將會陷入混沌，這明明是能預見的結局。」

「就是因為他們希望能夠帶來混沌，才會被當成恐怖分子吧？奶奶也說過，像他們那種人，主要目的往往都是搞破壞和大屠殺。」

「那還真的很不像樣。單就擁有理念來看，馬特哈德還比較好一點。」

這時納莉亞一副很無語的樣子，嘴裡跟著發出嘆息。

這使我想起那位絲畢卡・雷・傑米尼。

她到底在想什麼，為什麼要對帝國宣戰？感覺她的目的似乎不單只是要「破壞魔核」——但我想不明白。看樣子有必要跟那傢伙敞開心胸談談。只是在敞開心胸對談之前，我有可能就會先被她猛刺肚子。

「克寧格姆大人。那種讓人煩心的事不提也罷，如今這場作戰計畫該如何推進才是更重要的。」

「說得也是喔！」這讓納莉亞開朗地笑了，還伸手握住我的手。「那可瑪莉，我們趕快來去泡溫泉吧。」

「不……可是……」

「怎麼啦，妳在害羞啊？沒事的啦，我會當個稱職的護花使者！」

☆

是說我覺得洗澡這種事應該要一個人做才對。

那是不被任何人打擾的療癒時光，也只有洗澡可以洗去每日繁重工作帶來的壓力。女僕似乎一直都有顧慮到這點，在我洗澡的時候，並不會強行闖進來。不對，還是會闖進來，但頻率上大概是洗三次澡發生一次。

只是——今天不同了。

我們大家要一起泡溫泉。不只是那個女僕，就連其他那幾個好朋友都會一起來泡。

如今再想想，會覺得那真是讓人害羞到不行。我看我還是跟大家錯開泡好了？——我待在脫衣間的角落，渾身僵硬地思考這些。

「——可瑪莉大小姐？您的動作停擺了，發生什麼事情了嗎？」

「沒什麼……」

「啊啊！我忘記拿浴帽了。非常抱歉。這樣泡泡會跑到可瑪莉大小姐的眼睛裡。」

「那種東西我不需要啦！重點不是這個……」

接著薇兒看似恍然大悟地點點頭，嘴裡說著「我懂了」。

「簡單講就是您覺得害羞對吧，那我來幫您脫衣服吧。」

「哇啊啊啊啊啊啊啊!?別過來這邊！不用了啦，我自己的事情自己做！」

「話可不能這麼說，天津大人跟克寧格姆大人都已經過去了喔。」

女僕她早就已經脫到全裸了。她都不會覺得害羞嗎？不對，期待薇兒有羞恥心是沒用的吧。這傢伙可是變態女僕。話說我的眼睛都不知道往哪裡看才好，我到底該怎麼辦。

「那個……沒有浴巾之類的？」

「來吧請用，但是嚴禁放到浴缸裡喔。」

我接過浴巾。但接下來卻沒辦法有所行動。

「……吶薇兒，妳可以先過去嗎？」

「不行，可瑪莉大小姐可能會逃走。」

「我才不會逃跑！只是……會覺得害羞而已。」

「您在說什麼孩子氣的話？羞恥心這種東西百害而無一利。若是要好好泡溫泉享受一番，那回歸大自然是很重要的——您還記得嗎？去年夏天大家一起去海邊的事情。」

「記得是記得……但那件事怎麼了嗎？」

「可瑪莉大小姐一開始也覺得穿泳裝被人看到很害羞。可是一旦真的穿上泳裝了，您就拋開羞恥心，還放開來玩對吧？」

「話是這麼說沒錯……」

「如今您就算穿著泳裝在街上走也不會抗拒了吧？」

「那是一定要抗拒的啊。」

「這兩者都是一樣的道理。一旦曾經全裸過，再來就會覺得全裸是很正常的。即便如此，可瑪莉大小姐依然還是說不要的話，我就來替您脫衣服吧。來吧可瑪莉大小姐，請您乖乖站好。我現在就讓您回歸成剛出生的姿態──」

「住手啦！我自己會脫！薇兒妳面向那邊！」

已經怎樣都無所謂了啦──帶著這樣的心情，我伸手去抓衣服。

薇兒說的話就像在胡言亂語，但也是有它的道理在。總而言之全都是習慣成自然，等到我習慣了，應該就不會抗拒跟大家一起泡溫泉了。也就是說只要踏出最初的一步，之後就會海闊天空。

我嘴裡開始念起佛號，然後一邊脫衣服。

要捨棄雜念。泡溫泉這段至高無上的時光就在不遠處──

「──可瑪莉大小姐？您準備好了嗎？」

「唔、唔嗯……」

接著我躊躇地點點頭。在那之前都背對著我的薇兒轉過頭了。

接著她就發出驚訝的「哎呀！」聲。

「怎麼會有這麼漂亮的軀體！時隔許久，終於又在明亮的地方拜見可瑪莉大小姐的裸體，我的鼻血都快要流出來了。我看我還是把照相機拿過來吧。」

「做那種事情是在犯罪吧!!我要先過去了啦!!」

「不行。」

正要跑走的瞬間，薇兒從我背後用力抱住我。

被蜘蛛網黏住的蝴蝶原來是這種心情，就在那瞬間，我總算理解了。

「──快住手，放開我啦！喂妳別碰奇怪的地方！若是繼續做出變態行徑，小心我去跟佐久奈告狀！」

「這並不是變態行徑喔。」

「那是什麼！」

「在浴場裡面奔跑容易出大事，那邊也有寫相關的注意事項啊。」

只見牆壁上面貼了一張紙。

有一隻Q版的兔子在上面說「危險會跌倒！不要奔跑喔」。

這下我開始為別的事情感到羞愧。

「……您會想要興奮嬉鬧，這種心情我懂。但還是要小心別受傷了。」

「……我那又不是在嬉鬧，都怪妳說了奇怪的話。」

「這麼說也對。很抱歉，那我們一起過去吧。」

「嗯。」

於是我就躲在薇兒背後，邁步踏進浴場中。

在紅雪庵這邊，好像有好幾座浴池。

我們來到在這之中最能盡情賞雪的露天浴池。一進到浴池所在處，瞬間就有一陣寒風吹過來，足以讓人連身心都凍僵。身體原本還因為緊張變得滾燙起來，如今那些滾燙感受都被吹跑了。我好想趕快去泡澡溫暖一下——想著想著，我的視線看向前方。

「可瑪莉！這裡很溫暖很舒服喔。」

納莉亞她們早就已經在泡溫泉了。不管是凱特蘿、迦流羅還是小春、佐久奈，她們都完全沒有表現出害羞的樣子。也許到現在還婆婆媽媽的我才是最奇怪的那一個。

好吧，應該不會有問題吧。這裡有那麼多的蒸氣，想必可以幫我遮掉不少東西。

拿熱水在身上沖幾下後，我前往被岩石圍繞的浴池。

腳尖先進去，再慢慢連整個身體都浸下去——最後成功讓溫泉泡到肩膀那邊。

緊接著我不由得發出一口嘆息。

「好舒服……」

「就說了吧!?」

這時納莉亞突然高速靠過來。

我們的肩膀跟肩膀貼在一起。被她帶著燦爛的笑容凝視，害我不知所措。

「在那邊的看板上有寫著溫泉的功效。據說可以緩解疲勞，消除壓力，這些自然不在話下，但聽說對肌膚還具有美容效果。好像是因為溫泉水蘊含魔力的關係。」

「是喔，因為這裡是核領域的中心吧。」

「另外還聽說這裡的溫泉水具備讓身高抽長的功效。」

「真的嗎!?」

過分驚訝的我當場站了起來。熱水形成的水花潑到納莉亞身上，害她跟我抱怨「可瑪莉妳真是的～！」。這讓我開口說了聲「抱歉抱歉」，在跟納莉亞謝罪的同時，我人又坐回去。

我這麼做好像有點沒教養。

最近有些想法，那就是一碰到「可以讓身高長高的飲品」或是「可以讓身高變高的體操」等等，我就會出現過剩反應，那樣好像不太好。因為這樣很容易讓人看出我在意自己身材嬌小。反而態度上應該堅決表現出「身高那種事情一點不重要吧？」，這樣會顯得更帥氣。

所以說，我看我表面上就裝作反應冷淡好了。

雖然我還在狂泡這座溫泉。

「——啊，話說回來，我最近開始學馬殺雞了喔。」

「馬殺雞？怎麼突然去學這個。」

「因為凱特蘿說她這陣子很疲憊，於是我就看書學了——結果發現裡面還有一種『讓身高變高的馬殺雞』。等到洗完澡，我就幫妳用那個按摩。」

「真的嗎!?」

感到非常驚喜的我又站了起來。結果又害納莉亞被熱水的水花潑到，她還笑我說「妳一遇到這種事果然就反應熱烈呢！」。這下我好絕望，這種條件反射是怎樣？身體它自己想要長高，都不聽我的話了。

「克寧格姆大人，如果要馬殺雞的話，我都已經幫她馬得很夠了，就不勞您費心。」

「哎呀是這樣嗎？可是可瑪莉看起來好像很想要長高喔？」

「可瑪莉大小姐不需要長高，維持在容易搬運的大小剛剛好。」

「說得對呢，納莉亞大人。黛拉可瑪莉的身高堪稱是這個世界上最不重要的一件事。會去學馬殺雞原本就是要幫我消除疲勞的……」

「妳很累嗎？凱特蘿。」

聽到我對她說話，凱特蘿的肩膀抖了一下。

她臉上表情看起來就像是沒料到我會跟她說話。仔細想想才發現我跟這個女僕少女幾乎沒說過什麼話，中間老是夾著一個納莉亞。

「……是啊，我很疲倦。因為八英將的工作算是重度勞動。」

「凱特蘿不是只有擔任八英將而已，她還在當我的女僕。除此之外呢——她還要去協助雷因史瓦斯，幫忙在首都那邊巡邏。我們的國家距離安定還很遙遠……每天都發生多起殺人事件。」

「是喔，聽起來好辛苦呢。」

我不經意說出的一句話似乎讓凱特蘿不開心。

她開始用憤怒的眼神瞪視我。

「先跟妳說清楚！我跟黛拉可瑪莉……小姐同樣都是將軍！為什麼我要這麼辛苦，妳每天卻過得這麼遊手好閒!?」

「咦!?我……我每天也都過得很忙碌啊!?」

「請別說謊！這裡有證據——看吧！」

我的手一緊!!——是對方用力抓住我的手。

事情來得太突然了，害我不禁發出叫聲。

「——妳的手臂都軟趴趴的不是嗎！沒有吃過苦頭的人才會長出這樣的身體！若是想要納莉亞大人替妳馬殺雞，等妳長點肌肉再說！」

「等等……不要一直揉啦！很癢耶！」

「只有凱特蘿捏太狡猾了！我也想要揉可瑪莉柔軟的手。」

「翦劉種還是麻煩閃邊去吧。可瑪莉大小姐的手就形同我的第三、第四隻手。」

「最該閃邊去的人是妳才對吧!!夠了啦——不要再揉了————!!」

納莉亞跟薇兒毫不客氣地貼在我身上。

我拍打出一堆水花，想要設法從那些變態的魔爪中逃離。但不知道為什麼，凱特蘿用羨慕的眼神瞪視我。與其在那邊擺那種表情，妳還不如來接管納莉亞吧？——剛想到這邊，那個當事人納莉亞就開開心心地「啊、哈、哈、哈、哈！」大笑。這傢伙的目的不是做些變態的事情，她的目的是戲弄我才對。

怎麼能讓妳稱心如意！——原本還能抵擋住憤怒波動的堤防終於潰堤了。

我捲起一大堆熱水，封殺納莉亞和薇兒的視線。趁她們兩個嚇到的時候，再將熱水啪唰啪唰地撥開，要逃離這個地獄。

「啊啊！可瑪莉大小姐好過分！我還想再多享受一下！」

「啊——啊，都是薇兒海絲的錯，害她心情變差了。」

「您在說什麼啊？是因為克寧格姆大人性騷擾才會那樣。」

那兩人在我背後爭論起來，我要當作沒聽見、沒聽見。

接著我趕緊繞到浴池的另一側。將我們剛才那一連串互動盡收眼底的迦流羅面帶苦笑迎接我。

「可瑪莉小姐很受人仰慕呢。」

「受人仰慕……這算是嗎？她們只是一直在摸奇怪的地方啊……？」

「我是覺得這就足以證明她們很仰慕妳──但的確，薇兒海絲小姐跟納莉亞小姐在做的事情有點太過火了。」

在迦流羅身邊的，就只有佐久奈跟小春。

只要來到這邊就安全了吧。對了，就在對面那邊，納莉亞跟薇兒直到現在還是在爭吵。凱特蘿原本想阻止她們，薇兒打出的水槍攻擊卻命中她的臉。一來一往之間，最終演變成女僕對女僕的對決。現在是出來旅行，她們明明就可以好好相處的。

「……這裡連一個變態都沒有，可以放心了。」

「欸嘿嘿……可瑪莉小姐，我晚點再幫妳洗身體喔。」

「咦？嗯、嗯嗯……」

這時佐久奈悄無聲息緩慢靠近，還坐到我旁邊。

有水滴沿著因血液循環變紅的肌膚流下。那模樣看起來簡直就是個超級美少女，我還以為自己出現幻視現象，看到冰雪上的妖精——嗯？妳會不會靠太近啦？手跟手都碰在一起了呢？

可是佐久奈不會突然過來搓揉我。照理說應該是無害的。感覺她一直在極近的距離下盯著我看，但說她無害應該是真的無害才對。

我當下慌慌張張轉頭，改看迦流羅那邊。

「話、話說回來，好久沒有出來旅行了呢！迦流羅妳常常來泡溫泉嗎？」

「天照樂土那邊就有很多溫泉了，我常常會挑空閒時間過去泡——啊對了，但這是我第一次來法雷吉爾溫泉小鎮喔。這個地方的雪景非常漂亮。」

「就是說啊——幸好有過來這邊。」

我們來泡的浴池是露天浴池，能夠看見下雪積雪的景象。

放眼望去都是銀白色的世界——恍惚之間，我覺得這些景象好像很熟悉。

這裡我果然有來過。

當時媽媽她人還在姆爾納特帝國境內。

而那個時候的我對溫泉一點興趣都沒有，難得出來旅行，我卻待在房間裡，光顧著眺望窗外，看不過去的媽媽這才對我說「我們一起出去吧。」——

「——可瑪莉小姐？好像有星座在微微發光。」

「星座？但現在還是白天……」

「不是的，我在說的是記憶的形狀。」

聽到佐久奈這麼說，我才恍然大悟，也許我正慢慢找回從前的記憶。是說佐久奈就算不用貫穿別人的肚子，也能夠讀取記憶嗎？

如果真的是那樣，那就不只是不妙可以形容的了。為了對平常的所作所為還以顏色，我曾經偷吃過薇兒的零食，搞不好這件事情已經被人看穿了。

不，那些姑且先不談。

以前的事情其實不是那麼重要。

我現在要盡量在這座溫泉裡泡久一點，這樣身高才能夠長高，只要想這件事就好了。

「啊～～～～話說我好像活過來了。紅塵俗世帶來的疲憊都被吸收了……」

「看來可瑪莉小姐也過得很忙碌呢。今後也有預計要跟人發動戰爭嗎？」

「有啊，詳情我不是很清楚，但薇兒確實都已經安排好了——不過比起那個，對我來說更讓人憂慮的事情是這個，那就是我陷入低潮了。」

「低潮？」

「都是因為小說啦。在跟出版社的人接洽一陣子後，我開始覺得不知道該寫些什麼才好。希望透過這場三天兩夜的旅行，能夠讓我脫離低潮……」

「聽起來確實令人苦惱呢——」，就在這個時候，迦流羅好像突然想起什麼事情，她轉頭看向旁邊。「對了小春。妳不是有話想對可瑪莉小姐說嗎？」

「!!」

在這之前一直默默泡溫泉的忍者少女——小春改為面向這邊。

她做了些動作，像是有些猶豫的樣子，但後來似乎又下定了某種決心。接著還真的像個忍者一樣，動作上無聲無息，就這樣朝我靠了過來。

「黛拉可瑪莉。」

「怎麼了嗎？」

「這個……」

不知道她是怎麼了，拿了一支筆給我。之前都把這種東西偷偷藏在哪兒啊？——想到這邊，我看看小春。然後又不知是何原因，她變得害羞起來，整個人扭扭捏捏的，再來就發出跟蚊子拍翅一樣的細小聲音。

「……想要妳幫我簽名。」

「咦……簽名？叫我嗎？」

「不是以七紅天大將軍的身分簽的，希望妳可以用作家的身分幫我簽名。」

這讓我感受到莫大的衝擊。我確實曾經以將軍的身分召開簽名會，可是還不曾用小說家黛拉可瑪莉・崗德森布萊德的身分為人簽名。

這讓我心跳加速，全身上下都在流汗。

這是什麼。這種心情是什麼……!?

「──小春看了可瑪莉小姐妳寫的《黃昏三角戀》。雖然還沒有正式出書，但是我這邊有原稿，她看了好像就成為書迷了。」

「麻煩妳了，老師。」

「！？！？！？！？」

老師。老師。老師──

那簡直就像是昭告新世界已然揭開序幕的福音。

而我好像還聽見神之聲。我必須使出渾身解數為小春簽名，送給她當禮物，心中開始對這份使命感有了自覺。

我拚命控制自己的手，以免手發抖，同時拿起那支筆。

要簽名。這是要簽名。之前我都有在偷偷練習，如今就是發揮成果的時刻。

「對、對了，妳是不是看完《黃昏三角戀》？看、看、看起來覺得怎樣……？」

「覺得很有趣，不管是哪個環節都很棒。可是──最後牽著手眺望黃昏的場景特別好。我很感動。」

聽完來自小春的樸實感想，我的理性全都體無完膚地遭到破壞。

那讓我握住筆大叫。

「——我知道了！為了小春，就讓我全神貫注簽名吧！」

「那麼……要寫在哪邊呢？」

被佐久奈用這句話一問，我才發現這件事。一般而言要簽名的話，不是簽在書上就是有色的紙卡上，可是這裡並沒有類似的物品。不對，現在是在浴池裡，那是理所當然的吧。

小春好像也察覺這項事實了，她臉上浮現絕望的表情，開始陣陣發抖。

「我忘記拿色紙過來……明明都把筆準備好了……」

「哎呀真是的。那乾脆讓她找件私人物品簽在上面如何？」

「私人物品……這邊沒有……」

「但是房間那邊有吧。等到洗完澡了，再請她簽名吧。」

「……不用了，我還是找到了。」

這時小春用力抓住迦流羅的手。

「咦？」——迦流羅發出困惑的吐息。可是小春毫不在意，就這樣將她拉了過來，把主人拉到我這邊。

「這是我的迦流羅大人，請在這上面簽名。」

「等等——小春!?我不是妳的私人物品啊!?」

「很好！妳等著……我現在就替妳實現心願……！」

「可瑪莉小姐!?這是小春在說笑，請妳別當真啊!!」

「我沒有在說笑，這是認真的。」

「別開這種玩笑了！那個是油性筆對吧？很難弄掉不是嗎!?」

「那就寫在屁股上。這樣就不會太醒目。」

「做這種事有什麼意義嗎!?」

「這個……小春？寫在屁股上實在有點……」

「拜託妳了，老師。」

「！？！？！？——交給我吧！我現在就把我的簽名刻到小春的迦流羅上！」

「等等……快住手……呀啊啊啊啊啊啊啊啊啊啊啊啊啊啊啊啊啊啊啊啊啊啊啊!?」

我抓住胡亂掙扎的迦流羅，拿起我手裡的筆。

這如果是粉絲的請求，我怎麼能夠拒絕。而且這還是值得紀念的第一號簽名。絕對不容許失敗——我為此燃起使命感，就在這個時候。

「喀啦」一聲，通往脫衣間的門開了。

「抱、抱歉壞了妳們的興致！」

從那現身的是一名有著紅褐色頭髮的少女——她就是艾絲蒂爾。

在浴池裡浸泡的所有人（包括我）全都停下動作，將目光放在她身上。

「根據法雷吉爾的氣象預報人員指出，再過不久似乎就會吹起猛烈的風雪。為了確保安全，露天浴池要暫時關閉……不好意思，這樣好像在潑妳們冷水，真的很對不住，但還是希望各位能幫幫忙，為離開浴池做準備……」

我不經意朝著頭頂上方抬頭仰望。從灰色的天空中，有雪花輕輕地飄了下來。就連吹的風好像都變強了，似乎真的有這種感覺。我原本還想再多享受一下子……但這也是不得已的吧。我看就按照艾絲蒂爾說的去做，也差不多該離開浴池了。

想到這邊，我正打算站起來。突然發現自己的手還用力抓住迦流羅的胸部，於是就光速將手抽回。這下我不就變得跟變態女僕一樣了嗎？

迦流羅雙頰都染紅了，嘴裡小聲說著「那麼說也對」。

「那麼在風雪到來之前，我們就先離開吧。應該還有其他的浴池可以使用。」

「簽名……」

「簽名請簽在我屁股以外的地方！——納莉亞小姐、薇兒海絲小姐，我們先回房間吧。」

結果薇兒跟納莉亞都發出一聲「咦——」，那種像是覺得很掃興的叫聲。

我看她們那個反應是在開玩笑吧。可是艾絲蒂爾卻當真了，開始用盡全力謝罪，嘴裡說著「很抱歉很抱歉很抱歉!!」，這好像反而讓薇兒跟納莉亞覺得內疚，便改口說「這是在開玩笑啦、開玩笑！」「我們會按照艾絲蒂爾說的去辦」，人都變得正經起來了，這點讓人印象深刻。看樣子像艾絲蒂爾這個類型的女孩子，對她們而言好像很新鮮。

總而言之言而總之——就這樣，第一天的露天泡澡就此閉幕。

另外還有一件事，就是我都沒發現到。

當時說要簽名的時候。小春曾經說「我只有準備筆」——那代表她早就知道我會來泡溫泉。可是一開始遇到迦流羅的時候，她並沒有表現出早就知情的樣子。這背後顯然埋藏了什麼祕密，但這個時候的我還因為溫泉跟簽名的事情，搞到內心雀躍不已，以至於漏看了這點。

※

普洛海莉亞肯定是這個世界上最強的人——比特莉娜・謝勒菲那少佐是這麼想的。

但是在世人眼中，天津・迦流羅跟黛拉可瑪莉・崗德森布萊德的人氣更高。然而她不覺得普洛海莉亞比不上其他將軍，她會被這個世間給予過低的評價，理由很簡單——那就是她所屬的組織是所謂的「壞蛋國度」。

白極聯邦的外交政策都屬於比較陰險的那種，因此在這個世界上多半被人冷眼看待。

於是跟七紅天和五劍帝相比較後，人們很容易給予六凍梁大將軍惡評。

比特莉娜只覺得這樣未免太扯了。普洛海莉亞・茲塔茲塔斯基明明是最強的，這是事實。

說穿了就是比特莉娜看這一切不順眼——因為她敬愛的上級長官被人看得比黛拉可瑪莉・崗德森布萊德還不如。

「——普洛海莉亞大人，請問這樣的水溫如何？」

「嗯，很好。」

頭上放著毛巾，普洛海莉亞一臉享受的樣子。

這裡是紅雪庵的檜木澡堂。雖然這邊好像還有露天浴池，可是普洛海莉亞說「外面太冷！」，於是就決定來使用室內浴池。而且這個時候都沒看到其他客人，形同是包場了。

「來這裡還真是值得。停留在這裡的期間，若是一直泡在溫泉裡，那樣或許也不壞。」

「那我就去威脅旅館這邊的人，讓我們一整天都可以泡澡。」

「用不著做到那種地步，我們必須遵守規矩。」

六國之間的評價姑且不論，在白極聯邦這邊，茲塔茲塔閣下可是超受歡迎。她平日裡的舉手投足都很有聯邦軍人風範，顯得英姿颯爽，但私底下意外有著隨和的一面，而且還時常展露。想必她很擅長在這兩個模式之間切換開關吧。

比特莉娜則是裝成「酷酷的部下」，並且慎重地開口。

「……話說回來，普洛海莉亞大人。您前些日子似乎身體出了些狀況。」

「那也是情非得已吧。都怪氣溫突然下降……」

「這點我明白。沒有普洛海莉亞大人的允許，怎麼可以擅自下降。」

「妳是在對什麼生氣啊。」

「我是在憎恨這個世界——那您現在的身體狀況如何？」

「我已經沒事了，沒問題。都已經治好了……先不說這個，我才想問妳過得如何？有好好吃飯嗎？好像又變瘦了？」

「您的擔憂，我心領了。但是我早就做好不吃不喝也要勞動的覺悟。」

「這樣不行。該休息的時候就要好好休息……休假是很重要的……再說妳的工作從某方面來說比將軍更吃重……」

「沒這回事，蒐集情報也是我的興趣。」

「雖然這麼說，但還是很那個吧。前陣子處理完拉貝利克那邊的工作後，妳不是很疲憊嗎？」

「那只是我跟野獸的調性不合罷了。工作本身沒有遇到任何障礙——身為『聯邦保安委員會』成員，這些都是理所當然要做的事情。」

比特莉娜・謝勒菲那是聯邦軍那邊的少佐，但同時也隸屬於「聯邦保安委員會」這個組織。說這邊的活動是主體也不為過吧。

而工作內容總結起來就是當間諜。

要潛伏在其他國家蒐集各式各樣的情報。上個月她就偷偷潛入進入冬眠期的拉貝利克王國，去調查他們有沒有可疑舉動。那個時候她披著熊的毛皮變裝，可是野獸的毛皮害她出現類似過敏的症狀，吃了莫大的苦頭。事情說起來就只是這樣罷了。

「拉貝利克王國的尼瓦特利國王那邊沒有任何異常。照他的樣子看來，根本就沒有把白極聯邦放在眼裡吧。一心只想著早上學雞啼報時的事。」

「那種工作拒絕掉也好，是書記長要妳去做的吧。」

「若是要獲得書記長的信任，這麼做是不可欠缺的。」

「可是啊，妳好像有點賣命過頭了吧。」

「恕我冒犯……我反倒覺得普洛海莉亞才應該要休息。聽說您每個星期天都要被迫勞動，去做跟軍方毫無關係的事情。」

「是在說當鋼琴老師的事情嗎？那個也等同是我的興趣啦。身為擁有技術的人，將這些傳承給後進也是一種義務。最近還有新的小孩子加入，變得更熱鬧了。大家都是好孩子喔……前陣子還送我串珠工藝品，跟我說『謝謝老師』。我很高興呢。」

「這樣的活動真是太棒了。剛才是我說得太過火，請原諒。」

這段漫無邊際的對話持續不斷。

這時普洛海莉亞微微地打了個呵欠，發出一口「呼啊——」聲。

是說這一開一闔之間的落差未免也太劇烈了。

而且讓人意外的是，這個蒼玉種少女好像還是出身良好的千金小姐。

不管是鋼琴還是小提琴，她什麼都會演奏，還會跳舞，也很會唱歌。放假的時候喜歡去狩獵，不然就是愛看書。而且還擔任「為荒野增添綠意會」的會長，關心環境問題。就聯邦軍人的基準來看，她算是很異類的人才。

白極聯邦書記長不時還會用下列這番話評價普洛海莉亞——「那孩子對於正義使者抱持憧憬」。這話代表什麼意思，如今的比特莉娜依然不明白。

就在這個時候，她好像聽見遠方傳來笑聲。

聽那聲音應該是黛拉可瑪莉・崗德森布萊德她們在嬉鬧吧。

「黛拉可瑪莉好像很有精神呢，真沒想到會在這種地方碰到她。」

「不只是黛拉可瑪莉，就連天津・迦流羅和納莉亞・克寧格姆這些各國要人都聚集在此了。對於恐怖分子來說是絕佳的狩獵場所吧。」

「嗯……」

這時普洛海莉亞將雙手交疊於胸前，抬頭仰望天花板。

熱氣不停向上冒，讓人看不清楚。

「除了我們跟黛拉可瑪莉一行人，沒有其他的客人來。總感覺這背後有什麼陰謀，但我們大可用旁觀者的立場享受溫泉。」

「是，我們從一開始就這麼打算。」

接著普洛海莉亞又說了一句「只不過——」，說完還嘆了一口氣。

「白極聯邦被孤立也是種困擾，她們明明也可以邀請我來的……」

「??——失禮了。白極聯邦保有的是『光榮的孤立』吧。」

「這樣的想法跟不上當今的時代潮流了。恐怕人們真正追求的思想是相互融合，就像黛拉可瑪莉・崗德森布萊德和納莉亞・克寧格姆主打的那樣。書記長也明白這點——就是因為明白這點，那個男人才會感到焦慮。」

「焦慮……？」

「這些都只是我的預測，但今年白極聯邦可能會出現騷動。」

「…………」

既然普洛海莉亞都那麼說了，那肯定沒錯。

不管怎麼說，比特莉娜要做的事情都只有一樣——

「——請交給我吧。不管發生什麼事情，我都會把普洛海莉亞大人的敵人全殺了。」

「還真是值得信賴。但我不能讓部下那麼辛苦——在吸血動亂發生的時候，我害大家受傷，這讓我很過意不去。下次我會做些調整，好讓大家都不會受傷。」

比特莉娜心中懷抱的敬意又更加膨脹了。

這位少女果然是天造英才，黛拉可瑪莉根本就比不上。

「……普洛海莉亞大人都不會改變呢，就是這點特別優秀。」

「妳在說什麼啊？我明明每日每月都有進步。再說沒有人是不會改變的，就連妳今天都好像變成另外一個人不是嗎？」

「請問您說這話是什麼意思呢？」

「？妳好像有在旅館櫃檯那邊跟黛拉可瑪莉的女僕起口角吧。與其說那個是爭執，倒不如說更像是小朋友在吵架……妳也有跟年齡相襯的稚氣一面呢。」

「…………………」

妳要冷靜，比特莉娜・謝勒菲那。

本性還沒有完全被人發現，要怎麼粉飾過去都可以。

「……那大概是您多心了，聽說冷過頭將會看見幻覺。」

「是嗎？那個時候廁所的確太冷，讓我失去冷靜。」

「那一切都是幻覺。身為聯邦軍人的我，怎麼可能像小孩子那樣，跟人口頭爭吵。再說普洛海莉亞大人覺得我可能對您有所隱瞞嗎？」

「這麼說也對，就當作是幻覺好了。」

「好險……」

「妳有說什麼話嗎？」

「屬下什麼都沒說是也。」

當著普洛海莉亞的面，她都在扮演「模範聯邦軍人」——正確說來，這麼說是錯的。是因為在這個少女面前，比特莉娜會變得緊張起來，這才無法展現出真實的自我。

那肯定是尊敬過了頭，才會導致這種悲劇發生。

若是知道她原本是那種男人婆性格，普洛海莉亞大人會不會很失望？——基於這樣的恐懼，比特莉娜的行動才會處處受限。像是有的時候說話會在語尾那邊加上「是也」，諸如此類的，會想要裝成嚴肅的軍人，主要理由都是不希望普洛海莉亞大人對她「扣分」，才會採取這種應急措施。而且還不能靠自己的意志力開開關關切換，變得很像是會自然發作一樣。

換句話說，來到沒有普洛海莉亞在的地方，她根本就不可能去扮演那個什麼

「模範聯邦軍人」。

若是不想想辦法出點招，比特莉娜的本性被普洛海莉亞發現只是時間早晚的問題。

於是比特莉娜就會去脅迫周遭的人，看是要籠絡還是殺害，又或者是跟人下跪，甚至是賄賂對方，不然就是哭到對方心軟，一直在動手腳，以免敬愛的上級長官發現自己個性上其實很好動活潑。

她常常在想，自己選擇的生存之道未免也太艱難了吧。

「——總之不管發生什麼事情，我都會想辦法解決。那些暗藏危機的事晚點再說，我們來好好享受溫泉吧。若是要請長假，也許這次是最後一次了。」

「明白是也。」

「嗯——」

就在這個時候，普洛海莉亞抬頭仰望天花板。

接著她的耳朵動了一下。

「……看來今天晚上會有暴風雪，這樣我們就形同被困住跟外界斷絕。」

「難得的員工旅行都要被毀掉了。」

「用不著為此感到遺憾。就算旅行被毀掉也不完全是壞事啊～」

接著普洛海莉亞就閉上眼睛，發出一口嘆息，嘴裡說著「呼啊啊啊啊啊～這個溫泉真棒～」」，然後她還哼起在白極聯邦很有人氣的偶像歌曲。她個人比較偏好古典音樂，但最近去上鋼琴課的孩子們教了她一些流行歌曲，她也開始有興趣了。

比特莉娜對於她的歌聲是洗耳恭聽。

接著她不經意察覺一件事。那就是浴室的門那邊好像有個影子劃過。

※

等到太陽下山的時候，天氣已經變得非常糟糕了。

風聲咻咻而過。若是往窗外看，就會看到雪片以很恐怖的氣勢狂颳。若是在這種狀態下到外面走動，像我這樣的貧弱吸血鬼一下子就會被吹跑吧。

不過我若是一直待在屋子裡就沒問題了。

現在我們正聚集在納莉亞的房間裡，忙著玩遊戲。

說起這個遊戲也不過是玩撲克牌。只要抽到圖案一樣的牌，就可以將手裡的牌丟掉，手裡的牌最先丟到剩零張的人就贏了……是很單純的遊戲。

可是玩起來卻意外地困難。這是因為我怎樣都贏不了。

她們彷彿早已看穿我手上的牌組，一直在避免抽到鬼牌。順便說一下，現在已經戰到第五輪，我跟小春展開熾烈的爭奪戰，在那爭奪最後一名。我手上還有兩張牌。是鬼牌跟紅心五。

小春則是面無表情，一直盯著我的臉看。

「黛拉可瑪莉老師，抽哪個才不會中獎？」

「我怎麼可能說！這可是決定我命運的重大一戰！」

「是這個嗎？」

「誰知道呢。」

「那就是這個？」

「……應該不是吧。」

「黛拉可瑪莉老師是不會撒謊的那種人呢，那就是這張了。」

「啊啊啊啊啊啊啊啊啊啊啊啊啊啊!!」

小春輕輕鬆鬆就奪走紅心五。她看起來一點都不感動的樣子，嘴裡說著「我贏了」，將撲克牌扔到床鋪上。我帶著絕望的心情，低頭望著還留在手中的鬼牌。

這不可能，怎麼會有這麼大的差異。玩這個遊戲不是應該全憑運氣嗎……？

「比賽五輪的結果出爐了。第一回合最後一名是可瑪莉大小姐。第二回合最後一名是可瑪莉大小姐。第三回合最後一名是可瑪莉大小姐。第四回合最後一名是可瑪莉大小姐。第五回合最後一名還是可瑪莉大小姐。加總起來墊底的人——都是可瑪莉大小姐。因此我們已經可以得知可瑪莉大小姐是最弱的一個。」

「妳用不著一場一場全數出來吧!?那種事情我早就知道啦!!」

「您還是學學我，練就一臉撲克臉吧。可瑪莉大小姐的心思太容易寫在臉上。」

「亂講，沒有人比我更會演戲，就連第七部隊的人都沒看出我的真面目。」

「那是因為第七部隊成員全都是傻瓜。」

「別說他們是傻瓜，講人家壞話不好。」

「是我失禮了。」

「先別管這個了，我們來玩懲罰遊戲吧！」這時納莉亞帶著滿臉笑容靠近我。

「既然妳加總起來都是墊底的，那不管其他參賽者下了什麼樣的命令，妳都要遵從，規矩就是這樣。妳應該沒有忘記吧？」

「我才沒有忘記，只是在想說能不能不算數。」

「可瑪莉敗北已經是事實了！要讓妳做什麼才好——」

其他人也都開始思考起來，在想她們分別要下什麼命令。這種規則明顯就有缺陷。所有人都可以命令淪為最後一名的人，這樣未免太奇怪了吧？我的負擔不會太大了嗎？我正為此感到極度不滿，她們卻好像都想好要命令什麼了。

「來當我的女僕吧！」這是納莉亞的命令。

「那可以請妳幫我試試新作日式點心的味道嗎？」這個命令來自迦流羅。

「明天我會替妳清洗身體喔。」這個是佐久奈的。

「讓我看在《黃昏》之前寫的小說。」這句來自小春。
「請跟我結婚。」以上這個來自薇兒。
「竟然要我去命令閣下，那怎麼好意思……！」再來是艾絲蒂爾。對這句話有反應的人是納莉亞，她正打算從包包裡拿出女僕裝。而且她還笑著說「妳在說什麼啊——！」，朝著艾絲蒂爾的背「砰！」地拍了一下。
「這可是難得的好機會，可以隨心所欲差遣可瑪莉喔？不好好利用就虧大了。」
「克、克克、克寧格姆總統……！要我那麼做……實在太難了！基本上像我這樣的一介軍人可以跟妳們同坐，這本身就是很不尋常的一件事了……！」
「不管是軍人、總統還是大神，這都沒什麼關係。因為今天這趟旅行是跟工作完全無關的旅行。」
「可是……可是……」
對了，艾絲蒂爾是從中途才參加的。當我們對戰完第二回合時，凱特蘿突然說「我把東西忘在浴池那邊，現在過去拿」，接著就離開房間了。我們是可以繼續玩下去，但是艾絲蒂爾剛好端茶過來，於是我們就硬要她加入戰局，來當凱特蘿的替身。
被納莉亞摟住肩膀的艾絲蒂爾一副惶恐至極的樣子，全身都陷入僵硬狀態。
這讓我看了不由得展開笑容。這個少女果然擁有世間罕有的正常感性，跟滿地都是的變態們就是不一樣。

「——好了啦！她不會像妳們這樣，對我提出無理的要求。這麼說也不對，應該是說迦流羅、小春跟佐久奈都還好。總而言之艾絲蒂爾是站在我這邊的！」

「我被人打叉，梅墨瓦大人卻被列入ＯＫ的範疇，這樣的基準不會太崩壞了嗎？」

「佐久奈是心思單純的好孩子，當然算是ＯＫ的啦。還有艾絲蒂爾也是好孩子。」

「啊、啊哇哇，閣下……」

我摸摸艾絲蒂爾的頭。在摸的時候才想到一件事情，那就是艾絲蒂爾到底幾歲啊？我在跟她應對的時候，完全把她當成年紀比我小的人了。沒想到這個時候薇兒發出尖叫聲。

「啊啊啊啊啊啊啊！艾絲蒂爾妳太奸詐了！居然裝出好孩子的樣子，來騙可瑪莉大小姐摸妳的頭……！不可原諒！」

「咦咦!?我又沒有這個意思……」

「這就奇怪了。照理說靠近可瑪莉的人，沒有一個不是變態。其實妳也跟佐久奈・梅墨瓦一樣，是在裝乖對吧？」

「那個……我並沒有裝乖……」

「不、不是那樣的！要我去命令上級長官，會因此心生躊躇，我覺得這樣的情感反應很正常！」

「我不想聽這些藉口。來吧，快展現出妳的變態小破綻。」

「等等……薇兒小姐!?住手……啊哈哈哈哈哈哈哈哈哈哈!!」

薇兒跟納莉亞開始對艾絲蒂爾發動搔癢攻擊。

我不想受到波及，於是就用敏捷的身段閃身退避。看來艾絲蒂爾也開始跟大家混熟了，這下我就放心了。但是希望她不要被薇兒荼毒。

這個時候風突然颳出很大的咻咻聲。有某個東西飛過來，用力撞在牆壁上——還發出「咚!!」的聲音，這陣強大的衝擊聲擴及室內。

在一旁的迦流羅冷靜地輕喃，嘴裡說著「天氣狀況真的很糟呢」。

「這下也沒辦法去溫泉小鎮上散步了。難得過個生日卻……說錯了，應該是溫泉旅行才對。」

「我有去問過天氣預報員了，聽說這是三年才會發生一次的暴風雪。」

這讓小春鼓起臉頰。沒辦法泡露天溫泉好像讓她有點不滿。

「就連【轉移】的魔法石都沒辦法使用。魔力變得很混亂。」

「是這樣啊？那我們是不是沒辦法回去了？」

「就只能乖乖待在室內了吧——啊，要不要吃糰子？」

「嗯，謝謝。」在接過風前亭的烤糯米糰子時，我還眺望著窗外。「若是明天早上天氣能恢復就好了。我有些地方想去。」

「妳有想去看看的地方啊？是蛋包飯餐廳之類的？」

「這也是其中一處……但我其實是想去附近的山丘上看看。」

看著溫泉小鎮的景象，我找回了一些回憶。

從前跟家人一起造訪法雷吉爾的時候，媽媽曾經牽著我的手，帶我到那座微微隆起的山丘上。接著我就看見天空中有顛倒的城鎮飄浮。直到現在，我還是不知道那是什麼，但我實在很好奇，不知道現在是否還能看到那種景象。

媽媽還把那種現象稱為「世界的祕密」。

既然都來法雷吉爾這邊了，去探究世界的祕密也是挺有趣的。

我將來龍去脈大致上敘述一遍後，迦流羅輕輕回了一句「原來如此」，還伸手去拿盤子上的糰子串。

「顛倒的城鎮是嗎？……我晚點去問問看奶奶好了。」

「聽說每隔好幾年才能看見一次，而且還是法雷吉爾特有的現象。」

「如、如果在說的是那件事！那我知道喔！」

這時艾絲蒂爾突然出聲了。她好不容易才逃離薇兒和納莉亞的魔掌。是說我覺得她比較像是拿這個當藉口，藉機讓自己脫身。她還調整呼吸，嘴裡說著「所謂的顛倒城鎮」。

「確實就如閣下所說，那是法雷吉爾特有的現象。這一帶的人都把那種現象稱為『黃泉幻寫』。週期上大概是每隔三年發生一次，這裡會出現大雷雨或暴風之類的重大災害，但等到這些重大災害都平息了，那裡就會浮現出屬於異界的光景。」

「異界……？異界是什麼啊？」

「很抱歉。詳細情況似乎沒有任何人清楚……有的人說那是『死後的世界』，也有人說這是『位在其他次元的異世界』。這類說法的發生地並非僅限於法雷吉爾，在核領域的中央地帶，留下許多關於這個異界的傳說。像是有人會突然消失，或是會發現一些文字紀錄，上面寫著任何國家都沒有在使用的文字……」

這些故事也太浪漫了。

對於那個什麼異界，我心裡似乎有點底。以前我的鍊墜上出現裂痕時，那個時候有個新月高掛的世界出現在眼前。這兩者之間或許有某種關聯性，實在很難讓人不這麼聯想。

「也許……經歷了這次的暴風雪，也有可能發生『黃泉幻寫』現象。上次發生黃泉幻寫現象剛好就是在三年前。」

「少在那裡說些有的沒的！難道妳還想從我手中逃跑——!?」

「請、請您別這樣，克寧格姆總統！——啊哈哈哈哈哈哈哈!!」

艾絲蒂爾被納莉亞抓住，遭到她戲弄。若是凱特蘿看了這樣的景象，可能會嫉妒到咬牙切齒也說不定。因為那個女僕真的很喜歡納莉亞。

迦流羅在這個時候嗯咕嗯咕地咬咬糰子吞下去，接著說出下面這段話。

「——總之到頭來，只要這場暴風雪沒有平息，我們也是拿它沒辦法。就不能去山丘上看看了。」

「就是說啊。照這個樣子看來，可能連露天浴池都沒辦法去泡……話說忘了東西過去拿的凱特蘿還好嗎？應該沒有被風吹跑吧？」

此時納莉亞抬頭看向天花板，嘴裡發出一聲「啊——」，似乎到這時才想起那檔事。順便補充一下，她的雙手都鑽到艾絲蒂爾腋下。她們是什麼時候開始變得這麼要好的？

「要不要去看看情況？若是她滑倒撞到人昏過去，那樣也挺可憐的。」

「是說夜也深了。我們是不是差不多該解散了呢？」

「也對，那今天晚上就先到這邊吧。若是打鬧到很晚，可能會給其他客人添麻煩——說到其他客人，也就只有那兩個蒼玉種而已啦。」

話說到這邊，納莉亞站了起來。

目前在紅雪庵這邊住宿的人除了我們一行人，再來就只剩下普洛海莉亞和比特莉娜了。也就是說幾乎像是包場的狀態。該不會早就看出暴風雪要來，人們才沒有過來預約？我也不是很清楚。雖然不清楚，但那些就先不管了——當下我鬆了一口氣。這是因為懲罰遊戲就這樣不了了之。

「啊，對了對了。懲罰遊戲明天再玩喔。」

並沒有不了了之。無視絕望到發抖的我，迦流羅她們也動身準備回房間去。看來今天就到此散會。最後她們跟我道晚安，在那幾聲「晚安」後，人們陸陸續續離開房間。

在紅雪庵的第一天就這樣結束了。

感覺還滿開心的。很久沒有泡溫泉了。雖然明天很想去法雷吉爾小鎮上散步——但也不曉得風雪會不會停止。

心中懷抱著些許不安，我開始為就寢做準備。

※

納莉亞・克寧格姆要去浴室那邊找凱特蘿，當下又有事情發生。

就在二樓的走廊上，她不經意跟一個不認識的夭仙擦身而過。

「——吶，這位小姐。」

當納莉亞跟那個夭仙說話，她就回過頭並說了聲「是？」。

這位神仙種的特徵是頭髮綁成兩顆包包。之前都沒聽說有這樣的客人在。可是比起那個，還有更讓納莉亞在意的事情——那就是她要前去的方向。

「那裡好像寫著『非相關人士禁止入內』。」

「啊啊——」

那個少女一臉很想睡的樣子，開口時動手抓抓自己的頭。

「我是相關人士。可瑪莉閣下沒有跟妳說嗎？」

「我什麼都沒聽說。妳感覺挺可疑的？」

「怪不得妳會這麼看。因為我的職業是『醫師』，在這個世界上算是比較奇特的那種。我的名字叫做光耶，是艾絲蒂爾・克雷爾妹妹的主治醫師。」

喔喔——這下納莉亞懂了。

這麼說來，聽說在這間旅館裡，有個臥病在床的少女。她好像就是艾絲蒂爾・克雷爾的妹妹。

既然如此，就算有醫生在也不奇怪吧。

「——還真是多災多難呢。突然有暴風雨來襲。」

「說得沒錯，原本想說看診完就要回去的。我從昨天開始就在熬夜，一直很想睡。哎呀不好意思，跟妳抱怨也沒用吧……」

「妳眼睛下面都出現黑眼圈了。肯定很辛苦吧——她妹妹的病有這麼嚴重啊？」

「是啊，這攸關私人隱私，我沒辦法詳細告知。但既然都不能回去了，我就想順便過去看看她的情況。」

納莉亞一直盯著這位光耶醫師，在觀察她。

只見她有些退縮地看往別處。

「……怎、怎麼了。我臉上有什麼東西嗎？」

「不，沒什麼。我還是第一次見到真正的醫生，才會有這種反應。」

「是這樣啊？」

「看來醫生這種職業，意外的很擅長魔法呢。妳衣服底下有藏著法杖對吧？」

光耶醫師的表情在當下變得有點緊繃。

「而且那個不是拿來用在戰鬥中的嗎？還是我想太多了？」

「——真不愧是克寧格姆總統，看來隱瞞是沒用的。」

這位醫師的表情忽然變得柔和起來。

「其實也沒什麼。我原本待在天仙鄉那邊的軍隊裡。那個時候使用過的魔杖，我到現在依然還會用在治療中。因為我這個人滿省的——在還能用的時候，我就不會想買新的來換。」

「什麼啊，原來是因為這樣。」

「還有我的樣貌很像年輕女孩，可別因為這樣就錯看我。說起我待在軍方的那段時間，都已經是三十年前的事情了。別看我這樣，我可是已經活了五十年。」

說真的納莉亞好驚訝。是有聽說夭仙很長壽，但沒想到連外表都會顯得那麼年輕。

總之，不管怎麼說，這個人似乎是個清清白白的人。若是繼續用有色眼光看待，去懷疑人家，那樣會很失禮吧——想到這邊，納莉亞決定轉身離去。

「抱歉把妳叫住。那工作上的事情，妳要加油喔。」

「好，也請妳們好好享受這段旅程。」

她們互相揮手道別。

總之現在要先去迎接凱特蘿。也許她已經回到房間裡了——在想這些事情的時候，納莉亞也在走廊上走著。

此時她感覺背後有一股魔力蠢動。

接著她就回過頭，但光耶醫師早就已經不在那邊了。

「……？」

是不是她多心了。但這種事情也沒什麼好深入細想的，於是納莉亞決定無視這件事。

外頭正颳起陣陣的風聲。

※

莫妮卡・克雷爾忽然間醒了過來。

看來每隔幾年就會發生一次的災害已經降臨了。我會在這個時間意識清醒，還真是稀奇啊——莫妮卡在心裡想著這些。

當她待在黑暗中一陣子後，淚水就從眼眶中一顆接著一顆滑落。

也許這就證明她身上還有情感殘存。

在侵蝕莫妮卡的病痛是「消盡病」。醫生是那麼說的。

她覺得腦子裡有種被霧氣籠罩的感覺，常常會覺得很倦怠。不管做什麼，心都沒有辦法變得積極起來。只會一直蹲坐在床鋪上，漫不經心等待滅亡的瞬間到來，就是這樣的一種病。

她是不是會就此逐漸死去——一想到這邊，莫妮卡就覺得害怕，淚水也跟著奪眶而出。

可是，就算是那樣。

今天還是發生了特別的事情。

那就是黛拉可瑪莉・崗德森布萊德七紅天大將軍過來看她了。

莫妮卡感覺得到，知道自己的心情很久沒有這麼雀躍。只要跟那個人說話，不知道為什麼，心中就會湧現希望。

「可瑪莉閣下……」

聽說那個號稱全世界最強的吸血鬼會在紅雪庵這邊住宿三天兩夜。不曉得在自己清醒的這段期間，有沒有機會與她再度相見——放任思緒奔馳到一半，情況碰巧就在那個時候出現變化。

莫妮卡察覺「暗影」已憑空出現在身邊。

「怎麼了？」

暗影沒有回答，而是蹲在書架那邊，一直在看這裡。

自從莫妮卡生病之後，那個東西馬上就出現了。一團黑黑的影子對她說「我會帶妳前往幸福的地方」。那個應該是在安慰莫妮卡吧。

「……是在生氣嗎？」

暗影還是沒有回答。又或許是暗影早就已經回答了。可是都怪暴風雪來了，她說的話有時會很像被某種東西干擾一樣，害莫妮卡沒辦法聽清楚。

暗影似乎在生可瑪莉閣下的氣，理由不明。可是她動不動就會用很怨恨的聲音說「我想見黛拉可瑪莉・崗德森布萊德」。

算了，都好，莫妮卡心想。反正她好像越來越想睡了。

「晚安，暗影。」

等到莫妮卡輕聲說完這句話後，「暗影」就慢慢靠近她。

接著用不具備實體的手溫柔撫摸她。艾絲蒂爾總是主張她是「不存在的」。就連雙親都會用懷疑的眼神看自己，嘴裡說著「那個該不會是死神之類的？」。

可是她們都猜錯了。

暗影就在這邊。而且她怎麼可能是死神，她可是還會安慰莫妮卡。

就在這個時候。

「莫妮卡小妹妹。妳醒了嗎？」

從門外面傳來光耶醫師的聲音。

※

風聲讓我醒來。

我在床鋪上動來動去，同時豎起耳朵傾聽。不對，也沒有特別豎起耳朵啦。像是在狠砸東西的暴風把窗戶吹到「咔噠咔噠」地搖晃。看樣子今天也沒辦法到外面去了——想著想著，我將臉埋到枕頭裡。

還是來睡回籠覺好了，反正我看太陽也還沒出來吧。

話說這樣好溫暖啊。可能是魔法石起作用，達到暖房的效果了吧？外面因為這場風雪變得好壯觀，我的思緒奔馳到外頭，同時卻能享受這份溫暖，真的會覺得特別暖呢——不對。等等。我怎麼好像變得有點痛苦？就好像被某個人用力緊抱一樣——

「可瑪莉大小姐……這裡有這麼大根的麩菓子喔……我要開動了……」

「哇啊啊啊啊啊啊啊啊!?我不是麩菓子啦!?」

對於一直過來糾纏我的薇兒，我用力將她推開，從她的束縛中掙脫。

那傢伙像在囈語一樣，嘴裡不停說著「麩菓子……麩菓子……」，還在那邊蠕動。為什麼變態女僕會在我的床鋪上。昨晚薇兒違背相撲比賽的約定，入侵了我的睡床，於是在艾絲蒂爾的仲裁下，我們三個人明明就分開睡了。

是說佐久奈跑去哪了？——我轉眼看向靠近牆壁的那張床。

結果並沒有看到她的身影。可能是去洗手間了吧。

「……喂薇兒，妳怎麼會睡在我的床上。」

「一隻可瑪莉大小姐……兩隻可瑪莉大小姐……三隻可瑪莉大小姐……」

問了等於白問。她竟然還說些莫名其妙的夢話。

算了，這次就睜隻眼閉隻眼吧。把她叫起來也挺可憐的。總而言之我還是來睡回籠覺好了——想著想著，我打了一個呵欠。

就在這個時候，我的目光不經意落到薇兒的脖子上。

那白色的頸項被射進窗口的幽暗光芒照亮。一開始我就只是一直呆呆地望著。這麼說來，我好像有吸食過這傢伙的血液？當這些念頭在腦子裡打轉，我的手也一直緊握著被單的一角。

「…………」

只是看著看著，不知為何喉嚨也跟著變得乾渴起來。

去年年底的記憶就此復甦。那個算是記憶嗎？還是一種感覺。

當我咬上這傢伙的肌膚時，那份甜美的刺激在腦髓中奔竄——我感覺那個東西比任何的飲品都要來得美味，我明明很討厭鮮紅色的血液。

於是我自然而然貼近正在睡覺的她。

當然我心裡明白。知道自己身上具備名為【孤紅之恤】的莫名其妙超能力。這個能力無法靠我的意志自由自在操控，一旦攝取血液，黛拉可瑪莉·崗德森布萊德就會化身成將這個世界破壞殆盡的隕石——似乎是這樣。

因此讓我吸食血液不是太值得推薦的事情。

雖然不推薦……但只有喝一點點應該沒關係吧？

我要冷靜下來想想看。在姆爾納特宮殿的那個時候，我曾經心無旁騖地吸食薇兒的血液。我覺得我自己可能喝了有一杯以上的份。既然是那樣，這次只是喝一滴的話，應該是無所謂的吧？

不對不對不對不對。我在想什麼啊。這樣很不像妳喔，黛拉可瑪莉・崗德森布萊德。我不是都已經發誓未來永永遠遠都要喝番茄汁代替血液嗎？我看我還是再度往夢想的世界啟程旅行，捨去這種奇怪的想法好了——

「嗯唔……」

這時薇兒睡到翻了個身。她變成仰躺的姿態，脖子那邊完全露出來了。

我嘴巴裡的唾液變多了。不行。喉嚨好乾，實在沒辦法了。

若是這傢伙醒了，我就沒辦法拜託她，跟她說「讓我吸食血液！」。因為那樣太令人害羞了。因此要找機會就只能趁現在。再說薇兒曾經像這樣毫無防備嗎？不，沒有。果然要做就只能趁現在。

於是我小心注意，以免吵醒她，同時靠近薇兒。

接著慢慢將臉湊近她的脖子。

沒問題的，就只有一下下而已。只要做得夠巧妙，不要被她發現就好——就這樣，我帶著一顆狂跳的心，準備要用牙齒去咬薇兒的肌膚，結果那個時候——

先是聽到一聲「砰!!」，接著房間的門就打開了。

「——可瑪莉小姐!!出大事了!!」

瞬間察覺危機將至的我變得跟竹蜻蜓一樣，當場跳開。

而且還頭下腳上直接落到隔壁那張床上。至於闖進房間的少女——佐久奈・梅墨瓦則是一臉蒼白地大喊「妳還好嗎!?」。

「……我、我還好。只是我好像有點睡傻了，居然會想要吸食血液，這就算天地翻覆也不可能發生才對……佐久奈妳怎麼了？是不是要找人玩撲克牌？」

「是、是因為……」

她臉上浮現到現在依舊難以置信的表情，嘴裡接著說出下面這段話。

而我聽了受到很大的衝擊，這次還真的是有天翻地覆的感覺。

「是納莉亞小姐跟凱特蘿小姐。她們不知道被誰襲擊，已經死掉了……」

[2.5]

愛蘭翎子(註2)與吸血鬼們

蘿蘿可‧崗德森布萊德對帝國軍很感興趣。

她並不是想成為軍人，享受殺戮的快感。而是因為蘿蘿可在意的吸血鬼——海德沃斯‧赫本是帝國軍那邊的人。

「我都已經去教會好多次了！差不多可以去見他了吧！」

有的時候她姊姊可瑪莉會說她「根本是行動力的化身」。只要想到什麼就立刻去做什麼，這才是成功的祕訣。蘿蘿可總是這麼想。

這天是二月十八日。星期六。

姊姊跟她的那些跟蹤狂們都前往核領域的溫泉小鎮了。竟然沒跟妹妹知會就跑

註2 アイラン・リンズ原譯名為「艾蘭・林斯」，從本集開始官方漢字表記為「愛蘭翎子」。

Hikikomari
the Vampire Countess
no
Monmon

去旅行，她只覺得這樣未免太扯了吧。等到姊姊回來，一定要在可瑪姊姊的襪子上塗鮮奶油——就這樣，蘿蘿可在為惡作劇擬定計畫的同時，人來到了姆爾納特宮殿。

基本上除了相關人士，其他人都是禁止進入的。

但她只要說「我是來送父親大人忘記帶的東西！」，輕輕鬆鬆就能進來。

崗德森布萊德家族之名在宮廷裡可是能夠發揮絕大的權力。

那些衛兵都一副惶恐至極的樣子，直接讓路給她。

「呵呵呵……赫本大人，他應該會很開心吧。」

低頭看著在高級點心店買來的餅乾包裝盒子，蘿蘿可臉上出現笑容。

她是在去年冬天跟海德沃斯・赫本相遇的。

當時蘿蘿可正因為失戀的關係，人變得很憂鬱，他則是溫柔地安慰蘿蘿可。

跟至今為止的任何一位吸血鬼都不一樣。

那個神父身上散發一種溫和的氣息，讓蘿蘿可很能對他敞開心扉。

而且那個時候他們約好了——「我會送點心答謝你的！」

因此這並不是沒有先跟人說好就突然跑來拜訪。想必那個人也不至於生氣吧——如此這般，蘿蘿可將自己的行為正當化，同時在宮殿中前進。

聽說沒有戰爭的時候，七紅天都會待在七紅府這棟建築物裡工作。

不知道海德沃斯・赫本是不是也在那裡？是說七紅府在哪邊啊？

迷路的蘿蘿可決定路邊隨便找個路人來問。

她東張西望看向四周。

緊接著就在宮殿一角——在休息用的涼亭那邊，看到一名少女坐在椅子上。

沐浴在和煦的陽光下，這個人正在打瞌睡。感覺好像不怎麼可靠的樣子，但這裡又沒有其他人在，沒辦法。於是蘿蘿可就毫不客氣地走到少女那。

「——問妳一下。知不知道海德沃斯・赫本大人待的七紅府在哪邊？」

少女就在當時睜開眼睛。

這害蘿蘿可差點「啊！」地發出叫聲。

因為她發現這個女孩並不是吸血鬼。

她身上穿著彷彿孔雀一般的輕柔服飾，是一身綠的夭仙。被那對清澈到彷彿宇宙的雙眼凝視，蘿蘿可的心臟快速跳動，這樣很不像她。

「……請問您是哪位？」

那個一身綠的少女歪了歪頭。乘著風，有一股很像杏仁香味的美好香氣飄過來。這還是她第一次就近觀看神仙種——蘿蘿可當下覺得感嘆，想說這個人就好像植物一樣，看起來好文靜喔。

「妳是不是……黛拉可瑪莉・崗德森布萊德……？」

© riichu

「我是蘿蘿可，黛拉可瑪莉是我的姊姊。」

「這樣啊……那她果然不在這。」

不知道為什麼，這個一身綠的少女顯得有點落寞。

被拿來跟姊姊比較，蘿蘿可有種悵然若失的感覺。這項事實讓蘿蘿可心裡的煩躁越發膨脹。

可是少女似乎也對她的這些細微變化敏銳地體察到了。

「對不起。我的名字叫做愛蘭翎子。妳是想要前往七紅府這個地方嗎？」

「對啊，我要去見海德沃斯・赫本大人！」

「妳好像很喜歡那個人呢。」

「啊……？妳是懂什麼啊？」

「多少能看出一些——我覺得只要待在這裡等，就會發生好事情。我這邊有帶拿來當伴手禮的月餅，要不要邊吃邊聊？」

「…………」

只見愛蘭翎子臉上浮現神祕的笑容，同時「咚咚」地拍拍那張長椅。意思應該是要蘿蘿可坐到她旁邊吧。雖然現在沒空跟這種莫名其妙的女孩說話——但奇怪的是，蘿蘿可卻覺得翎子身上有吸引她的地方。

在涼亭的天花板上，設置了用來保持溫暖的魔法石。總之在其他人經過這裡之前，她就來陪陪這個女孩吧。再說神仙種會在吸血鬼的大本營打瞌睡，其中的理由也讓她好奇。

☆

「三龍星愛蘭翎子……！她到底跑去哪了!?」

走在姆爾納特宮殿的走廊上，芙萊特・瑪斯卡雷爾顯得語氣不善。

跟她擦身而過的官吏紛紛「噫！」了聲發出悲鳴，退到走廊的邊緣去。這些人根本沒被芙萊特放在眼裡，如今占據她整個腦海的都是「戰爭」這兩個字。

事發源頭都是來自一封書簡——那是自南方人間樂土「夭仙鄉」捎來的。

「關於通往異界的門扉，想跟你們談談。」

她有從皇帝陛下那邊聽說了。據說在年末發生的那場騷動中，在姆爾納特宮殿的謁見大廳裡，似乎開啟了通往異界的門。不對，通往異界的門是什麼啊——芙萊特雖然為此感到疑惑，但心中敬愛的卡蕾大人都說「這是事實」了，那她就不該懷疑。

原本應該要由那個黛拉可瑪莉・崗德森布萊德接待外交使節。

這是因為那個吸血姬曾經身歷其境到過異界，據說有這回事。

但據說在聯絡上碰巧出了差錯。
因為黛拉可瑪莉跟朋友一起去做溫泉旅行了。
這都是哪門子的蠢事。而且更扯淡的是，芙萊特變成負責跟夭仙鄉對應的人。
因為宰相說了——「妳好像很閒」。
「——我明明也很忙碌！為什麼我非得成為那個崗德森布萊德小姐的『代理人』!?」
「都是因為瑪斯卡雷爾小姐太優秀了吧！」
這時有人樂觀地喊出這句話，他是身穿神職人員服飾的男人——海德沃斯‧赫本將軍。
這個人好像也是基於「看起來很閒」這種理由，才被抓來做這種事的。他要跟芙萊特一起擔任夭仙鄉接洽人。
「一般的七紅天不可能成為崗德森布萊德小姐的代理人。就這點來看，想必瑪斯卡雷爾小姐應該是被評為出面應對能做到及格的人選吧。」
「那是在說我還不如崗德森布萊德小姐？」
「啊啊神啊！請原諒我的失言！」
「我看你就別找神，直接跟我懺悔如何！——不對，那種事我又沒放在心上！我們先別管這些了，他們一行人到底跑哪去了。真是的，說到夭仙這幫人，就連那些領袖階層都是那麼散漫。」

從天仙鄉過來的人共有兩位——那就是公主愛蘭翎子，還有她的隨從梁梅芳。

事情就發生在約莫十五分鐘前。在貴賓室迎接那兩個人的芙萊特和海德沃斯正跟她們一同談笑、閒話家常，現場也就他們四個人。過沒多久，她們就說「我們去一下洗手間」，接著便離開房間。出去之後就沒有回來了。

芙萊特的腦中有個人影閃過，那就是引發吸血動亂的尤里烏斯六世。

她是迷路才遇到黛拉可瑪莉的，中間發生了一些事情，之後對方就跟他們宣戰。

雖然事到如今已經知曉尤里烏斯六世打從一開始就有邪惡的企圖，但是愛蘭翎子也有可能像那樣，遇到某個人打壞心情，之後放話說要開戰……就算事情不至於演變成這樣好了，還是有可能讓對方留下壞印象。

「——我們還是分頭搜索吧。我會去外面確認，再麻煩赫本大人去確認宮殿內部。」

「外面很冷吧，外面就讓我來搜索好了。」

「哎呀要這樣嗎？那我就恭敬不如從命了。」

快步在渡廊上走過，芙萊特心中變得越來越焦躁。

若是不快點找到的話——搞不好卡蕾大人還會生我的氣也說不定。

☆

愛蘭翎子是一個擁有奇妙包容力的人。

她雖然話不多，卻會靜靜聽蘿蘿可漫無邊際地說些話。

聽起來這位仙女是來見黛拉可瑪莉・崗德森布萊德的。但是去見那種人又能怎樣？——想是這樣想，難得對方都來了，於是她就決定跟對方講姊姊的事情。

「——可瑪姊姊是個讓人困擾的傢伙。她一直以來都很冒失、少根筋又優柔寡斷，若是我不在，她就什麼事情都做不了。從以前到現在一直都是我拉著那傢伙的手，跟她遊玩的喔。害人都搞不清楚哪個才是姊姊，哪個是妹妹。就連身高都是我比較高。」

「這樣啊。」

「可是最近可瑪姊姊有點變了。在我不知道的時候，她居然交了一大堆朋友耶!?明明就只是一個可瑪姊姊，卻那麼囂張。跟家裡蹲時代都不一樣了，好像也變得比較沉著一些。」

「她曾經關在家裡一段時間？」

「就是啊。因為那傢伙太軟弱了。但這或許也不能怪她吧——可瑪姊姊又不是自己想當家裡蹲才一直關在家裡的，把她逼到變成家裡蹲的那個人才有問題。那傢伙還可以去當將軍，我看了覺得有點不爽就是了。」

「將軍……是在說米莉桑德・布魯奈特七紅天？」

「是叫這個名字嗎？總而言之——會有今天的可瑪姊姊，都要歸功於我！像布丁不就很好吃嗎？那傢伙也很喜歡吃布丁，所以我朝房間丟了好幾次，把她的臉都丟得糊糊的，好有趣喔。」

「？」

「都是因為有我在搭理她，可瑪姊姊才能夠復活！我還對她做了很多事情喔。可是她卻不知感恩……竟然丟下我跑去泡溫泉！自從當上七紅天大將軍有了各種活躍表現後，她就變得很猖狂。看來我也該對她做些看在世人眼裡夠恐怖的事情，非這麼做不可。我正在研擬計畫，要將蟬丟進那傢伙的鞋子裡。」

「還是適可而止吧，吵架是不好的喔。」

「這我也知道啊——說起七紅天大將軍，我才想到一件事！可瑪姊姊對於在同一個職場工作的其他七紅天，全都一無所知！她還真的是很沒用耶！」

「……??」

「像她就完全不清楚海德沃斯・赫本大人的事情！」

「喔喔……」

「就好比是今天，原本我想找可瑪姊姊，叫她幫忙傳個話。可是她人不在這，我才被迫單槍匹馬闖進來。」

那個一身綠的少女，頭上出現問號。

蘿蘿可顯得有點慌亂，姊姊常常說她講話都跳來跳去的。

可是翎子一看到蘿蘿可拿的紙袋，似乎有種恍然大悟的感覺。她臉上浮現柔和的微笑，嘴裡這麼說。

「沒關係，我覺得妳會見到他的。」

「咦？」

「願意主動採取行動的人，一定會遇到好事情。」

這是毫無根據的鼓勵，但不知道為什麼，蘿蘿可有種獲得救贖的感覺。

說老實話蘿蘿可很緊張，不確定海德沃斯・赫本會不會開心。若是他討厭甜食該怎麼辦？基本上對方若是把自己忘了，那又該怎麼辦才好——蘿蘿可無法抹除這些不安想法。

可是多虧有翎子，讓她稍微能用比較樂觀一點的態度看待事情，再來就只要找到她想找的人就好。

「有一種效應叫做『重複曝光效應』。也許多去見對方幾次是很重要的喔。」

「雖然我不是很懂，但我知道了！謝謝妳，翎子！」

「嗯——他好像來了。」

蘿蘿可不經意順著翎子的目光看過去。

接著她心頭狂跳了一下，因為中庭那邊有她想找的人——海德沃斯・赫本。他好像注意到這邊了，還有點慌亂地跑向這裡。

蘿蘿可立刻在當下站了起來。她得先跟對方打招呼——

「赫、赫本大人……！」

「——喔喔！原來您在這種地方啊，愛蘭翎子大人。」

她被無視了。

不知為何海德沃斯光顧著走向翎子，臉上跟著浮現笑容。

「瑪斯卡雷爾也很擔心您。來吧，我們回房吧。」

「真是不好意思。我只是稍微出來散步一下。但現在若是能夠稍微借用一點時間，會是我的榮幸——請借用一點時間給這位蘿蘿可。」

「嗯？」

對方投過來的目光很像現在才注意到一樣。

可是蘿蘿可並沒有因此打退堂鼓，而是跟對方一鞠躬。

「你……你好啊，赫本大人！在那之後是否別來無恙？」

「這位不是崗德森布萊德小姐嗎！看到妳這麼有精神，真是太好了。」

「原來您還記得我啊！」這讓蘿蘿可變得興高采烈，還抬頭仰望他。「託您的福，我非常有精神！我還效法赫本大人，最近也開始上教會了。」

「喔喔！那真是太棒了！原來妳也開始注意到神的偉大了啊？」

「是的，神真是太棒了！」

「這還真是太神了啊！」

是什麼東西太神，都已經讓人搞不清楚了。可是海德沃斯都那麼說了，神就神吧。

她是很想跟對方一起喝杯茶——可是蘿蘿可還算是挺有常識的吸血鬼，任誰看了都知道他正在辦公。

今天只要把禮物拿給他就好，到這邊先打住吧。

「赫本大人，不知您工作進展得如何呢？」

「還是老樣子，只是今天稍微鬧出一點騷動……」

海德沃斯轉眼看翎子。雖然蘿蘿可不太明白那是什麼意思，但她是真的不想打擾對方。於是她面露笑容，將放了點心的紙袋交出去。

「……這個是前陣子說要給的謝禮。希望能夠合赫本大人的胃口……」

「是要給我的嗎？我並沒有做什麼事情，值得讓妳送這麼豪華的禮物答謝啊……」

「沒關係！是我自己想要送您謝禮的，請您收下吧！」

「原來是這樣啊，那我就心懷感恩收下了。」

帶著滿臉的笑容，海德沃斯接過那個紙袋。

任務完成。這樣對於赫本大人安慰自己的事情，她就算答謝完成了，應該也成功讓他對蘿蘿可．崗德森布萊德這號人物留下印象了吧。再來若是能夠跟對方約好去喝杯茶，那就完美了——這讓蘿蘿可心跳飛快，同時將手緊緊握成拳頭狀。

「請您在休息時間吃喔，因為那個很貴的。」

「哎呀，這個是在帝都很有名的鮮血餅乾對吧。我的妻子很喜歡。」

「是這樣啊？那就請您跟妻子一起——」

……嗯？

這個人剛才說什麼了？

「謝謝妳，崗德森布萊德小姐。我會以神之名享用的。這樣的禮物很貴重。」

「好、好的……」

「哎呀——想必我老婆也會很開心吧。因為我老婆很喜歡吃點心……」

「——不對，原來你已經有老婆了！？！？！？」

只見蘿蘿可用盡全力大叫。

海德沃斯則是一臉錯愕地看過來。

「神聖教並沒有禁止娶妻，還有她也是神職人員。」

「問題不是這個……」

「在我被尤里烏斯六世趕出去後，她也沒有對我見死不救，是個善良的人。還有我們兩個一起經營孤兒院，原本是因為妻子的一句話才開始的，但我真沒想到會就此持續十年呢——」

不，不不不。怎麼可能有這種事情……？

海德沃斯說的那些話（放閃發言）對蘿蘿可來說是左耳進右耳出。

她的腳步變得踉蹌起來，眼前逐漸變得一片黑暗。這是——她已經品嘗過好幾次的那個。簡單講就是當自己的想念被破壞到體無完膚時，會出現一種絕望的感覺。

緊接著蘿蘿可就到達極限了。

「…………………………………………………………………呼嗚。」

啪咚。

她當場栽倒。

「!?——妳、妳還好嗎!?蘿蘿可!?」

「崗德森布萊德小姐!?死、死掉了……」

她哪有死掉。但現在卻有種很想死的感覺。

翎子跟海德沃斯那飽含擔憂的呼喊根本進不了她耳中。遍布在蘿蘿可心中的都是虛無。當她知道至今為止的心意全都歸於無，當下只覺得絕望。

不對。好吧，其實她並非沒有預料到。

「嗚、嗚嗚——」

「啊，還活著。妳沒事吧？」

「嗚啊啊啊啊啊啊啊啊啊啊啊啊啊啊啊啊啊啊啊啊啊啊啊啊啊啊啊啊啊啊啊啊啊啊啊啊啊啊啊!!」

她再也忍不住了。原本蘿蘿可就是不擅長壓抑情感的那種人。

於是她在情感的驅使下跳了起來——就這樣抓住翎子，開始嚎啕大哭。翎子困惑地回應「咦，那個……」，可是蘿蘿可根本沒空管這個。

想要大吼大叫的時候，大吼大叫就對了。

否則自己會撐不下去。

「啊啊!!」

「那個……好乖好乖？」

「再多摸一點啦啦啦啦啦啦啦啦啦啦啦啦啦啦啦啦啦啦啦啦啦啦啦啦啦啦啦啦啦啦啦啦啦啦啦啦!!」

就這樣，已經不曉得是第幾次的薙薙可之戀又再度畫下休止符。

☆

芙萊特・瑪斯卡雷爾差點要昏倒。

愛蘭翎子就在宮殿的庭園裡，可是鬆口氣的時光僅只短暫片刻。因為她被一個金色頭髮的吸血鬼抓住，對方還嚎啕大哭。

這樣的情況讓人如何安心。

若是因此惹得愛蘭翎子不高興，可能會發展成國際問題。

話說回來……那個金髮吸血鬼好像似曾相識。看來她還沒學乖，又準備要惹麻煩了。芙萊特都氣到怒髮衝天了，並邁步走向那個女孩。

「崗德森布萊德小姐!?妳的溫泉之旅呢!?」

「啊啊啊啊啊啊啊!啊啊啊啊啊啊啊啊!」

「好乖好乖……」

「夠了，別再哭了!這位可是夭仙鄉的三龍星愛蘭翎子大人!!很抱歉，愛蘭大人，我晚點會罵罵這女孩……」

「啊啊啊啊啊啊啊啊啊啊啊啊啊啊啊啊啊啊啊啊啊啊啊啊啊!!」

「夠了，快點放手——咦，仔細看居然大一號!?妳到底是誰!?」

這個人不是黛拉可瑪莉・崗德森布萊德。

但不管怎麼說，芙萊特還是得繼續操煩下去。

跟愛蘭翎子的會談暫時中斷了，他們要暫時撥空去陪這個金髮吸血鬼——蘿蘿可・崗德森布萊德。

※

被帶到姆爾納特宮殿的客房後，愛蘭翎子「呼——」地發出一口嘆息。

最終蘿蘿可・崗德森布萊德嚷嚷著「我是不會放棄的!!」，接著就跑走了。雖然覺得可憐，但是照那個樣子看來，應該不用過度擔心她吧。

真不愧是崗德森布萊德家的小姐，心靈很堅強。應該是說，不管是哪位吸血鬼，每個人都充滿活力，看起來活靈活現的。

跟夭仙鄉有很大的不同。

「黛拉可瑪莉・崗德森布萊德……」

她口中不經意念出這個名字。

看樣子那位七紅天大將軍如今正在外出中。她明明就有先跟對方的女僕聯繫過，對她說「二月十八日會去拜訪」。

不過她們似乎明天就會回來，這也算是僥倖。

在跟黛拉可瑪莉會面前的這段時間裡，她就先拿來調查姆爾納特帝國吧。

這個時候突然有人透過通訊用礦石聯絡她，於是她就注入魔力回應。

『——翎子，在謁見大廳那邊，並沒有可疑之處。』

對方是翎子的隨從。梁梅芳。

她們兩個會消失不見的理由很簡單——就是要引發騷動，以便她們探查姆爾納特宮殿內部的狀況。等到騷動告一段落後，梅芳依然在宮殿內徘徊，四處調查。

「謝謝，果然不找黛拉可瑪莉小姐還是無法弄明白呢。」

『通往常世的門打開了，這是事實。但我覺得至少應該會留下點痕跡才對……』

「查到這邊就夠了，謝謝。」

『……對了，翎子。』

梅芳稍微停了一下子，接著才繼續說話。

『我看常世的事情就先別管了，我覺得還是應該要找人幫忙才對。』

「嗯，可是……」

『再這樣下去，會被丞相和軍機大臣吞噬的。絕對不能讓事情演變成這樣。』

「…………」

故鄉那邊情況已經變得很慘淡了。那些剛愎自用又守舊、處處弊端的思想一點都沒有改進的跡象。天子軟弱無能，那些大臣也從白天開始就在喝酒笑鬧，愛蘭朝就快被那些魔物毀掉。為了阻止這一切，翎子才會這麼努力。

但不管她做什麼都沒用，夭仙鄉是缺乏熱情的夕陽國家。像翎子這樣的積極行動派，自然會遭人厭惡，因此他們需要藉助外力來做變革。就像是納莉亞・克寧格姆去找黛拉可瑪莉・崗德森布萊德求助，對阿爾卡做出改革那樣。

『可以利用黛拉可瑪莉的心。只要運用我的力量，總會有辦法的。』

「說得也是……」

就在這個時候。

翎子突然覺得體內有什麼東西湧了上來，於是她立刻用手摀住嘴巴。

為了不讓梅芳發現，她還靜靜地呼吸——然後把血吐到地上。

糟了，因為發生太多事情，害她忘記吃藥。

『總而言之，我們先來想想作戰計畫吧。那傢伙明天就會回來。』

「唔、嗯……」

『有人來了，我回去找妳。』

通訊到這邊就切斷了。

翎子將藥物取出，同時感到一陣茫然。若是看到在地面上蔓延開來的血液，梅芳應該會非常生氣吧。又或者是她可能會咒罵自己不夠周到，忘記讓主人吃藥。

她不希望看到有人生氣、有人悲傷。

這也是沒辦法的事情，還是將地板破壞好了——將那些藥丸都吞下去之後，翎子為了避免讓宮殿裡的吸血鬼們察覺，靜靜地發動魔法。

怒濤的連續殺人事件

Hikikomari
the Vampire Countess
no
Monmon

納莉亞和凱特蘿在露天浴池的脫衣間中喪命。

率先發現她們的人是紅雪庵員工，這個人正要去浴池那邊做檢查。聽說這兩人是疊在一起倒在地面上的。死因好像是腹部被人用刃器刺傷。

於是紅雪庵這邊就鬧得沸沸揚揚，陷入大騷動。

一個國家的總統跟將軍在這裡丟了性命，這簡直是天大的大事。

員工們都在旅館裡慌慌張張地跑來跑去──但就只是跑來跑去而已，什麼都沒辦法做。這也是理所當然的，因為他們都只是一般人，不是專門在處理命案的專家。

「──嗯，看來這兩個人是在短時間內疏於防範，才被人藉機殺掉的。」

將手放在下巴上，薇兒這時冷冷地道出這麼一句話。

我們就待在事發現場。是紅雪庵那邊的人拜託我們調查的。

納莉亞她們的遺體都已經搬運到其他房間。身上傷口在魔核效果的作用下，已經開始逐漸復原，這部分暫時可以放心——可是照那個樣子來看，可能要等到明天或後天才有辦法復活吧？難得來旅行一趟，也太可憐了。不對，先不說旅行不旅行，是被殺掉這件事本身就讓人覺得很可憐。

「……對了薇兒，她們該不會是吵起來，一直吵到失去理智就殺個兩敗俱傷吧。」

「這不可能，這次事件是殺人事件。」

「不對等等，也有可能是意外吧。」

「這不可能，這次事件是殺人事件。」

「事實上有可能是納莉亞為了嚇唬大家，才假死之類的……」

「這不可能，這次事件是殺人事件。」

「也是啦，果然還是那樣!!」

當下我抱著頭大叫。

怎麼會發生這種事情啊。我們只是很一般的跑來享用溫泉啊。原來核領域的治安有這麼差？不對，想必很差吧。戒心不夠的我才是笨蛋。

「可瑪莉大小姐去的地方都會有人死掉，太棒了。」

「這哪裡棒了！討厭——爛透了！納莉亞她們好可憐……」

好不容易弄到的休假一下子就轉變成人間煉獄。而且遇到戰爭或暴動就算了，這次竟然是殺人事件。遇到的事情充滿太多未知數，害我的頭都快要大爆炸了。

「……妳覺得犯人是誰？」

「不清楚。但推測犯人很有可能潛伏在這座紅雪庵之中。而且還因為暴風雪的關係，很難脫離這裡……再加上【轉移】用的魔法石也因為不明原因而無法使用。」

「糟糕透頂……按照我的推理來看，應該是對阿爾卡心懷怨恨的人。」

「這樣的想法很難成立。」

正在勘查現場（？）的小春靠了過來。

「犯人是想要挑釁黛拉可瑪莉老師。」

「這是什麼意思？」

「現場留有這樣的書信。」

小春拿出被水泡到，整張變得爛巴巴的紙。但還是能夠勉強判讀出上面寫的文字。為了不讓人看出筆跡，那些文字都很像對著尺拉出來的。

『給黛拉可瑪莉・崗德森布萊德

妳就在顫抖中入睡吧　真正可怕的事情　接下來才要上演——犯人留』

「……咦？為什麼是點名我？」

「真遺憾，看來犯人的目標是可瑪莉大小姐。」

「為什麼要拿我當目標啊？」

「我反倒想問您，怎麼會覺得自己不該被當成目標？可瑪莉大小姐曾經發動烈核解放，還大顯身手一番，這都已經是公開的事實了。被一些追求強大的狂熱分子盯上，這也是理所當然的結果。」

「那是什麼啊，『追求強大的狂熱分子』。」

「簡單講就是黑社會中的狂戰士，類似那類的。聽說他們那邊只要有誰可以打倒黛拉可瑪莉・崗德森布萊德，那個人就可以成為下一任霸主。」

我聽完覺得這一切都讓人難以理解。在這個世界上，還真是充斥一大堆不可思議的事情啊。啊哈哈。

「但那些姑且不論——居然敢留下證據，我只覺得犯人壓根就把我們看扁了。您不這麼認為嗎？天津・迦流羅大人。」

「的確是呢。」

垂頭望著剛才原本應該有屍體在的位置，迦流羅歪過頭。

「這確實讓人感到不自然。是寧可冒著危險也要嚇唬我們嗎？……還是犯人很有自信，覺得他一定不會被抓……？」

「既然犯人都敢盯上克寧格姆大人了，就這點來看，可能他要黑白不分將我們全殺了也說不定。」

「對，話說我突然想起一件事情。我好像把洗好的東西晾著沒收就外出了，所以我想要先回家一下。」

眼看迦流羅正打算裝作若無其事離去，小春將她的手緊緊抓住。

「不行，不可以逃跑。」

「不要啊啊啊啊啊啊!!我還不想死!!對手可是身手老練到連納莉亞小姐都能夠輕鬆殺掉啊!?我的可取之處就只有會做日式點心而已，根本沒有我出場的餘地！」

「外面還在颳風下雪，走不了的。沒辦法回去。」

「若是一直在那邊講不行不行，那原本可以做的事也會變得做不到！我要相信自己的可能性！」

「這樣可能會變成雪人死掉，沒關係嗎？」

「我也不想那樣啦——————!!」

這對主僕的感情還是那麼融洽。不對，對於迦流羅的心情，我是非常能夠體會的。

這個時候原本一直待在牆壁旁邊，看起來無精打采的艾絲蒂爾突然說了一聲「很抱歉」，還跟我們低頭鞠躬。

「大家難得來旅行……最後卻演變成這樣。」

「這不是艾絲蒂爾的錯吧，不對的是殺掉納莉亞和凱特蘿的犯人。」

「再這樣下去，可瑪莉大小姐也有可能被殺掉。讓我先祭拜一下。」

「別拜我啦！——對啊，我也想回去啦！就沒有讓風雪停止的魔法嗎!?」

「沒有那種東西。若是要找可以颳風掀起可瑪莉大小姐裙子的魔法石，這裡倒是有……」

「那種東西拿去扔掉啦!!」

「——啊，這裡好像寫了一些像是文字的東西。」

現在又換佐久奈出聲。

我跟薇兒、艾絲蒂爾順著她指示的方向看過去。

地面上可以看見一些血跡，應該是來自納莉亞和凱特蘿的吧。

若是專心凝視，會發現那邊還寫著疑似是血書的東西。這個是——共通語的「YU」？

「這是什麼？納莉亞寫下來了嗎？」

「應該是將死之前留下的訊息吧。如果這是犯人的名字，那還容易理解，可是目前在紅雪庵這邊，沒有人的名字是用這個字開頭的。」

我越來越不懂這其中的意涵。「YU」是什麼東西。是代表納莉亞原本想吃水

煮蛋嗎？（註3）

接著我不由得將雙手交疊放在胸前，陷入沉思。

真沒想到會遇到殺人事件，而且犯人的目標還是我。有別於第七部隊暴走帶來的恐懼，另一種恐懼感襲上心頭。我接下來有辦法活著回去嗎？——佐久奈人就在我的旁邊，我自然而然抓住她的衣服。總覺得越來越沒有安全感。

就在這時。

我看見在脫衣間的入口那邊，有個黑黑的東西在蠢動。

那傢伙在地板上爬行，身體還搖搖晃晃。很像在監視我們——也很像在物色下一個獵物——接著那東西在腳踏墊上停留一會。可是最後並沒有發出半點聲響，從門下面鑽了出去，離開脫衣間。

這讓我不由得渾身發抖。莫妮卡說過的話在這個時候突然間重回腦海。

——暗影在生氣。今天晚上可能會有人死掉。

那個東西，那個東西該不會是——

「……暗影？」

「可瑪莉大小姐，感到恐懼的時候，該去依靠的不是梅墨瓦大人，應該是我才

註3　水煮蛋的日文發音是「ＹＵ」開頭。

對。來吧，我會療癒您，請您不用客氣，直接飛撲到我懷裡。」

「不，先等等……是暗影……！」

薇兒正想要貼到我身上，我用手按住她，同時渾身戰慄。

難道說——那個真的是莫妮卡所說的「暗影」？該不會是那個謎樣的暗影殺了納莉亞？遺留在犯罪現場的書信，也是暗影搞的鬼？

但是除了我，好像都沒有其他人發現暗影的存在。

這時迦流羅說了一句「那就沒辦法了」，語氣中有著無奈。

「繼續待在這邊，我們也毫無頭緒。總之大家先回到房間吧，回去祈禱天氣變好吧。」

「遇到困難就去求神，還真像迦流羅大人會做的。」

「那不然除了神明，還可以依賴什麼？」

「運氣。」

「這種時候就算是在說笑，也請說『可以依賴我』！」

迦流羅跟小春邊拌嘴邊離開現場。的確，就算一直待在脫衣間這邊，事情也不會解決吧。可是感到不安的我朝著她們的背影出聲。

「喂、喂喂！那個……我們大家不是待在一起會更好嗎？」

迦流羅聽了愣愣地轉過頭。

「我當然是有那個打算。只是想去換一下衣服……因為我身上還穿著睡衣。」
「若是在這段時間內被人殺掉，那就有趣了。」
「一點都不有趣！我會很快換裝完成，不會有問題的！——那麼可瑪莉小姐，三十分鐘後，我們到一樓的食堂集合吧。我想要在那邊跟旅館裡的人一起討論今後方針。」
「真的不會有問題嗎……？這種話如果出現在小說裡，都是將死之人才會說的臺詞……」
「我想不會有問題的，畢竟我的房間都已經確實上鎖了。」
我看迦流羅笑得好樂觀。
好吧，她好歹也是統治一個國家的大神。雖然很容易被人遺忘，但是戰鬥力以外的能力——尤其是記憶力和計算能力，那都不是他人有辦法比得上的。我想她應該是經過深思熟慮才會如此行動。懷抱如此正向的想法，我離開脫衣間。

☆

來到一樓的食堂後，我決定來吃時間上算是過晚的早餐。
明明就發生殺人事件，我的胃卻很現實，一看到端過來的吐司，胃就開始「咕嚕咕嚕」叫，我實在是敗給腸胃了。現在這種情況明明就不適合悠哉吃飯。納莉亞她們都死在床鋪上了。感到內疚的我含淚吃起吐司，佐久奈則是說了一句「妳還好嗎？」，用擔憂的眼神看著我。

「若是妳沒有食欲，不用勉強吃沒關係的。我會把妳吃一半的東西吃掉……」

「對不起，不是那樣的。我的肚子很餓……納莉亞跟凱特蘿明明遇到那麼慘的事情，我卻在這邊享用好吃的麵包，只是對這樣的自己感到難為情……」

「那個……這些我不是很懂，但妳如果想要吃東西，我覺得大可以吃沒關係啊……？」

問題不是那個。而是納莉亞她們沒有辦法繼續享受這趟旅程，就只有我在這邊享用早餐，我覺得這樣是種冒犯行為。但去想那些瑣碎的事情，好像也沒什麼用就是了。

此時窗戶突然發出「喀噠喀噠」的聲音。

外面目前依然因為風雪的關係，成了白茫茫一片。照這個樣子來看，今天天氣可能也沒機會變好吧。

也就是說我們還得跟犯人一起關在紅雪庵這裡。開什麼玩笑啊！我要去關在房間裡了！——我是很想說這句話，然後跑去房間那邊，把自己關在裡面，但這明顯就像是說了會死的那種，於是我也只能保持沉默不說。

「好冷好冷好冷……風雪還沒停啊……？」

此時身上穿著日式厚棉襖的普洛海莉亞無預警自走廊上現身。她一看到我在這，嘴裡馬上發出「噢！」的一聲，還朝我靠了過來。在那邊裝乖的比特莉娜也跟她一起。

「原來是黛拉可瑪莉一行人啊？早安啊。」

「早安，普洛海莉亞……妳知道發生殺人事件嗎？」

「當然知道啊。是納莉亞・克寧格姆跟她的女僕被殺掉對吧。」

她嘴裡一直在碎碎念「好冷好冷」，同時坐到我旁邊。比特莉娜拿熱咖啡給她，她朝咖啡丟了些糖，同時打起呵欠。明明知道有事件發生，看起來卻很悠哉。

「一大早就鬧出超大的騷動。話說在暴風雪中發生殺人事件，這樣的情景未免也搭配得太巧妙了。」

「竟然敢打擾普洛海莉亞大人休假，真是太可惡了。我會把犯人找出來殺掉。」

「哎呀妳冷靜點。偶爾出點意外也滿有趣的……比特莉娜。」

「屬下明白了。」

只見比特莉娜從懷中拿出類似小型鋼琴的東西。

那個東西的背面還附了很像是發條的東西，比特莉娜用手動的方式轉了那個東西好幾次，接著把這樣東西放到桌子上。安詳的古典音樂就這樣流淌出來。感覺那個應該是音樂盒。

「寒冷的早晨，最棒的就是喝杯溫熱咖啡、聽個音樂，藉此獲得療癒。」

「可瑪莉大小姐，看來這個蒼玉種對於事情的嚴重性是一點概念都沒有。」

「也不能那麼說啦……每個人在早上都會有自己的一套既定流程嘛……」

「我並沒有對這次的事太過樂觀看待喔。」將杯子拿到嘴邊時，普洛海莉亞補上這句話。「而且還聽說對方留下預告連續殺人的訊息對吧？真的很像小說等作品裡面會有的情節呢。我看犯人肯定對這樣的狀況樂在其中。」

「會對殺人樂在其中，這種人的神經構造讓人無法理解啊。」

「哎呀黛拉可瑪莉。妳不是殺戮的霸主嗎？」

「那還用說！寒冷的早晨，最棒的莫過於用溫熱的血花和慘叫聲療癒一番！」

最近我開始分不清自己該在哪個時間點上虛張聲勢。而且我一旦發動烈核解放，事實上好像還真的會發揮出超扯的力量。害我的虛張聲勢越來越不像虛張聲勢——要是事前真的演變成這樣，那我到時的心境就不是複雜可以形容的了。

「……不、不管怎麼說，普洛海莉亞妳也要小心一點比較好。因為那個犯人似乎還潛伏在這座旅館中。」

「多謝忠告。可是比起殺人事件，我覺得好像還有更重要的事情——妳都沒注意到嗎？有個奇妙的東西一直在紅雪庵這邊徘徊，而且還有人企圖做些不好的事情。」

「咦？」

那是什麼意思啊，難道她在說「暗影」的事情？

我當下正急著詢問，在那瞬間卻有事情發生。

「——閣、閣下！大事不好了！」

這聲大喊在食堂內迴盪。就在這一刻，我心生一種風雨欲來的預感。

在一天內到底是要出幾次大事才甘心啊。

就在路口那邊，艾絲蒂爾上氣不接下氣地望著這邊。她硬逼自己讓顫抖的嘴唇動起來，接著張口道出這句話。

「天津・迦流羅大人……在房間裡氣絕身亡了！」

☆

那不就被我說中了!!——我好想放聲尖叫。

我、薇兒、佐久奈、普洛海莉亞、比特莉娜，還有艾絲蒂爾，以上這六個人急忙趕往迦流羅的房間。就在那邊，我們眼睜睜目睹迦流羅跟小春躺在床上，人卻失去意識。胸口那邊被血液染得一片赤紅。薇兒去確認她們的脈搏，同時開口道。

「確實已經死了。」

糟糕透頂。像這樣陸陸續續有人死掉，我心中的恐懼還真的是越來越強烈了。不對，其實好幾百人死在眼前的光景，我平常就一直在看了，但這次不妙的點在於讓人摸不著頭緒。我們連犯人在哪都不知道啊。他可不會像拉貝利克的動物軍團那樣，堂堂正正殺過來啊。雖然有人問我選哪個更好，我還是會歪頭想一下就是了。

「這、這下該怎麼辦!?她們該不會……是被神具幹掉的吧……!?」

「傷口已經開始恢復了，不用擔心——但有些事情讓人想不透呢。」

此時薇兒用冷靜的表情說了這番話。我倒是看不出有哪個部分是不會讓人想不透的。

「根據第一個發現屍體的工作人員指出，這個房間似乎是從內部上鎖的。再來就如各位所見，窗戶也都是緊閉的。」

「那第一個發現的人是怎樣進入房間的啊。」

「似乎是因為跟裡面的人說話都沒反應，才會把房門破壞掉——簡單講就是那兩個人待在完美的密室裡，並且遭到殺害。」

「如果要辦到這點，可以用的方法多得是吧！因為這個世界上有魔法存在。」

「這麼說也對。或許在這邊推理一點意義都沒有——哎呀？」

薇兒好像發現什麼了。就在迦流羅的床鋪上，噴了一些屬於她的血液。

這麼說來，納莉亞出事的時候，現場好像也有留下類似的血跡——

「這次是『WU』呢。又是死亡之前留下的訊息。」

「不，就算她們留下的是『WU』好了……」

若是有空寫這種東西，我還比較希望她們盡全力呼救。

穿著日式厚棉襖的普洛海莉亞在那邊搓手，看起來好像很冷的樣子，同時一直觀察迦流羅的屍體。

「——原來是這樣。是這麼一回事啊。」

「妳看出什麼了嗎？」

「只是發現我的預想都成真了。雖然是那樣，真的說出來就拆臺了。我看我還是顧慮犯人的意思，在這邊先退場好了。」

「喂，等等普洛海莉亞！若是一個人跑出去外面晃，妳也會被殺掉喔！」

「呵呵呵——我是不會被殺的。因為我最強。」

「正是如此。可是普洛海莉亞大人——」

比特莉娜制止正打算離去的自家長官。

「那個無法無天的殺人犯害普洛海莉亞大人的休假受到損害，這點讓我忍無可忍。望我能有幸獲得許可，依令去找出犯人，再把他殺了。」

「妳在說什麼啊……不。好吧也對。說得也是呢。」

「請問——您這話是什麼意思呢？」

「沒什麼。那麼妳就跟黛拉可瑪莉她們一起去搜索犯人吧。不用擔心我——我要去放鬆泡澡，溫暖一下。」

「遵命，還請您不要感冒了。」

「真煩人，強者是不會感冒的。」

「您說得對。」

普洛海莉亞接著又說「好冷好冷」，然後離開房間。

這下我開始有點擔心了。若是到時候有人發現浴池那邊死了一個蒼玉種少女——希望不要發生這種事。但是說了好像也沒用，所以我就不要制止她好了。

「……那迦流羅跟小春該怎麼辦？就放在這裡嗎？」

「也只能這樣了吧。總之在天氣好轉之前——」

「這是在～～～～～～～～～～～～～～～～～～～～～～開什麼玩笑啊!!」

一道像是突然間抓狂的吼叫聲在這時傳入耳中，我被嚇到只差沒整個人都跳起來。

我回頭張望，接著就看見比特莉娜怒氣騰騰地瞪視我。

「為什麼會下暴風雪!?還發生殺人事件!?難得可以跟姊姊一起來趟兩人之旅!!

都是因為黛拉可瑪莉在這邊，才會發生這種爛事!!」

「什、什麼!?我是有做什麼嗎!?」

「那種事情我怎麼會知道！但可以肯定妳就是起因之一！因為全世界的混混無賴都想要取黛拉可瑪莉・崗德森布萊德的性命！」

「…………」

原來全世界的混混無賴都想要我的命？他們會不會找錯人了？——我為此哀嘆到了極致，可是比特莉娜根本懶得管這樣的我。她快步朝這大力踏出一步，接著用食指用力指著我的鼻尖。

「妳要負起責任！否則……小心我把妳喀嚓掉。」

「就算妳那麼說，我也不知道該怎麼做啊!?要不要再找別的機會一起來泡溫泉……!?」

「誰要跟妳這種蚊子一起來呀！我的意思是要妳想辦法解決現在這種狀況！最起碼要讓姊姊能夠安心休息！」

「請您退開，可瑪莉大小姐。這個沒禮貌的蒼玉種，就讓我下毒把她殺了吧。」

「喂別那樣，不要吵架啦。」

「這樣正好！就讓我把妳們這些蚊子全部殺光！仔細想想，搞不好犯人就在妳們之中!?我看我還是把妳們全都殺掉好了——」

「比特莉娜小姐，我會把妳的本性透露給普洛海莉亞小姐知道喔。」

「…………」

聽到佐久奈說出這種話，比特莉娜的動作停擺了。

現在明明就不熱，她卻開始嘩啦嘩啦地流汗，流到都跟瀑布一樣了。

「那、那、那又怎樣！只要在告密之前殺掉妳，那就無所謂啦。不過是一兩隻蚊子罷了，只要碰上我，就算我半夢半醒也能殺掉！」

「就算我被殺了，這裡還是有魔核，做那種事情沒什麼意義。」

「不好意思。那我給妳錢，能不能拜託妳別跟大人告狀。」

緊接著比特莉娜就跟對方低頭，表現出恭敬服從的樣子。

這樣未免也太呆了。她平常都是怎樣隱瞞，才能一直騙過普洛海莉亞的啊？

話說佐久奈也真是的，感覺好恐怖。還真不愧是原本在當恐怖分子的人——我為此感到戰慄、惶恐。

碰巧就在這個時候，在房間的入口那邊，我又看到那個像黑色暗影的東西在蠢動。

「——真沒辦法！那這次我就不要把責任推給黛拉可瑪莉，親自做個表率，先去把犯人逮捕起來吧。反正姊姊都已經下達許可令了！我這就來把紅雪庵裡的人全都一個不漏的抓起來，再來拷問所有人吧。我的拷問技巧可是在『委員會』那邊受過鍛鍊，一旦碰上我的拷問技──」

「喂、喂喂！快看那個！」

當下我不由得發出叫喊，還用手指指向暗影。

在場所有人都將目光轉向門那邊。最先起反應的人是艾絲蒂爾，她那個樣子就像在說「騙人的吧」，睜大雙眼看著那個謎樣的黑色物體。

「這、這難道就是『暗影』……!?」

「暗影？那是什麼啊──雖說看起來確實是像影子。」

「!?──這個我有看過！」再來換比特莉娜大叫。「昨天晚上我跟姊姊在洗澡的時候，那個東西也有現身。這玩意到底是什麼啊？自然現象？還是某個人的魔法？」

「那個暗影……在納莉亞她們被殺的現場也有出沒過。」

「這話是什麼意思？麻煩詳細說明一下。」

比特莉娜一股腦地靠了過來。

我按住她的肩膀，接著將一連串事件約略說明一番。我說那個暗影也有在脫衣間出現過，還有艾絲蒂爾的妹妹曾經提起過暗影的事情。雖然薇兒跟佐久奈臉上都擺出「這也太扯了」的表情，比特莉娜的雙眸卻如寒冰閃爍般亮了一下，再來她就笑了。

「——原來如此！看來我應該去的地方已經決定了。」

「請先等等，謝勒菲那大人。看到那種東西應該是眼中出現錯覺導致的吧。我想跟殺人事件應該沒有什麼關聯……」

「哈！妳們這些吸血鬼未免也太散漫了吧！只要有嫌疑，就該把所有人都宰了，這樣才像白極聯邦的作風！那個一定是某人的魔法造成的——而且按照黛拉可瑪莉說過的話來思考，犯人也等同已經確定是誰了！一定是那個叫做莫妮卡・克雷爾的少女驅使暗影來殺人，肯定沒錯！好啦證明完畢!!」

「那、那個！謝勒菲那少佐，莫妮卡不會做這種事情……！」

不知不覺間，暗影已經消失不見了。

可是比特莉娜的暴走行徑並沒有停止。她無視艾絲蒂爾的一番話，直接一溜煙跑走了——但是過了兩秒鐘左右，不知為何又返回這裡。而且她的臉還有點紅紅的，嘴裡對著艾絲蒂爾大吼大叫。

「——跟我說莫妮卡・克雷爾的房間在哪！現在馬上！」

☆

「喂喂，妳們來這邊是想幹麼，鬧出這麼大的動靜，都把莫妮卡吵醒了。」

當下比特莉娜在走廊上「咚咚噠噠」地跑來跑去，要前往莫妮卡的房間。

但卻在房門前面被光耶醫師擋了下來。這也難怪，那個人有可能會危害莫妮卡（只是有可能），不可能對這樣的人置之不理。

「麻煩讓我過去！莫妮卡・克雷爾在操控暗影殺人！」

「妳在說什麼啊。確實是有聽說發生了殺人事件，可是莫妮卡小妹妹完全沒有這麼做的動機。再說那個暗影根本就是莫妮卡小妹妹幻想出來的——」

「唉唷，煩死了！吃我這招！」

「呀!?」

比特莉娜將冷凍過的手巾捲到光耶醫師的脖子上。

只見醫師她嘴裡叫著「好冷好冷～！」，還在走廊上滾來滾去掙扎。

比特莉娜則是趁機快步侵入房間。

看到突然現身的闖入者們出現在面前，莫妮卡臉上浮現困惑的表情。可是比特莉娜根本懶得管對方方不方便，就這樣靠近莫妮卡的床邊。

「莫妮卡・克雷爾！操控暗影殺人的人，就是妳對吧!?」

這下莫妮卡換上錯愕的表情。

這也難怪，因為她根本沒理由那麼做。

「暗影到底是什麼？是一種幻影魔法嗎？」

「…………」

「妳是有什麼深仇大恨，才要殺掉那些被害人？不對，動機這種東西一點都不重要——是妳打壞了姊姊的休假！光這點就足以被人問罪！」

「…………」

「我說妳！好歹也說幾句話吧!?若是繼續無視我，我會傷害妳喔!!」

「請先等等，謝勒菲那少佐！莫妮卡她生病了！」

「咦，那是我失禮了……」

才短短一瞬間，比特莉娜的氣焰就消了下去，可是馬上又重新燃燒起來。

「不對，怎麼能因為生病就將殺人正當化！來吧，莫妮卡・克雷爾。那個暗影到底是什麼，給我說明一下！簡單扼要的說明！」

「暗影——」

莫妮卡開始訥訥地輕語。

她還看似疲倦地揉揉眼角，嘴裡發出跟蚊子嗡嗡聲一樣細小的聲音。

「暗影是從很遠的地方過來的。為了帶我到幸福的地方……還有為了見到可瑪莉閣下……」

「啊？麻煩妳用更淺顯易懂的方式說。」

這時莫妮卡嘴裡「咿！」地發出悲鳴，身體跟著縮成一團。比特莉娜這種應對方式不是很成熟，就連她自己也說「啊……做過頭了」，然後就閉上嘴。

我將比特莉娜推開，慢慢靠近莫妮卡。

她手裡緊緊抱著小熊玩偶，一臉害怕地仰望這邊。

「可瑪莉閣下……」

「抱歉突然跑過來找妳，我們這就走。」

「沒關係——對了。」

那時莫妮卡抓住我的衣服。是說當下她抓得太用力，還抓到我肚子那邊的肉，害我差點發出奇怪的叫聲。

「是不是有人死掉了？是誰？」

「這個嘛……確實是有啦……」

「我覺得是暗影做的。」

比特莉娜接著發出一聲叫喊，「妳看果然是那樣吧！」。薇兒、佐久奈跟艾絲蒂爾這三個人跑過去把她按住。仔細看會發現她已經拿出巨大的剪刀裝備在身上，看樣子明顯正在發怒。怎麼會用那麼危險的武器，這樣莫妮卡會害怕，別弄了啦。

為了不讓莫妮卡看見我背後的煉獄景象，我露出笑容並張開雙手。

「妳說是暗影做的，這話怎麼說呢？是說暗影會殺人之類的？」

「我也不知道。可是暗影有說想要殺掉可瑪莉閣下……」

為什麼啊？也太可怕了吧。

「啊哈哈……那暗影的目的是什麼呢？」

「暗影有兩件事情要做。」

「兩件事情……是說要待在莫妮卡身邊？」

「嗯，還有暗影好像想跟可瑪莉閣下傳遞某些訊息。可是現在剛好遇到暴風雪，暗影的聲音才沒辦法傳達過來，感覺好像是這樣。暗影的本體似乎在常世那邊……」

我當下有種腦袋遭人大力搖晃的感覺。

常世，真沒想到會在這裡聽到那個字眼。

去年年末發生了那場騷動後，皇帝跟我說過這件事。我跟薇兒被轉移過去的地方好像就叫做「常世」。意思是說，那個暗影就是來自當時的新月世界嗎？還是說暗影原本就可以自由來去……？

「……也許，我也很快就會死。」

這話讓我頓時感到一陣錯愕。

莫妮卡眼裡開始湧現淚水。這下就連在後方大喊「殺掉那傢伙就能解決一切！」的比特莉娜也不禁閉上嘴。

「那個……是什麼意思啊？妳說會死。」

「那並不是心臟停止的意思。可是活著的感覺越來越淡，隨著日子一天天過去……睡眠的時間逐漸增多……就算是醒著，我也越來越不容易感到開心。」

「怎麼會……」

「暗影在擔心我，光耶醫師也想要治癒我的病，可是都沒辦法。因為這種病似乎很受名為『意志力』的能量左右……而我完全不具備那種東西。」

莫妮卡身上到底發生什麼事了？昨天遇到她的時候，她還開開心心在聊書的事情——是不是精神變得不穩定的關係？只是經過一天而已，她臉上的表情就彷彿世界末日到來一樣，看上去死氣沉沉。也許這代表「消盡病」已經來到很嚴重的程度了。

現代社會是透過魔核的無限再生能力才得以成立的。人們都已經忘記對死亡的恐懼，盡情享受他們的人生。會舉辦像娛樂性戰爭這種野蠻又熱鬧的活動，而那應該算是最佳的案例吧。

可是魔核能夠治癒的，就只有肉體的傷痛。

像莫妮卡這種患有心病的人，魔核是不會對她微笑的。

我覺得這樣非常不合情理，未免太殘忍了。

「莫妮卡妳……有沒有什麼夢想呢？」

「咦？」

「我的夢想是寫小說，想要問問莫妮卡是不是也擁有這類夢想。」

「夢想……」

先是稍微想了一下，莫妮卡接著才發出呢喃。

「在我小的時候，我會很想去各式各樣的地方看看。很想像可瑪莉閣下那樣，在核領域中到處跑。而我最想去的地方，就是那個顛倒的城鎮……可是我再也動不了了。因為我的心失去活力……」

「這樣啊……但我覺得捨棄夢想是很可惜的一件事喔。」

對方這時一雙眼看了過來，眼神顯得很驚訝的樣子。我慎重揀選言詞，之後才再度開口。

「只要不放棄，總有一天就能實現……我不會這麼說。但若是失去目標，可能也會失去前進的動力。」

「嗯，或許是吧……」

除此之外，莫妮卡就沒有再多說什麼了。

我也沒辦法再說任何的話。「想去各式各樣的地方看看」，這樣的夢想或許就是治癒她那身病的關鍵——但我卻不知該從哪裡開始著手，又該怎麼做才好。

是不是應該去找光耶醫師商量呢？

就在這時莫妮卡突然「啪噠」地倒到床鋪上，我趕緊查看她的臉龐。結果她發出「嘶呼嘶呼」的安穩鼻息，人已經睡著了，這才讓我鬆了一口氣。

「可瑪莉閣下，妳不用太過擔心莫妮卡小妹妹。」

不知道是什麼時候來的，光耶醫師已經站在我旁邊了。

她手裡握著冷凍手巾，一臉認真地接話。

「多虧了可瑪莉閣下，看得出她的『意志力』已經有所恢復。妳果然擁有給予他人良性影響的才能。雖說原本應該是我出面，來當這個有擔當的人才對……」

「這才不是什麼才能，而且莫妮卡的病也沒有治好。」

「是啊——其實像莫妮卡小妹妹這樣的人，在這個世界上是很多的。不，不是只有這種『消盡病』而已。其實有無以計數的的人，身上都帶著魔核無法治癒的傷。我就是想要治好這些不治之症，才會成為醫師的。」

光耶醫師在說話的時候，一臉悲戚地交疊雙手置於胸前。

「但做起來實在太困難了。這個世界太過於依賴魔核，要從零開始做研究，真的是困難重重。」

「光耶醫師好厲害喔。」

「我一點都不厲害。明明有很多想要拯救的人，我卻沒有辦法拯救他們。那些人就跟開水一樣，從我的指縫間流走——而且最近，原本能夠讓我做研究的組織還解散了。因此我已經沒有去選擇手段的餘裕。」

「…………？」

「總之莫妮卡小妹妹已經不要緊了，妳用不著擔心。」

既然醫師都這麼說了，那應該就沒問題了吧。

這個時候人在背後的薇兒突然對我說了聲「可瑪莉大小姐」。

「莫妮卡‧克雷爾小姐跟殺人一點關係都沒有。是這個蒼玉種蠢到會錯意。」

「居然說人家愚蠢，也太失禮了吧！但莫妮卡‧克雷爾很可疑這點依然沒變啊!?」

「就跟薇兒說的一樣，肯定沒有關聯。」

我看還是先無視比特莉娜好了。

雖然我也很擔心莫妮卡的事情——但眼下最先該列入考量的是殺人事件。

「話說回來，不知道犯人是誰。實在想像不出來。」

「如今待在紅雪庵的人之中，生還者共有十三名。有我、可瑪莉大小姐、梅墨瓦大人、艾絲蒂爾、莫妮卡、茲塔茲塔大人、比特莉娜‧謝勒菲那、光耶醫師，還有五個紅雪庵的工作人員。可是上述這些人都具備不在場證明，因此不可能是這幫人殺掉克寧格姆大人和天津大人。」

「……那真的是暗影做的囉？」

「不——但也不一定。」薇兒出現奇妙的反應，「這就說不準了。有可能是暗影，也有可能有第十四個人。關於這部分，我無法做出任何定論。」

「那這第十四個人會在哪啊。」

「搞不好就躲在可瑪莉大小姐的床鋪底下。」

「……………」

「不會有事的。不管發生什麼事情，我都會守護可瑪莉大小姐。」

也許我今晚會睡不著。是說我有辦法存活到晚上嗎？

一股沒來由的恐懼沿著背脊蔓延，此時我從那個房間離去。

留莫妮卡一個人在這邊，我會擔心。可是光耶醫師說「我會待在她身邊」，照這樣子看來應該是用不著擔心吧。總之必須想辦法防止第三起事件發生。

☆

然而整起事件卻越演越烈。

我、薇兒和佐久奈、艾絲蒂爾跑去窩在房間裡打發時間。暴風雪都沒有收束的跡象，我們也沒辦法叫警察或軍隊的人過來。不對，我們幾個自己就是軍人。

總之事情就是這樣，於是我們的家裡蹲時光就開始了。

我算是頭號宅家派，若是要我靜靜地待在屋子裡，我是完全都無所謂的，可是一想到薇兒和佐久奈的心情，就不免覺得她們可憐。我看她們原本應該是想開開心心泡溫泉吧。

「那我們要玩些什麼呢？可想而知若是靠腦力來對決，可瑪莉大小姐將會淪為手下敗將。」

「那是妳先入為主的想法，我可是很有智慧的。」

「是我失禮了。可瑪莉大小姐算是世間罕有的賢者對吧。那我們就來玩『戰爭』這個遊戲吧。這樣一來可瑪莉大小姐搞不好還能夠戰勝。」

「也是可以呀，雖然規則我不是很清楚。」

「那個……我去一下洗手間喔。」

此時佐久奈突然匆匆忙忙地站起來。她正打算就此離開房間，害我當下感到一陣驚慌。但薇兒動作比我更快，朝她出聲說了句「請等一等」。

「一個人過去太危險了。我會在旁邊看著，請您就在這邊解決吧。」

「沒錯沒錯——話不是那麼說的吧!?我們大家一起去啦。這樣一來，那個犯人應該也不敢隨隨便便出手。」

「那個……我覺得應該不用做到這種地步，不會有事的。」

「可是犯人感覺很強喔？之前一直都有同時把兩個人殺掉的紀錄……」

「話是這麼說沒錯……」

「說起來確實是那樣」，薇兒語畢將手放到下巴上。「那就跟摘花一樣，廁所很快就會上完，殺起來時間也不夠吧。沒必要大費周章一大群人結伴同行——所以說艾絲蒂爾，請妳陪同梅墨瓦大人一起過去。」

「遵命，那麼梅墨瓦閣下，我們走吧。」

「好、好的。感覺讓人有點難為情。」

說完這句話後，那兩個人前往位在走廊上的洗手間。

當下我卻有種不對勁的感覺。上廁所只會花一小段時間，那樣犯人要出手確實是很困難吧——可是從薇兒說出的話中，好像能聽出她在對我隱瞞些什麼。

好吧，去想這些也沒什麼幫助吧。總之就先來祈禱佐久奈她們平安無事吧。

「那接下來，礙事鬼已經消失了，就我們兩個一起來玩吧。若是我贏了，可瑪莉大小姐就要當我的抱枕。可瑪莉大小姐贏了，我就來當可瑪莉大小姐的抱枕。這樣可以吧？」

「這樣輸跟贏的差異在哪？」

就這樣，我們兩個邊閒聊邊等佐久奈她們回來。

只不過，當我玩起這個名為戰爭的碰運氣遊戲，而且連續吞下謎樣三連敗的瞬間——我胸口卻沒來由出現一陣騷動。

因為那兩個人過了很久都還是沒有回來。廁所那邊總不可能是人太多吧。因為在這座旅館之中，除了我們跟白極聯邦一行人，其他的客人是一個都沒有。

「……我說薇兒，她們會不會回來得太慢了？」

「好像是呢……」

薇兒一副漫不經心的樣子，雙眼看向窗外。

直到現在，風還是沒有減弱的跡象。暴風雨那傢伙到底是要在法雷吉爾停留多久才甘心。

「那我去看一下好了，希望她們都平安無事。」

「既然如此，我也一起過去。順便去大廳那邊拿些點心吧——」

薇兒正要起身，才起立一半就立刻出現狀況。

「砰!!」——伴隨著足以讓人懷疑是自己聽錯的聲響，房門用力彈開。我還以為是犯人終於找到這邊，當下就打算跑去床底下躲起來。可是那個縫隙太狹窄，害我的額頭結結實實撞在地面上。乾脆就這樣裝死好了——當我下定決心的瞬間，一個讓人耳熟的聲音響起。

「——黛拉可瑪莉人呢!!」

是比特莉娜・謝勒菲那。

她單手拿著巨大的剪刀，活像一個強盜似的，就這樣闖進房間裡。

「是廁所！在廁所那邊，佐久奈・梅墨瓦跟妳的吸血鬼部下都死掉了！這到底是什麼情形啊!?」

「咦——」

整起事件發展來得太過突然，害我停止思考。

這是夢吧。我看我還是被地板和床鋪夾到昏厥會更好。

「現在不是在那邊昏厥的時候。我們走吧，可瑪莉大小姐。」

被薇兒扛起來的我，就此前往廁所。

緊接著我在那目擊成了兩具屍體的佐久奈和艾絲蒂爾。

兩人都呈現被塞在廁所隔間裡的狀態，雙雙氣絕身亡。胸口那一帶染成血紅一片，應該是被菜刀或其他東西刺中的吧。臉上並沒有浮現痛苦的表情，看起來就像在睡覺一樣——可是薇兒檢測完她們的脈搏，再來從口中迸出的第一句話就是這個。

「她們已經死了。」

「還真的死了啊!!」

「都說她們已經死掉了啊！為什麼要放她們落單行動!?把貧弱的吸血鬼放出去，一下子就會被殺，這樣的道理連小嬰兒都懂!!」

我胸口那邊的衣服被比特莉娜抓住，還遭到她左搖右晃。

對喔，我個人是連小嬰兒都不如。迦流羅就算了，這次對手可是連納莉亞出馬都應付不了。居然讓佐久奈和艾絲蒂爾她們兩個落單上廁所，我這是在搞什麼。

「牆壁上有用鮮血寫下的文字。這次好像是『ＧＩ』。」

「那種東西已經不重要了啦！只要把犯人抓起來殺掉，一切問題都能解決！」

「那茲塔茲塔大人曾經對妳說過什麼？」

「姊姊對我下令，說『妳就隨自己的喜好做吧』！因此為了讓姊姊保有和平的休假日，我要來去把犯人殺了！」

這讓薇兒接著說了句「真是傷腦筋啊」，嘴裡還發出嘆息。

真的很傷腦筋。看樣子犯人的主要目標就是我。要藉著殺了我以外的人讓我心生恐懼，一定是這樣沒錯。而這樣的作戰計畫也發揮出絕大的效果。

說老實話，真的很恐怖。就跟大猩猩過來突擊是一樣的恐怖。

「可瑪莉大小姐？您是不是在發抖？要不要我緊緊抱住您？」

「不、不用了啦！——妳把佐久奈跟艾絲蒂爾搬到房間裡吧。把她們放在這邊太可憐了……」

話說到這邊，我打算去觸碰佐久奈的身體。可是薇兒抓住我的手制止我。

再度開口時，她臉上浮現跟平常沒兩樣的冷靜表情。

「請可瑪莉大小姐去休息吧，我來搬運就好。」

「跟妳們說一下，我可是不會幫忙的！那些都是輸給殺人犯的蚊子，我才不要照顧她們！」

「這種事情就不用勞煩蒼玉種出手了。」

將這句話說完後，薇兒將那兩個人的身體輕巧地夾到腋下。

我從以前就這麼想了——她的力氣好大。話說吸血種好像是肉體機能特別優秀的種族？照這樣說來，只是撐著手做三次伏地挺身就肌肉酸痛的我又算什麼啊。

我除了為此感嘆自己的貧弱，同時還邁開步伐前往房間。

「——感覺工作人員好像也消失了，也許他們也被殺掉了。」

將佐久奈和艾絲蒂爾留在房間裡，我們幾個前往食堂。

目前時間來到中午時分。照理說平常這個時候的我都已經餓到前胸貼後背了。可是如今卻微妙地毫無食欲。我就只有吃了薇兒替我準備的一片吐司。

比特莉娜在這個時候邊抖腳邊用嘲諷的語氣說「這話說得沒錯！」。

「是說妳們現在才注意到啊？從剛才開始，紅雪庵的人就一個都沒看見了。就算按響櫃檯的呼叫鈴，還是沒有任何人出來。後來我跑去員工休息處那邊看，還是連個人影都沒有。雖然沒有看到屍體，但員工肯定都被殺了！看樣子暗影那傢伙才不分客人還是員工，想要把所有人都殺光！」

「對了比特莉娜，那普洛海莉亞一個人沒問題嗎……？」

「這是多餘的擔憂，姊姊可是最強的。」

的確很難想像普洛海莉亞被殺的樣子。

我咬著麵包嗯咕嗯咕地吃了起來。一旦開始吃了，肚子就像平常那樣感到飢餓，害我難以抵抗。

話說連旅館這邊的人都不見了，這到底是什麼情形啊。犯人究竟想做什麼？這樣下去我們是不是會全部被人滅掉？這樣也太扯了吧……但這個似乎能夠拿來當小說的創作題材喔。那我遇到的瓶頸就解決了。啊哈哈哈哈。

「——哎呀，我忘記要準備飲品了，我去拿牛奶或其他的過來。」

「好……謝謝。」

薇兒說完就從座位上站了起來，走向位在食堂角落的冰箱。

比特莉娜就坐在我的正對面，她先是發出一聲「嘖」，接著就喝起咖啡。在那之後不知為何三不五時朝著我偷瞄。

「……黛拉可瑪莉，真沒想到妳本人看起來那麼弱不禁風。」

「咦？這是什麼意思啊？」

「被人們謠傳說是可以跟姊姊並駕齊驅的吸血鬼，我原本還很好奇是怎樣的人物。原以為是跟普洛海莉亞・茲塔茲塔斯基一樣，頭腦清楚、勇猛果敢，還要以武力問鼎天下，是最強的將軍……但實際上見了才發現是弱雞中的弱雞。還有妳的身高未免也太矮了。」

「這跟身高沒關係吧！」

「的確，去攻擊別人的身體特徵很卑鄙。不好意思。可是沒有發動烈核解放的妳，一點價值都沒有——這樣下去實在不夠格當姊姊的對手。像妳這種人若是加入我們的陣營，我看八成會被書記長吃了。」

這是什麼意思啊？書記長指的是那個身高很高的男人嗎？

在我心裡產生疑問的同時，比特莉娜嘴裡嚷嚷一句「總而言之！」，並將手交叉放到胸前。

「這次的事情不能交給區區的吸血鬼去辦，我會解決這次的事件。黛拉可瑪莉妳就躲在房間裡發抖吧。像一隻冬眠的熊那樣！——這些都是姊姊常常說的臺詞。」

「喔……」

「總之我早就看出犯人是誰了。那就是在殺人現場頻繁現身的謎樣『暗影』。以及唯一能夠和那個暗影溝通的人，莫妮卡・克雷爾。我覺得我的推測八九不離十是對的。」

我當下只覺得毛骨悚然。

對喔，還有莫妮卡。不曉得她有沒有事？她身邊應該有光耶醫師跟著——可是那兩個人照理說一直都待在房間裡。換句話說對犯人而言，比起納莉亞、佐久奈等人，找她們下手更加容易得多。

這下我開始變得坐立難安起來。將吃到一半的麵包扔在盤子上，從座位上站了起來。

正準備邁開步伐走出去——就在那瞬間。

「呀啊啊啊啊啊啊啊啊！」

我聽見一陣慘叫聲。

而且還是在附近。接著我和比特莉娜就反射性回頭。

然後我們看到在冰箱那一帶，薇兒正倒在地板上。

「——咦？」

「這是在做什麼啊！」

比特莉娜急匆匆地跑過去。

那個女僕少女倒在地面上，胸口上還深深插著一把短刀。我知道自己身上逐漸沒了血色，同時靠近薇兒。薇兒抽搐了一陣子，目光還投向我這邊——可是她最後變得渾身無力，接著就一動也不動了。

這是怎麼了？怎麼會發生這種事情。

只是稍微脫離我的視線範圍一下子，沒想到卻——

「開什麼玩笑！這根本是在小看我！」

「薇兒……怎麼會……」

「現在沒空在那裡失落放空啦！我們要趕緊找到犯人——」

比特莉娜的話說到這邊突然間停了。

可是我卻沒有餘力去管那個。

這次跟其他那幾次不能相提並論。因為我和比特莉娜就在附近而已，可是薇兒卻還是被犯人殺掉了。不費吹灰之力。簡簡單單。甚至都沒有讓我們察覺。

我呆呆地望著上面插著小刀的女僕裝，緊接著我不經意發現衣服上面沾染的血液似乎呈現出文字會有的形狀。這是——是數字「二」嗎？

「……出現了。」

這個時候突然有人將手放到我的肩膀上。

只見比特莉娜換上一臉凝重的表情，一雙眼睛盯著食堂的入口處看。

我也跟著看過去。那裡有一道黑色的暗影佇立。仔細觀察會發現暗影好像有著人類的姿態。就好像在挑釁我們一樣，不停地晃動。

大概持續了五秒左右，我們沉默地瞪視彼此。

緊接著那個暗影就彷彿被吸走一樣，朝著門扉外頭移動。

「休想逃！我們走，黛拉可瑪莉！」

「咦？——等等啦！薇兒她……」

我根本就沒有抵抗的餘地。

比特莉娜硬是用那身蠻力將我整個人拉走。

☆

在可瑪莉離去後，來看食堂這邊。

大廳裡變得一片死寂，而在大廳角落。

原本應該已經成為一具死屍的薇兒海絲彎身爬了起來。

「……看樣子大小姐已經走掉了，那應該就沒什麼問題了吧。」

她嘴裡念念有詞，同時將刺在胸口上的小刀——不對，應該是黏上去的小刀才對，她將那把刀拔起來。

還把弄亂的衣服整理好，將附著在手上的飲用型血液甩掉。在那之後，薇兒海絲若無其事地站了起來，嘴裡發出一聲「嗯～」，並伸伸懶腰。

這不是因為魔核的關係才恢復的，而是她一開始就沒有死。

「比特莉娜‧謝勒菲那也真是讓人頭疼。幸好她夠單純，最後才沒有穿幫——那接下來，我也差不多該前往會場了吧。」

離開食堂，薇兒前往二樓。在走廊上行走的時候，她還要一面確認周圍都沒有其他人在。若是在這裡被可瑪莉發現，那就功虧一簣了。可是可瑪莉很遲鈍，因此她覺得應該沒問題。除了在想這些，薇兒海絲還來到位於最深處的「遊戲室」。

「——克寧格姆大人，都結束了。」

「是薇兒海絲啊！快點進來吧。」

從門的縫隙中傳出納莉亞・克寧格姆的聲音。

薇兒海絲就這樣無聲無息地鑽進遊戲室中。

緊接著映入眼簾的是——在桌子上一字排開的菜餚，以及被鮮花和魔力燈裝飾過的牆壁跟天花板。另外舞臺上還掛著寫了「生日快樂!!」英文字樣的看板。

這不管怎麼看都是生日派對會場。

而且照理說應該已經死掉的人都聚集在這。有納莉亞、凱特蘿、迦流羅、小春、艾絲蒂爾、佐久奈，以及紅雪庵的工作人員們。大家都開開心心為生日派對做準備。

「如何啊？可瑪莉的樣子看起來怎樣。」

「她感覺很害怕。說老實話，我對這樣的作戰計畫不是很感興趣……」

「但這才叫做阿爾卡流！大家都被身分不明的殺人狂殺掉，所有人都不見了，正當恐懼和寂寞達到最高點的時候，突然有人替壽星大肆慶祝！這個活動就取名叫

『整人大作戰』！畢竟對象是可瑪莉，想必她到時會又哭又笑。」

「她看起來確實像是快哭了。」

「而且可瑪莉不是遇到瓶頸了嗎？我認為她需要來點刺激的體驗。像是認識的人陸陸續續死掉之類的，只要經歷過類似的事件，應該就能想到小說要用的題材。」

「但是可瑪莉大小姐常常都待在認識的人陸陸續續死掉的戰場上。」

在溫泉旅館這邊突然發生一連串殺人事件。

其實揭開真面目會發現這單純只是一場整人大作戰。

也就是說根本就沒有犯人存在。今天這一天內發生的殺人事件全都是胡編亂造出來的。

不管是納莉亞、凱特蘿、迦流羅、小春、佐久奈或艾絲蒂爾，甚至是薇兒海絲，她們實際上都沒有死掉。只是假裝被人殺掉罷了。

「可瑪莉大小姐似乎相信我們真的變成屍體了。」

「因為我們都有多加注意，以免被她觸碰到。但她就算碰了也不會發現吧？只要胸口上插著短刀，再加上有血液附著，她就會會錯意吧，畢竟她可是可瑪莉。」

「幸好比特莉娜・謝勒菲那也沒有發現。」

「——說得沒錯。但我看那傢伙可能還需要重新教育一下。」

就在房間中央。普洛海莉亞・茲塔茲塔斯基正優雅地喝著咖啡。

在這次的計畫中，讓人意想不到的是來自白極聯邦的一行人造訪此處。原先紅雪庵將會在艾絲蒂爾的妥善安排下，被她們整間包下。可是普洛海莉亞跟比特莉娜早在三個月前就預約了，因此沒辦法將她們排除掉。

反正無視她們就好了——於是整場整人大作戰就在這樣的狀況下展開。

可是普洛海莉亞疑似在半途中就發現了這起陰謀。

此時她鼓起腮幫子，嘴裡說到「但話又說回來」。

「妳們其實也可以跟我說一聲啊。都怪妳們沒說，害我連禮物都沒準備。雖然我可以用旁邊那架鋼琴彈奏一些曲子。」

「我們怎麼能夠讓機密情報洩漏到白極聯邦那邊。若是被那個書記長得知，事情就麻煩了。」

「這些情報就算被人得知也不至於造成任何困擾吧。」

阿爾卡跟白極聯邦的關係很差。之所以沒有跟普洛海莉亞告知這檔事，再邀請她加入自家陣營，都是因為有這樣的背景使然。

不過茲塔茲塔大人應該還是滿值得信賴的吧——以上是薇兒海絲個人的想法。

但是到頭來普洛海莉亞卻還是自行察覺，而且自作主張加入她們的行列。

「但說到這個比特莉娜．謝勒菲那，既然妳都已經察覺我們的計畫了，為什麼沒告訴那傢伙？」

「的確，這導致她擅自認定都是暗影那種妄想物的傑作，還做出一些失控的事情。」

「若是什麼事情都要長官指導，那就沒意思了。這也是我們白極聯邦的作風。」

話說到這邊，普洛海莉亞自顧自地吃起抹茶布丁。迦流羅出面叮嚀她，對她說「麻煩現在先不要吃！」，害普洛海莉亞在那邊嘔氣。她似乎懶得管迦流羅她們的事情。

可是比特莉娜對計畫造成阻礙，這也是事實。若是按照當初的計畫走，那可瑪莉就應該解讀大家死前留下的訊息，並來到慶生會會場。

訊息是「YU」「WU」「GI」「2」——接起來就等同「二樓的遊戲室」。

但她在做這些推理之前，人就被比特莉娜帶走了。

「果然還是應該讓我成為生還者，充當導覽人才對。」

「那可不行。既然都要做了，我們就要做得徹底一點。」

「話是這麼說……但光靠可瑪莉大小姐一個人，我不認為她能夠解讀這些訊息。雖然她老是自稱舉世無雙的賢者，但是要期待她靈光一閃或是精於計算，這就有點……」

「不對，她會看得出來吧。都寫得那麼明顯了，妳會不會太小看自己的主人了？」

但說擔心還是會擔心。若是她太過害怕，怕到在走廊上抱著膝蓋發抖，那就糟了。

這時佐久奈突然說了一聲「你們快看！」。

「雲都散去了，看樣子風雪已經停止了。」

「喔——！感覺不錯嘛！」

待在會場裡的人全都不約而同看向窗戶那邊。

四處都有歡呼聲響起。之前覆蓋天際的厚厚雲層逐漸劃開。從劃開的縫隙間，和煦的陽光亮晃晃地照射下來。屬於法雷吉爾溫泉小鎮的悠閒景象又回來了，就連風聲也幾乎聽不太到了。

另外還要說一下，那就是遇到壞天氣純屬巧合。

在出人意表的情況下，打造出宛如懸疑小說會有的舞臺，對於她們執行這次的作戰計畫可以說起到了加分作用（另外【轉移】的魔法石不能用，這也是利用該情況順勢編造出的謊言）。緊接著，等到她們真的準備舉辦慶生派對了，天空又恰好在這個時候放晴變藍天——讓薇兒海絲覺得這一切實在是太神了。

「咦？——」

此時有人發出困惑的呼喊。

因為這個聲音，就連薇兒海絲都隨之察覺一件事。那就是雲端上好像飄浮著某種東西。

與其說是飄浮——用擴散於天際形容或許更加貼切。

「那個是什麼……城鎮？」

「這是『黃泉幻寫』……！是在法雷吉爾這邊才能看到的特殊現象！」

當下艾絲蒂爾興奮地向前探身。

就在天空中，有一座顛倒的城鎮飄浮著。

那個應該是昨天艾絲蒂爾解說過的東西吧，就是能夠映照出異界風貌的謎樣現象。

那些城鎮景象和核領域裡的尋常城鎮相比，看上去顯得更加古老。在建築式樣上用了許多的石材，那算起來差不多是兩百年前的文化風貌吧——但感覺上好像又有點不一樣。

「這景色超棒的！若是可瑪莉這個時候剛好過來就好了……」

「我看就算在這邊等，大小姐她也不會來的。我們就有意無意留下要她來遊戲室的訊息好了。」

「也對，畢竟都準備好了——」

就在那個時候，突然從走廊那邊傳來淒厲的慘叫聲。

薇兒海絲下意識跟納莉亞互相對看。到底發生什麼事了——正感到狐疑的時候，普洛海莉亞從座位上「喀噠」地站了起來，還拿起槍枝。

「那個是比特莉娜的聲音。」

「那這到底——妳先等等啦！」

只見普洛海莉亞扔下布丁跑走了。若是引發騷動，這次的驚喜很有可能被可瑪莉撞見——但現在沒空擔心這個了。

因為她心中感到莫名騷動不安，要人安分待在這邊是不可能的事情。

無視納莉亞的叫喊，薇兒海絲緊跟在普洛海莉亞之後離去。

比特莉娜·謝勒菲那被人發現的地方是在二樓走廊上。

後腦杓那邊被菜刀刺中，噴出來的血液將地板染得一片通紅。跟之前那些假死案件明顯不一樣——不管是誰看了，從哪個角度看，都會覺得這個人都已經徹底死亡了。

「這……這是什麼——」

納莉亞臉上浮現驚愕的表情，嘴裡喃喃自語。

她弄不明白。所謂的殺人事件，應該全都是造假的才對。

可是——卻不知道為什麼，眼前真的出現一個死人。這到底是誰做的。除了比特莉娜和可瑪莉，其他人都待在二樓的遊戲室裡。所有人都處於互相監視的狀態，照理說要犯案是不可能的。

這時普洛海莉亞皺起眉頭，看似不快地說著「原來是這樣」。

「她好像觸動陷阱了。大家看天花板──有個斷掉的繩索垂在那邊。」

「做法還挺原始的。這種事情到底是誰……」

「待在遊戲室外的人就那幾個。當然黛拉可瑪莉不是會做出殺人勾當的那種人。想必也不太可能是莫妮卡・克雷爾做的。據說她都因為生病的關係，一直關在房間裡。」

「那這到底是怎麼一回事？難道想說這都是意外嗎？不──」

「沒錯，大家心裡應該多多少少都有點底了吧。」

普洛海莉亞在此時微微一笑。接下來開口說出來的話，就像是要讓薇兒海絲更加擔心似的。

「打從一開始，這個紅雪庵裡就有某種邪惡的東西潛伏其中。我個人覺得採信莫妮卡・克雷爾說過的話才是明智之舉。」

如今就是做個了斷的時候。

這簡直就像是受到神的祝福。總是被眾多夥伴圍繞的黛拉可瑪莉・崗德森布萊德離奇地因那些夥伴動了手腳而遭到孤立。

昨天連小睡一下都沒有，害她現在是真的很想睡。

只要一想到那個可恨的吸血鬼，反胃作嘔的感覺就止都止不住。

她是絕對不可能原諒對方的。原本待在逆月裡的生活是那麼平穩，破壞這種生活的人就是那個少女，不是別人。雖然憑著理智能夠理解——知道她做出來的事情，本來就應該受到這世上大多數人的讚揚；可是對於喜好黑暗的人群而言，她只不過是過於耀眼的害蟲。

「——看來時候到了。」

這裡是莫妮卡・克雷爾的房間。

再也沒必要掩飾了吧。她沒義務繼續聽從那個黑色女子的命令。

我已討伐黛拉可瑪莉・崗德森布萊德！——只要像這樣放出消息，絲華卡・雷・傑米尼一定就會主動過來迎接。

因為絲華卡大人很體恤同伴。

「我會替妳的夢想加油的！」——大人她曾經笑著說過這樣的話。

因此，就讓她出面將那傢伙處分掉吧。之前害她吃了那麼多的苦頭，她要反過來給對方好看。

「消盡病」是會消耗人心的病——可是這種疾病放著就能治癒。不管心靈曾經變得多麼黑暗，還是會因一點小事恢復光明。就好比是原本很消沉的莫妮卡・克雷爾，她只不過是跟黛拉可瑪莉・崗德森布萊德稍微說了一點話而已，人就恢復精神了。心靈擁有跟魔核相提並論的再生能力。

而自己被賦予的任務是「定期使用法杖削弱她的心靈」。

那個法杖是黑色女子交給自己的神具，叫做《思維杖》，是能夠讓心靈之傷擴大的奇妙武器。這都是為了用來擴大莫妮卡・克雷爾的消盡病。

黑色女子說了，「這是在對心靈做負荷實驗」。因此每個星期六，她都會來到這個家，假裝在為對方做治療，實際上是使用那個杖。

現在她再也不用去配合演出這一套了。

因為只要殺了黛拉可瑪莉・崗德森布萊德，目標就算達成。

「……妳怎麼了？」

莫妮卡・克雷爾在這個時候醒來。

趁那傢伙趕過來之前，將這一切了結掉吧——打定主意後，她從懷中取出短刀。莫妮卡・克雷爾似乎連作夢都沒想到眼前這個人會加害自己，那對純真的雙眼更是為她心中的煩躁感火上加油。

殺意在沸騰，她拿起那把短刀。

直到此刻，莫妮卡・克雷爾的雙眼終於睜大了。

「——去死吧。」

這同時也是對那個黑色女子的一種反抗。

正當她要就此惡狠狠地揮下短刀。

「唔……妳在做什麼……!!」

「!?」

一些血液飛散開來。

可是短刀的刀尖並沒有刺穿莫妮卡・克雷爾的心臟。

不知道是什麼時候出現的，眼前已經站了一位少女。

對方有一頭金色的頭髮，配上紅色的眼睛。彷彿生來就是要剷除邪惡，那站姿正氣凜然。身上所有的要素都足以令自己感到不快，她就是吸血鬼——黛拉可瑪莉・崗德森布萊德。

紅色的血液滴滴答答地留下。

只見她用手臂擋住短刀，嘴裡還咬緊牙關。

「……光耶醫師，這樣很痛啊……！」

這個人所有的一切都讓人不順眼。

緊接著犯人——莫妮卡的主治醫師光耶露出扭曲的表情，將那把短刀抽了出來。

☆（稍微往回倒捲）

比特莉娜使用那把巨大的剪刀攻擊暗影。

剪刀喀嚓喀嚓地剪來剪去，這種剪剪攻擊讓人看了只覺得充滿玩笑意味。

然而那些都無法捕捉搖來晃去的暗影。就算命中了，也會很快穿透過去，感覺上不像有造成傷害的樣子。反倒是那些牆壁啊柱子啊，全都被剪刀喀嚓喀嚓地攻擊，剪得破破爛爛。

「喂比特莉娜!?建築物會毀掉啊！」

©riichu

「那個東西可是殺了一堆人！不過是棟建築物罷了，只要讓白極聯邦出面賠償就沒問題啦！現在最先要做的就是把犯人宰掉！」

翻出一套強詞奪理的理論，那個蒼玉種少女仍舊揮舞著剪刀。

當裝飾在走廊上，看似價格高昂的壺遭到破壞時，我在心裡想著「還是回去好了」。

對喔，我又不用在這邊配合比特莉娜，應該要回去食堂那邊照顧薇兒才對——想到這邊，我正準備右轉回頭。

「你這傢伙——！」

當下比特莉娜彷彿成了第七部隊的吸血鬼，朝著暗影猛衝過去。

可是暗影的動作活像一張紙，就這樣避開了。緊接著就在下一瞬間——「鏗！」的一聲，我好像聽見某種東西啟動的聲音。

「咦？」——比特莉娜則是發出感到疑惑的呼喊。

從天花板那邊，有菜刀高速射出。

我根本看不出發生什麼事了。

但等到我回過神，一把菜刀已經深深刺在比特莉娜的頭部上。

那是陷阱。這裡有裝設陷阱——我過一下子才弄明白，可是這瞬間來得太遲了。比特莉娜嘴裡發出有如世界末日到來的慘叫聲，當場倒了下去，還在地板上痛苦打轉了一陣子，可是最後卻仍有氣無力地說了一句「榮……榮耀是屬於姊姊的……」，然後就失去意識了。

她死了。真的死了。暗影果然就是犯人？——絕望的感覺在心中逐漸擴散。將比特莉娜殺掉後，暗影搖搖晃晃地跳到我前方。

「——黛拉可瑪莉・崗德森布萊德，我看妳很不順眼。」

驚訝過度的我以為自己會嚇死。

暗影跟我說話了——換句話說這東西不是動物，也不是自然現象那類的。

帶著難以置信的心情，我呆呆地站在原地。

「為什麼……要做這種事情!?殺人是犯罪行為啊!?」

「因為她先出手攻擊。」

「…………」

這讓人毫無辯解的餘地。說那是正當防衛，也算是正當防衛吧。

暗影當場返身回頭，朝著走廊的深處前進。

那個方向有莫妮卡的房間在。我不知道這個叫做暗影的存在究竟是何方神聖——可是就這樣放暗影去找莫妮卡，感覺會有危險。

至少暗影剛才已經殺了比特莉娜了。

於是我趕緊過去追暗影。那個背影（？）感覺很像是在誘惑我，要我「快點跟過來」，最後那傢伙就這樣溜進莫妮卡的房間裡。

看來暗影果然跟莫妮卡有某種關聯性。

總不能繼續放任不管——我做好明天會肌肉酸痛的心理準備，在走廊上奔跑。

接著將手放到房間的門板上，然後一鼓作氣打開。

「——莫妮卡！妳沒事吧！？」

緊接著我看見的景象大出我的意料。

那個綁著丸子頭的夭仙——光耶醫師正朝著莫妮卡舉起短刀。

她感覺一點都不像在開玩笑，從她全身上下散發出赤裸裸的殺意。

這情況讓我反應不過來。可是我還來不及思考，人就已經先跑了出去。光耶醫師將那把短刀用力揮下——就在刀刃即將砍中莫妮卡之前，我在千鈞一髮之際鑽了過去。

左手傳來一陣劇烈疼痛。我全身使力，設法在當下穩住腳步。

「唔……妳在做什麼啊……！！光耶醫師……這樣很痛耶……！」

只見光耶醫師驚訝地睜大眼睛。

這痛楚實在太強烈了，害我有種想哭的衝動。是說我的眼淚實際上也真的流出來了。莫名其妙。太莫名其妙了。應該要救助莫妮卡的主治醫師，怎麼會想要殺掉莫妮卡呢？暗影到底跑哪去了？為什麼會發生殺人事件——這所有的疑問混雜在一起，害我的腦袋都快爆炸了。

光耶醫師接著拔出短刀，跟我們拉開一段距離。

那過度的疼痛讓我發出呻吟，當場跪了下去。

在我背後的莫妮卡似乎受到驚嚇，嘴裡喃喃地說著「可瑪莉閣下……」

我則是朝著她說了句「沒事的」，還對她綻放微笑，再來又轉頭看光耶醫師。

她顯得惱怒不已，人一直定在原地。

右手還拿著沾染鮮血的短刀，左手則是握著看似危險的杖。

「……光耶醫師，為什麼要這麼做？」

「為什麼？當然是因為妳過來這邊的關係啊。」

她的情緒過於激動，連聲音都在顫抖。

「只要能夠把妳殺了，這個莫妮卡・克雷爾會變得怎樣，我才不管。這樣我就不用再聽從那個女人的命令了。因為我只要把黛拉可瑪莉・崗德森布萊德的頭提著——絲畢卡大人一定就會來迎接我。」

「絲畢卡大人……？」

「妳不是知道嗎？就是『弒神之惡』——我是她忠心的僕人。這就是證據。」

話說到這邊，光耶醫師將衣服的袖子捲起來。

她的手露了出來，刻在上面的東西是——彷彿將整個月亮逆轉過來，看起來很不祥的紋身。

那是代表恐怖組織「逆月」的印記。

大感震驚的我，連一點聲音都發不出來了。原來這個少女並不是醫生——而是逆月送過來的刺客。我跟莫妮卡一直都被她欺騙。

但這究竟是為了什麼。她的目的到底是什麼呢？

「我不懂……妳不是一直在治療莫妮卡的病嗎……？」

「我才沒有在治療。我反而還動手腳，好讓消盡病無法被治癒。」

就在我背後，我感覺到莫妮卡倒抽一口氣。

但我就只能按住左手蹲著。

「這個神具『思維杖』擁有能夠讓心靈創傷擴大的特殊能力。我每個星期六都會來紅雪庵這邊施放法術。」

「為什麼要做那種事情……」

「這好像是在做破壞人心的實驗吧。不過人心這種東西還真是有趣呢，不管傷害幾次，只要過一段時間都能夠恢復，因為『意志力』會回流。也因為這樣，我被迫要在這個偏僻的溫泉小鎮待上好幾個月……」

「妳在開什麼玩笑啊！也不想想莫妮卡之前經歷了多少痛苦……!?」

「辛苦的人是我才對吧！」

那把短刀飛了過來。

為了避免短刀命中莫妮卡，我趕緊站了起來。但是來不及將短刀打掉，在右手手背上，短刀畫出一條紅色的線。我咬緊牙關，強忍著痛楚，勉強擠出力氣瞪視光耶醫師。

她身上有著純粹的憎恨在沸騰。

而她憎恨的對象——不知為何正是我。

「人們都在讚揚妳的豐功偉業……不管是六國大戰發生，還是天舞祭，或者是吸血動亂……他們都說妳是拯救世界的英雄……能夠讓各個種族齊心協力的救世主……這些稱號全都手到擒來。可是妳有想過嗎？被這種單方面的正義感逼到步上滅亡之路，那些人所面對的遭遇，妳可曾想像過……？」

「妳在說什麼……？」

「逆月被妳弄到分崩離析，絲畢卡大人跟朔月都行蹤不明。我很喜歡那個地方……但是卻被妳破壞了！我原本安穩的生活都被妳奪走！妳少在那邊伸張自以為是的正義，可惡的東西！」

「唔……！」

她的心情，我能夠體會。

雖然能夠體會，我卻知道自己心中燃起一把激烈的怒火。

什麼叫做自以為是的正義。自以為是的人明明是妳才對吧？因為帝都這邊的人正受到傷害，我才要跟大家同心協力，去跟逆月作戰。的確，也許有些人會因此留下悲傷的經歷——但就算是那樣好了，因此就能夠去傷害莫妮卡，天底下哪有那樣的道理？她是什麼罪孽都沒犯的孩子，卻要奪走她的夢想，這種行為哪裡正當了？

「是妳……在操控暗影嗎？把薇兒她們殺掉的人也是妳？」

「啊？妳的腦袋構造還真是值得慶賀啊——連這點小事都無法確實辨別，照理說應該是當不成七紅天的。」

這下我都明白了，知道不能繼續放任這傢伙。

若是繼續放任她——莫妮卡將會承受更大的痛苦。

「可瑪莉閣下……妳流血了……？沒事吧……？」

這時莫妮卡一臉擔憂地抓著我的衣服。

我已經下定決心了，那就是無論如何都要守護莫妮卡。

「我沒事，這一點都不痛。」

「可是，對手是恐怖分子吧……？」

「我可是七紅天大將軍，不會讓她碰妳一根手指頭。」

我的臉應該是沒有抽搐才對。

莫妮卡接著不再說話，人也愣住了，但是她似乎很快就相信我說的話。直到剛才都還像結凍一樣，那動也不動的嘴角多出了笑痕。

什麼嘛，她還是能像一般人那樣笑啊——我對此感到安心，緊接著就發生一件事。

那就是灌注了魔力的杖從側邊來襲。

我勉勉強強才護住臉。有種骨頭被破壞掉的感覺，而我的身體也就此飛向背後。當我撞上牆壁的瞬間，意識也中斷了片刻。

「——是妳奪走了屬於我的歸屬之處。以前還在逆月的時候，我能夠盡情做研究，可是現在卻連一點自由都沒有。被京師那邊的蠢蛋糾纏，變得綁手綁腳的。這些全部都是妳的責任，妳要負責，給我以死謝罪。」

光耶醫師很像在囈語，嘴裡恨恨地低喃。

法杖上頭逐漸有魔力凝聚。她八成想在極近距離下放出魔法。

我的手部知覺已經沒了。這樣下去不妙，會沒辦法守護莫妮卡——

「……閣下！閣下……」

「莫妮卡……」

身體在顫抖，我硬逼自己不要發抖，同時對莫妮卡開口。

「……剛才還耍帥說了那種話，讓我很難為情……不，我是真的覺得很難為情，都快哭出來了……但有件事情想要請莫妮卡幫忙。」

「是什麼……!?只要是我能夠做的，我什麼都願意做……!!」

「我需要血液，就是莫妮卡妳的。」

光只是這麼一句話，她似乎就聽明白了。

莫妮卡在床鋪上移動，人來到我身旁。接著將右手伸到我的嘴巴旁邊。這是我第二次自發性發動烈核解放。說老實話，我直到現在依然覺得那沒什麼真實感。可是除此之外，沒有其他的方法了。於是我下定決心，將牙齒放到她的手上。

「休想得逞！妳別想釋放烈核解放——」

敵人怎麼可能默默在一旁看著。

光耶醫師的魔法似乎已經完成了。一股龐大的魔力凝聚到杖上——緊接著就在下一刻。突然發出一陣巨大的槍響，彷彿都要將整個空間切裂。

「咕啊……!?」

那把杖飛了出去。失去標的的魔法打向錯誤的方向。那團魔力撞破牆壁，飛向藍天的彼端。只見光耶醫師的臉龐痛苦地扭曲，還將她的右手按住。

「是——是什麼……」

「哇、哈、哈、哈！這次又是千鈞一髮呢！若是沒有我，妳早就死了！」

就在房間的入口處，站著那位普洛海莉亞・茲塔茲塔斯基。

她手裡拿著槍枝，上頭還有煙不斷往上冒。

我可不會放過這個好機會。無視光耶醫師的號叫聲，我張口咬住莫妮卡的手。她用力閉上眼睛，在為這陣痛楚忍耐。我很快就會結束——懷著這樣的心念，我的舌頭被溫熱的血液浸溼。

在那之後，整個世界都變得一片血紅。

※

搞砸了。搞砸了。搞砸了。

這種感覺就彷彿是被人推落絕望的深淵。

黛拉可瑪莉・崗德森布萊德的烈核解放可以透過吸食血液來發動。反過來說，只要不讓她吸食血液，她就不會造成威脅。

這下沒辦法逃走了。房間的門被普洛海莉亞・茲塔茲塔斯基擋住。她手裡拿著槍枝，臉上浮現出游刃有餘的笑容，大概是想觀賞接下來即將開始的虐殺秀吧。心中的怒火都快讓眼前變得一片黑了。

若是早點殺了她就好了——眼下室內正颳起紅色的風暴，光耶醫師顯得咬牙切齒。

而站在床鋪旁邊的，正是殺氣騰騰的吸血姬。

她呈現保護莫妮卡・克雷爾的姿態，用銳利的視線盯著光耶醫師看。對方的嘴脣慢慢動了起來。

「妳——」

光耶醫師用力握緊法杖，將魔力灌注進去，口中開始詠唱咒語。

她可不能為這點程度的小事就打退堂鼓。

「應該要悔改。」

「妳憑什麼這麼說我——————!!」

伴隨著咆哮聲，光耶醫師放出魔法。

這是中級爆發魔法【雨彈】。這些魔力爆彈如暴雨般放射出去——但最後卻朝著跟黛拉可瑪莉所在處方向相反的方位飛去。房間的牆壁被無以計數的爆彈攻擊砸中，三兩下就被炸飛了。光耶醫師則是被沙霧煙塵沾了一身，同時心無旁騖地鑽進牆上的洞裡。

要她正面迎戰對手已超乎她的能耐。

過一段時間，茲塔茲塔斯基以外的夥伴也會過來這邊吧。

總之她必須暫時先從這裡逃脫，爭取發動【轉移】的時間。

她在瓦礫堆中前進，要前往隔壁的房間。帶著過剩又無處宣洩的憎恨，光耶醫師用盡全力奔走。

——都是這傢伙的錯。因為這傢伙毀掉逆月，我才要這麼辛苦。假如逆月還存在，如今我早就已經成為這個世界上最厲害的醫生了，甚至能夠獲得絲畢卡大人的誇獎。

但現在去想那些也沒用。

她要盡快逃往安全的地方，否則——不料就在這時。

「唔呃……!?」

光耶醫師不小心踢到某種東西，當場跌倒了。

她死命望向自己的腳邊，有個像是用血液製作出來的紅色手腕正抓住她的腳踝。

不管她再怎麼掙扎也無法逃離，用魔法去打還是沒用。光耶醫師當下有種感覺，知道有股恐懼感從頭頂處竄升。

「妳就乖乖待在那吧。」

緊接著，她聽見來自怪物的聲音。

隔著那片沙塵，身上凝聚了紅色魔力的吸血姬正逐步逼近。

「快跟莫妮卡道歉。」

「唔——！」

光耶醫師朝著法杖注入魔力，胡亂發射魔法。那些光亮的彈丸高速射向黛拉可瑪莉——可是她卻用像是在驅趕蟲子的動作化解了光耶醫師的攻擊，這樣實在是太超乎現實了。不曾在其他地方看過這樣的烈核解放。

「我的……我的人生！全都因為妳的緣故，遭到扭曲了！」

她再度射出【雨彈】，可是黛拉可瑪莉周圍卻展開類似隱形防護罩的東西。就算引發爆炸，看上去還是無法對黛拉可瑪莉造成創傷。

「把別人的人生毀掉很開心是嗎!?嘴巴上說要拯救他人，實際上卻在踐踏他人，都這樣了，怎麼還能活得那麼無憂無慮!?我待在逆月那邊，明明都從事一些很和平的活動！當然我也曾經陷害過無辜的一般人——可是就因為這樣來陷害我，根本搞錯了吧!?妳有權利做這種事嗎!?」

「莫妮卡——」

不知不覺間，黛拉可瑪莉已經出現在眼前了。

「她一直很痛苦。」

光耶醫師再也忍無可忍了。

不管說什麼都說不通。這傢伙從頭到尾在行動時都只想著「我要為他人做事」，怎麼能夠容許這麼自以為是的人繼續存在於世上。

那樣當然不好——可是光耶醫師卻又有種懷念的感覺。

這個少女。她跟那個「弒神之惡」好像有點像。

擁有不會動搖的信念，還有為他人著想的心。就因為她懷著如此絕大的善意，光耶醫師才能獲得救贖。

「不可原諒，傷害他人的人都不可原諒。」

——太棒了！妳的研究一定能夠幫助他人。

「所以……妳就去反省吧。」

——妳就隨自己的心意去做吧。不需要有後顧之憂。我會幫忙負起所有的責任！

「唔……唔哦哦哦哦哦哦哦哦哦哦哦！」

光耶醫師從懷中取出備用的短刀。

只要看著黛拉可瑪莉·崗德森布萊德的雙眼，不知為何就會湧現出「意志力」。

這個吸血姬黛拉可瑪莉和那位吸血姬絲畢卡很相似。但所採用的手段明顯不同——然而她們兩人也許都朝著相同的方向努力也說不定，因此才會同樣具備能夠感化他人的才能吧。

可是救了光耶醫師的人是絲畢卡·雷·傑米尼。

假如她最先開始遇到的人是黛拉可瑪莉·崗德森布萊德，那麼後續發展就有可能不一樣。

「我怎麼可能……會輸給妳!!」

現在可不能當個軟腳蝦。為了絲畢卡，她必須將眼前的敵人葬送掉。

光耶醫師凝聚渾身上下所有的魔力，將短刀投擲出去。短刀就這樣朝著黛拉可瑪莉的心臟一直線飛過去——可是在即將命中之前，她靜靜地舉起手。

從那舉起的手掌心中，射出了龐大的魔力。

「什麼——」

這是足以籠罩一切的煌級光擊魔法。

在轉眼間，放眼所及之處全都變得一片通紅。就連剛才投擲出去的短刀也下落不明。甚至連自己是站著還是坐著，這些也全都弄不清了。

「飛吧。」

也許在她臨死之前，這就是她聽到的最後一句話。

光耶醫師的身體被紅色的波濤吞噬，還被打飛到紅雪庵之外。

☆

原本盤踞在心中的紅色霧氣煙消雲散。

而我慢慢恢復意識。

等到我神智清醒時，我人已經站在一片荒蕪的房間中央了。那裡的牆壁盡毀。

地板破了大洞，家具散亂不堪。跟這裡相連的客房接連破了五、六間，甚至能夠看到另一頭的雪景。

我呆呆地站在那一下子──

「──這是什麼啊！？！？！？！？」

當我認清現實的瞬間，嘴裡不由得放聲大叫。

紅雪庵變得破破爛爛。我的記憶雖然很模糊，但這十之八九是我做的沒錯。我發動烈核解放──還狂放魔法──接著把試圖傷害莫妮卡的光耶醫師打飛了。隕石就是在這段過程中墜落的（這是比喻）。

這下完蛋了。搞成這個樣子，光靠我的零用錢根本賠不完。

如果去跟艾絲蒂爾下跪，她會不會原諒我？我看應該不可能吧──於是我連賣內臟的覺悟都做好了。沒想到就在這個時候，突然有個人抓住我的衣服。

「可瑪莉閣下……妳還好嗎？」

「莫妮卡……！我才想問妳，妳沒事吧！？」

我正打算伸手去抓莫妮卡的肩膀，在那瞬間卻有激烈的痛感在身上遊走。

這讓我不由得閉上雙眼，當場蹲了下去。

對喔，我的手被人刺到了。多虧有魔核，那些痛楚逐漸散去──但還是很痛，真的很痛。我明明是來溫泉小鎮放鬆充電的，為什麼差點連命都沒了啊。在這個世界上就沒有治安良好的地方嗎？都沒有殺人狂掛零的地點喔？

「會不會痛？都在流血了。」

「我、我沒事。只是這點程度的小傷，就跟被蚊子叮到差不多。」

莫妮卡看我的眼神很像在做確認。

可是她馬上又一臉悲傷地低下頭。

「……可瑪莉閣下果然很厲害呢。什麼都會做。有這方面的才能，跟我完全不一樣……」

「……那才不是什麼才能。」

只是若有人問我「不然這算什麼？」，我還是答不上來。

在一旁觀看的少女——普洛海莉亞接著開口說了一句「哎呀，厲害厲害」，還老神在在地拍手。

「每次看都覺得不得了。擁有這麼強大的力量，或許足以跟我抗衡。」

「普洛海莉亞……妳沒有被暗影殺掉啊。」

「嗯？——啊啊對喔。還有這回事，目前算是那樣啦。」

「總之妳平安無事就好。」

我嘴裡發出安心的嘆息。

接著在腦中整理至今為止遇上的所有事件。

光耶醫師對我懷抱恨意。因為我毀掉她的逆月——可是那種思考模式在我看來，會覺得有夠自私。然後她打算找我復仇。看來使喚暗影傷害我朋友的人，也是光耶醫師吧。雖然我不清楚她試圖殺害莫妮卡到底是基於什麼樣的理由就是了。另外她要來紅雪庵這邊當醫生的理由，我也搞不清楚，但是——讓人搞不懂的事情未免也太多了吧。害我完全理不出頭緒。

「——話說妳這次鬧得還真大呢。都怪妳搞成這樣，害我們現在不知道光耶醫師跑哪去了。」

「嗚……抱歉……我沒有惡意。」

「那傢伙是逆月的殘黨吧。有必要抓來問話——我去把她抓回來。妳先跟莫妮卡．克雷爾待在一起，一起等其他人過來這邊吧。」

「其他人……？」

「她們正在分頭找妳。這簡直是一場災難啊。明明就是生日……說錯了，今天明明是個特別的日子。」

普洛海莉亞又說了聲「那我先走啦」，接著就揮揮手離開房間。

我覺得她好像在顧左右而言他。算了先不管啦——想到這邊，我將目光拉回到莫妮卡身上，而就在那一刻，她睜大眼睛看著房間裡的某一點。

「妳怎麼了？」

「是暗影……」

從被破壞的窗戶那邊，有一道寒冷的風吹來。

窗簾嘩啦嘩啦地搖晃。

接著我看見了——在被陽光照亮的室內深處，有個黑色的「暗影」就佇立在窗戶旁邊。

「唔……」

嚇了一跳的我當場站了起來。

可是莫妮卡卻笑了，一副要我放心的樣子。

「沒事的。暗影跟我是同一國的……」

這下我弄不明白了。

原來暗影不是光耶醫師用魔法操控的現象？

但的確感受不到敵意，也感覺不到有要加害我們的意思。

「……我要跟妳道謝，黛拉可瑪莉・崗德森布萊德。」

那個暗影突然發出聲音，害我嚇到魂飛魄散。

話說回來，這傢伙在來莫妮卡的房間之前，也有過來跟我說話。

「話說……我也能夠跟暗影對話呢……」

「嗯，她說之前都怪天氣不好，才沒能說上話……因為暗影待在常世那邊。」

據說法雷吉爾這邊的氣象災害跟常世有關。那麼這個暗影是不是就如莫妮卡所說，跟常世有什麼關聯性？如果是的話，暗影跟光耶醫師就分別來自兩股不同的勢力了——似乎發現我為此心生警戒，暗影接著冷冷地說「放心吧」。

「我是站在莫妮卡．克雷爾這邊的，而且我不是妳的敵人。我確實是看妳不順眼，不過——妳幫忙擊退想要殺掉莫妮卡的犯人，我很感謝妳這麼做。」

「那殺人事件的犯人並不是妳囉……？」

「殺掉比特莉娜．謝勒菲那的人是我，因為那傢伙想要加害莫妮卡。除此之外的殺人事件……那些看起來像殺人事件的兒戲，可就跟我一點關係都沒有了。」

「那誰才是犯人!?是光耶醫師嗎……!?」

「不是，晚點妳再去問薇兒海絲吧。」

這麼說也對。只要去問甦醒過來的被害人，可能就能搞清楚犯人是誰。

這時暗影又說了一句「但那些事情並不是很重要」，強行改變話題。

「這次事件還真是搞得很麻煩……可是我又必須先跟妳談談。就是為了做這些事情，我才會把妳引來法雷吉爾溫泉小鎮。」

「我也只是抽獎抽中旅遊資格而已。」

「我跟莫妮卡說過，『想要跟黛拉可瑪莉．崗德森布萊德見面』。接著莫妮卡就把我的意願透露給艾絲蒂爾．克雷爾知道。再加上二月十八日這天會有某些活動，因此最終看來，妳會來這邊的可能性有三成左右。所以說，這只不過是事先放出去的其中一根釣魚線罷了……」

她在說什麼，我完全聽不懂。

二月十八日這天會有活動，指的是什麼，是不是法雷吉爾這邊會舉辦慶典？

這時暗影笑著說「妳好遲鈍啊」。被她這樣笑，我只覺得莫名其妙。

「先不管那些了——我是來自伊蘇維拉帝國的『抱影種』基爾德．布蘭。我來這邊是想跟妳告知世界的祕密。」

「咦？」

「現在剛好發生『黃泉幻寫』現象，我們就跟莫妮卡一起去山丘上觀賞吧。」

☆

暗影——基爾德指了指放在桌子上的魔法石。

根據她所說，這裡頭似乎封存著【轉移】用的魔法。我開始變得有點戒備起來。可是對方說到世界的祕密，不免讓人產生好奇心，勝過了警戒心。因為媽媽曾經讓我看過類似的東西。對方還提醒我「要記得保暖」，於是我就幫莫妮卡換衣服。

我還順便幫她圍上圍巾。我這邊有懷爐，這樣應該就夠了吧。

接著我就跟莫妮卡手牽著手發動魔法石。

眼前的景象瞬間切換——不知不覺間，我們已經來到外頭站著了。

緊接著我就看見令人難以置信的景象。

在我眼下，那一大片被染成銀色的景色全都是法雷吉爾溫泉小鎮。因為發生過暴風雪的關係，四處都能看見遭到破壞的痕跡。但光只是看著都覺得美到令人發出嘆息。

另一方面，讓我看了更感到驚訝的是飄浮在空中的顛倒城鎮。

那片廣大的世界就好像跟地面上的城鎮形成鏡射。雖然每個建築物都很像幻影一樣，顯得朦朦朧朧的，但是陽光可以透射過來，於是那些景色就變得跟寶石一樣閃閃發光。細細的雪片輕飄飄地飄了下來，很像將裡面有假雪的水晶球擺飾倒放過來。

那夢幻的風貌讓我全神貫注看了好一陣子。

這個應該就是艾絲蒂爾說的「黃泉幻寫」吧。

好幾年前曾經跟媽媽一起眺望過的景象就是像這樣。

就在這時我突然間驚覺，並且東張西望，這才發現一件事。如今我們站的地方是一個微微隆起的山丘，距離溫泉小鎮的中心部分有一段距離。這是我曾經跟媽媽一起來過的地方沒錯。

「——核領域的中心跟常世距離最近。」

暗影站到我身旁。

看來她也一起【轉移】過來了。

「一旦發生自然災害，兩個世界的隔閡就會變淡，然後常世那邊的城鎮景象就會投射在藍天之上。還有這個顛倒的城鎮已經是廢墟了……並沒有人居住。」

「常世到底是什麼呢？妳是從常世過來的嗎？跟光耶醫師是什麼樣的關係……？」

「我跟光耶醫師沒什麼關聯。就按照順序說給妳聽吧。首先，我是從常世過來的——雖然很想這麼說，但準確說來並非如此。我並沒有真的『過來』這邊，而是抱影種能夠跨越世界的隔閡，擁有讓自己的『影子』飛過來的能力。我的本體目前依然在常世那邊。」

抱影種這種種族還是第一次聽說，而且剛才她好像還提到「伊蘇維拉帝國」。那個是常世的國度嗎？想是這樣想，對方卻搖搖頭否認了。

「在常世那邊，存在跟這個世界類似的國度，種族也大致上相同。可是伊蘇維拉帝國和抱影種跟常世沒什麼關聯，倒是不用列入考量。」

「是說我就算去想也想不出個所以然來……」

「那我來針對常世做點說明吧，這也是我該做的事情。」

暗影在冰雪之上晃動擺盪，同時抬頭仰望空中的城鎮。

莫妮卡在這時打了噴嚏。我從她背後抱住她，還拿懷爐給她。

「常世是存在於另一個次元的異界，也就是妳去年年底在那場騷動中造訪的地方。聽說那裡原本是只有大自然存在的豐饒土地——但這中間經歷了一些事情，那裡才演變成跟這個世界相仿的世界，據說是這麼一回事。」

「經歷了一些事情是指什麼？」

「詳細情況我並不清楚。我想這點並不是很重要——若是要在這個世界跟常世之間來往，基本上是辦不到的。如果像我這樣，能夠操控『影子』，那就另當別論了。可是有一部分特殊人士可以透過烈核解放開啟『門扉』。」

「那是要用來前往常世的門扉嗎……？」

「沒錯，可是這扇門被封印住，而封印的關鍵就是魔核。」

魔核，它能夠轉眼間治療肉體上的損傷，堪稱是國家的支柱。

「只要破壞魔核，人們就可以在這裡和常世間來往。可是也會因此引發極大的負面變動，這點不容忽視。」

「這是在說什麼，我完全聽不懂……」

「是在說會有棘手的東西從常世那邊跑出來。妳只是稍微涉足一小段時間，想必不清楚——可是如今常世那邊已經因為某個大笨蛋陷入戰亂局面。若是那個大笨蛋穿過門扉來到這個世界，事情就糟了。因為那傢伙的最終目的似乎是要征服世界。」

「那傢伙指的是誰呀。」

「我們把那傢伙稱作『夕星』。」

這資訊量實在是太多了，我的頭腦好像快當機了。

可是暗影卻又接著說出不得了的話。

「至於在常世那邊抵擋夕星的——就是妳的母親，尤琳。」

對方口中冒出一個令人意想不到的名字，害我的思考回路瞬間凍結。

過了幾秒鐘，我勉勉強強才擠出一些話。

「怎麼會……妳認識我媽媽嗎……？媽媽她還活著……？」

「她還活著。而我是尤琳‧崗德森布萊德在常世那邊的幫手。」

這話讓我大感震驚。

至今為止打造出來的價值觀都因為這陣衝擊徹底顛覆。

爸爸不是也說了嗎？——「妳媽媽她去很遠的地方了。」既然她還活著，為什麼不來找我，為什麼直到現在才試圖跟我接觸。

「這叫人怎麼相信。媽媽她可是在核領域那邊……」

「照理說要找證據的話，應該是有才對。妳應該有收到天津傳來的訊息吧。」

對喔，迦流羅的哥哥有給我一封信。

那個的確是媽媽寫出來的文字。

「天津・覺明是會在許多地方出入的多重身分間諜。他運用特殊的手段，藉此跟常世取得聯繫。但那算是例外中的例外——」

「那媽媽——真的平安無事對不對？」

「對，可是她沒辦法回到妳身邊。因為連同常世的門被魔核封印了。」

「…………」

我抱住莫妮卡，有種想哭的衝動。

媽媽還活著。這項事實帶來的衝擊無與倫比。

就算她沒辦法回到我身邊，我還是很開心。因為……我一直以為她已經死掉了，還以為再也不能見到她。只要她還活著，不管這之間有多麼大的障礙，總有一天我們還是有機會全家人一起去旅行。

感覺暗影散發出來的氣息好像變得比較柔和一點。

「——快看，看那個城鎮。」

在這之後，我注意到一件事情。那就是在最高的尖塔頂端上，好像繫著某種東西。

那個是——領巾。

是有著鮮紅色彩的領巾。

暗影接著靜靜地開口。

「妳對這個應該有印象吧？那個是尤琳的東西喔。」

「……！」

仔細看就會看得非常清楚。

那個絕對是媽媽的東西沒錯。我還記得以前跌倒的時候，她曾經用這個東西幫我擦過好幾次眼淚。那樣東西怎麼會在那種地方——一時之間，我光顧著啞然失聲地呆站在原地。

「這都是偶然，沒想到在妳的生日會發生黃泉幻寫現象。」

「咦……」

「想必尤琳一直都很希望妳總有一天會過來這邊吧。她本人應該也沒有抱持多大的期待——但這樣的奇蹟卻發生了。簡單講那是在透露一種訊息，告訴妳『媽媽在這裡』，肯定沒錯。」

在我沒注意到的時候，淚水早已奪眶而出。

媽媽就算到很遠的地方去，心中還是想著她的家人。她並沒有忘了我們。這讓我感到無比欣喜。

「我會把妳叫來這邊的理由有兩個。其中一個是要提供關於常世的情報。另一個理由是——因為尤琳拜託我，我才要來替妳慶生。幸好有設法在生日當天把妳找來這。」

「生日？」

「生日快樂，黛拉可瑪莉・崗德森布萊德。妳今天就滿十六歲了。按照姆爾納特帝國的傳統，妳已經算是能夠自立的吸血鬼了。」

聽到對方這麼說，我才想起來。

二月十八日是我的生日。

之前在當家裡蹲的時候，都沒有人幫我慶生。所以我完全把這件事情給忘了。

對——我今天就滿十六歲了。

而且媽媽還記得這件事。

她不僅記得，甚至像這樣替我慶祝。

從前全家人一起來法雷吉爾的記憶再度重塑。

那是被冰雪覆蓋，變得模模糊糊的記憶。當時我們交談過的對話內容，逐漸一點一滴地凝聚出輪廓。

〈——就快到妳的生日了吧？說說看吧。〉

〈沒有。我沒有想要的東西……〉

〈這就頭痛了……什麼都可以送妳喔？因為媽媽是七紅天大將軍。〉

〈…………那媽媽，我希望妳永遠留在我身邊。〉

「——世界是以人們的意志為基軸才得以成立。或許在這個晴朗的天空中，已經映照出尤琳思念妳的心了。」

這其中的道理，我不是很明白。但我知道媽媽還活在世界上的某個角落，還知道她很掛念我。光只是這樣，我就感到無比滿足。

「謝謝……那個——基爾德。」

「沒必要跟我道謝。而且這不是禮物，尤琳另外還有拜託我轉交別的東西。」

暗影開始唱誦某種類似咒語的東西。

接著用手指（類似的東西）指向天空，我隨著這個動作抬頭仰望頭頂，感覺天空中好像有個點亮了一下。我換了好幾個角度眺望一陣子——這才發現有某種東西慢慢地掉落下來。我趕緊伸出手，在那之後有一個像水晶球的東西「砰咚」地落在手掌心中。

看起來光滑剔透，上頭反射出一億年來難得一見的美少女臉龐。

「這個是神具《玻璃球》。能夠找回被遺忘的東西，是神祕的水晶。」

「怎麼會有這個……？」

「上次發生黃泉幻寫現象的時候，有那麼一瞬間，法雷吉爾上空開啟了小小的『門』，尤琳趁機將禮物送來這個世界。接著拜託我，對我說『等到黛拉可瑪莉和蘿蘿可分別來到十六歲，就把東西交給她們。』——換句話說，等到妳能夠自立了，這個就會被當成祝賀此事的生日禮物。是妳母親給妳的。」

感到驚訝的我低頭看著水晶。

這是能找回遺忘之物的祕密神具。

媽媽究竟是基於什麼樣的想法，才把這樣東西託付給我。

「恐怕——」暗影似乎看透我的心思，接著開口。「尤琳不希望自己的女兒忘了她吧。但一般人照理說是不可能忘了自己的母親才對。」

「可是……」

「我明白。這還挺奇怪的，妳好像欠缺一些關於從前的記憶。」

可能是因為跟米莉桑德之間發生過那些事情，帶來太大的衝擊。在我成為家裡蹲之前的記憶，有很多都很像被蟲蛀掉。像我就忘記自己在學院那邊跟薇兒相識的事情，還有小時候和納莉亞在宴會上說過話的事情，我也忘了。

這些重要的回憶都很像蒙上一層霧靄一樣，令人有點焦躁。

只要用了這樣東西，那種霧裡看花的感覺就會全部消失吧。

也能夠找回跟媽媽之間的所有記憶對吧。

「謝謝，我晚點會試著用用看。」

「也好，妳就這麼做吧。」

「那媽媽她……都在常世那邊做些什麼呢？」

暗影沉默了片刻。然而她還是回答了，同時不忘斟酌用詞。

「……七紅天的工作就是戰鬥，那個人都在常世跟敵人作戰。」

「那是……跟剛才提到的『夕星』嗎？」

「對，這傢伙在常世那邊四處作亂，是無比邪惡的分子。假如因為某些契機，導致這世界的魔核遭到破壞，事情就糟了。大神看見的未來，恐怕是夕星在這個世界作威作福導致的結果吧。」

「未來……？這是在說什麼？」

「妳晚點可以去問天津・迦流羅。總之夕星很危險。一旦魔核被破壞，夕星就會來到這個世界吧。不——夕星早就已經在侵蝕這個世界了。最先受害的就是在物理上距離常世最近的城鎮，也就是這個法雷吉爾。」

暗影接著用悲傷的目光望向莫妮卡。

莫妮卡就佇立在冰雪之上，出神地望著常世的城鎮。

她曾經說過，自己的夢想是環遊世界。還說她想要去那個顛倒的城鎮看看。可是她的眼中都沒有半點光彩。即便看著心中嚮往的場所，那顆心也無動於衷。

「……莫妮卡這是怎麼了？」

「莫妮卡罹患的『消盡病』就是夕星的傑作。」暗影說話時語帶憤恨。「在常世那邊，被捧為至高能量的不是魔力，而是『意志力』。而那傢伙透過某種手段跟這個世界接觸。接著又像是要做測試一樣，對莫妮卡的意志力下手——也就是掠奪她的心靈。」

這些話讓我聽了都來不及消化。

為什麼莫妮卡非得遭受這樣的待遇不可。

「那……有事實根據可以證明消盡病是夕星弄出來的嗎……？」

「能夠做出這種事情的人，就只有夕星。在常世那邊，有許多人都是遭受夕星毒牙摧殘的『消盡病患者』——這兩者的症狀簡直是一模一樣。妳可以看看，莫妮卡的脖子上有個星型痕跡對吧？這就是夕星的特殊能力在作用的證據。」

我將莫妮卡的圍巾稍微翻起來，並觀察一番。上頭的確留有類似星星形狀的傷痕。

「我會發現莫妮卡純屬偶然。也因為這樣，我才會感到訝異。想說原來夕星的力量都已經影響到這個世界了——恐怕莫妮卡被選中也是巧合吧。又或者是莫妮卡對那個顛倒城鎮……對常世抱持憧憬，才會因此被夕星盯上。」

「這太莫名其妙了！怎麼能夠放任這種事情發生……」

「不是所有的災難都能夠找出背後的原因。這個世界就是那麼不講道理——我之所以會在莫妮卡身邊徘徊，都是為了找出方法治療她的病。」

「……那光耶醫師又是什麼人？」

「我不清楚，可是她的確掌握著某種關鍵。我並不是常常都待在莫妮卡身邊，因此才沒發現……但是光耶醫師一直都在讓消盡病惡化。」

「這麼做是為了什麼……？」

「這我也不清楚，因此才有調查的必要。但假如她真的跟夕星有所牽扯，最好也不要抱持任何期待。因為夕星很狡猾，是不會留個尾在那裡的。」

既然如此，我必須盡快找到光耶醫師。

不過普洛海莉亞已經過去了，我想應該沒問題。

接著暗影發出嘆息（類似的東西），並開口說了些話。

「若是放置不管，那不只是莫妮卡而已，想必夕星還會對其他人出手。雖然不清楚夕星是透過哪種手法下手的。但無論如何都要想辦法阻止——另外還有一點，就是尤琳會待在常世那邊抵擋夕星，而我則是來到這個世界研究消盡病——我們兩人的職務是這樣分配的。但目前我這邊一點成果都沒有。」

「…………」

我慢慢靠近莫妮卡。

只見她流著眼淚，抬頭仰望顛倒的城鎮。

「光耶醫師說她是在讓莫妮卡的消盡病惡化。但就算不那麼做，莫妮卡的心靈也不會回復。這點可以透過其他的消盡病患者得到驗證——隨著時間過去，夕星下的毒也會逐漸消耗心靈。」

這樣的疾病未免太蠻橫了，而且莫妮卡看起來……雖然心靈遭到掠奪，卻唯獨沒有失去感受悲傷的情感。不管對什麼事情都提不起勁去做，就這樣沉淪於絕望之中。

那不就跟以前在當家裡蹲的我一樣嗎？

原來夕星想要將整個世界的人都變成家裡蹲是嗎？

「……莫妮卡。」

我又向前靠近一步。

除了感到於心不忍，口中還發出輕喃。

「妳的眼睛看不見了吧。」

「唔……」

那小小的肩膀抖了一下。

看來被我猜中了，可是會察覺到的人還是能夠察覺。

自從在房間裡跟她相遇後，那種不對勁的感覺就揮之不去。她在做任何動作時，跟視覺都沒什麼連貫。即便看著我這邊，眼睛裡的焦點也沒有對到這裡。

她不是原本就看不見的吧。那肯定是「消盡病」引發的悲劇，因此她才會被迫捨棄夢想。

莫妮卡用空洞的目光望著天空，同時如此說道。

「……常世的風景就在不遠處對吧。」

「嗯。」

「但我卻看不出來。應該是說能感覺得到……但是景象卻變得模模糊糊的，讓我看不清楚。」

照這樣聽起來，她眼前看到的似乎不完全只有黑暗。

但那又怎樣？對於莫妮卡而言，這已經形同將整個世界奪走了。

此時暗影來到我身邊，並靜靜地輕語。

「——心靈是人類的根本。一旦失去這些，連帶的也會對身體機能造成影響。莫妮卡因為夢想被奪走而感到絕望……視力也出現顯著的衰退。又因為視力衰退，導致她對這個世界的絕望感越來越強烈。不覺得這樣的惡性循環實在太過不幸了嗎？我身為暗影，會盡我所能提供協助，但不管我怎麼做，病情都不見好轉。」

莫妮卡視力衰退不是透過魔核就可以治好的。

因為會出現這種症狀，原因都出在精神層面上。

「……可瑪莉閣下，謝謝妳。」

莫妮卡在那時露出淡淡的笑容。

「只要跟閣下待在一起，我就會有一種不可思議的感覺。好久沒有那麼高興了，讓我明白持續保有夢想是多麼重要。或許閣下是個很特別的人，妳好像具備充沛的意志力。」

「沒這回事，我只是一個普通的吸血鬼。」

「閣下很厲害的，今後也要繼續加油喔。我會……在黑暗中替妳加油。雖然很快的，我就會什麼都感覺不到了……」

「…………………——」

這個世界怎麼會如此不公。

不管是佐久奈那個時候的遭遇，還是納莉亞當時的處境，又或是迦流羅碰到的事情——人們的夢想遭到踐踏，然而這種情形在這世上卻很稀鬆平常。也許那個叫什麼夕星的有自己的想法也說不定。可是這孩子的年紀還那麼小，夕星卻不分青紅皂白逐步奪走她的夢想，我覺得這樣是不對的。

我的身高不夠高，也不擅長運動方面的事情，再加上不能使用魔法，是一個很廢的美少女吸血鬼。

面對如此強大的「惡意」，我能夠做的事情很有限。就只能手腳亂揮，不顧一切橫衝直撞，朝著敵人突擊過去。但那樣總比什麼都不做好。我想要拚死為了莫妮卡做些什麼。

對，再加上這次奇蹟似地有了「路標」。

如此順心的狀況很少有機會碰到吧。

「──莫妮卡，妳轉過來一下。」

我靜靜地對著莫妮卡說話。她很像在找父母親的小孩子一樣，用那樣的動作轉頭。

我臉上浮現笑容，想要讓她安心。露出笑容後才注意到一件事，那就是我也不確定莫妮卡能不能看見我在笑。

「莫妮卡……妳還想看看那個顛倒的城鎮嗎？」

「……我是很想繼續抱持這樣的念頭，但我已經辦不到了。」

莫妮卡發出嘆息。

白色的氣息被風吹拂，就此消散。

「有很多人替我看診過，但是我已經沒救了，心靈已經變得無動於衷。可瑪莉閣下也不要再管我的事情了。我會一直在遠方守望的──」

「我明白了。」

已經沒什麼好猶豫的了。

我拿起剛才媽媽送我的水晶球——神具《玻璃球》，並將那顆球舉到莫妮卡面前。

她看我的眼神充滿困惑，暗影則是焦急地吶喊「妳在做什麼！」。

但我沒有管暗影，而是在腦海中勾勒出「應該要找回的東西」。為了她，還欠缺什麼？——要怎麼做才能找回希望——當我默念了一陣子，那顆《玻璃球》表面開始浮現淡淡的光芒。

莫妮卡在這時驚訝地睜大眼睛。

最後那道光越來越激烈，強烈到足以讓人喪失平衡感。就此將整個世界染白——緊接著「啪唧————！」一聲，《玻璃球》直接裂成了碎片。

光芒也隨之消散。

那些水晶碎片在冰雪上嘩啦嘩啦地掉落。

緊接著，莫妮卡口中就發出了一聲「啊！」。

「是雪……有光——」

那對稚氣的雙眼如今已經能夠不偏不倚地直望我了。

視線沒有出現任何偏差。對方正帶著滿臉驚訝的表情張嘴，張開又閉上、閉了又張。

其實我也沒把握，不確定這個神具是不是真的能夠替莫妮卡找回「遺忘的東西」。可是看到她那個樣子，我才發現事情發展似乎真的都如我所願了。

換句話說——我已經成功透過神具讓她重見光明。

莫妮卡嘴裡發出啜泣聲，在原地佇立了好一陣子。

等到她平靜下來了，我才對她說話。

「——怎麼樣？能看見了嗎？」

「妳這是在做什麼？可瑪莉閣下……」

她說話的語氣像是在責備我。

同時用力抓住我的衣服，接著說道。

「那是妳媽媽給妳的生日禮物吧。用這個道具不就是為了找回妳跟媽媽之間的回憶嗎？可是……卻拿來用在我這種人身上……」

「沒關係，反正我已經知道媽媽她還活在常世那邊。」

「可是……！」

「無所謂，我希望莫妮卡能夠找回夢想。」

當下彷彿時間暫停一般，只見莫妮卡僵在原地。

就連暗影似乎也顯得呆若木雞、啞口無言。

可是莫妮卡深陷如此不公的處境，我不能容許這種事情發生，這位少女應該要活得更樂觀積極才對。因此只要有我能做的，我什麼都願意為她去做。

「妳真是笨蛋……」

莫妮卡邊說邊哭泣。

「……還是看不見。我還是看不見，在這個世界上不可能有如此美妙的巧合發生。」

「咦……」

我的心彷彿被人挖掉一塊。

「剛才有強烈的亮光，讓我嚇了一跳……但就只是這樣。我的世界依然霧濛濛的。若是能夠透過道具或藥品治療就好了，但就是因為治不好，我才會那麼痛苦……」

這讓我在無意識間咬緊牙關。

奇蹟這種東西，要誘發並沒有這麼容易。

就算使用神具，依然無法強行改寫人們的心靈。

這種事情，我自己明明是最清楚的。

「這樣啊……這麼說也對。」

我果然什麼都沒辦法替她做。

那繼續待在這邊也沒什麼意義，還是回房間吧——就這樣，我開始感到氣餒，不料就在這一刻。

「……可是，我很開心。」

這時莫妮卡抓緊衣服的衣襬，同時輕聲呢喃。

「真是不可思議。多虧了可瑪莉閣下，我好像覺得比較舒暢了。有種溫暖的感覺……所以總有一天……我還是會想去外面看一看……謝謝妳，可瑪莉閣下。」

話說到這邊，她慢慢靠了過來。看她差點踢到雪跌倒，我趕緊抱住莫妮卡。她的臉就此埋在我的胸口上，靜靜地流著眼淚。

「可瑪莉閣下……就是因為妳有辦法做出那樣的犧牲，才能夠使用烈核解放吧……」

我當下感到一陣錯愕，低頭看著懷中的她。

如今莫妮卡・克雷爾身上已經沒有絕望的氣息了。

感覺她的體溫好像稍微變得溫暖一些。

「——我好訝異，沒想到妳居然能夠改變莫妮卡的心。」

之前一直在靜觀其變的暗影突然間開口了。

「看樣子妳拯救姆爾納特帝國並非偶然……快看。莫妮卡的臉色變好了，好到之前都沒見過的程度，星星形狀的痕跡也變淡了。至今為止，我不論怎麼做都無法突破這層障壁，妳卻突破了。」

「在說什麼呢？我只是希望莫妮卡能夠變得有精神一點……」

「不，謝謝妳，黛拉可瑪莉・崗德森布萊德。為了他人，妳可以輕易捨棄對自己來說很重要的東西——很少有人能夠做到這點。」

「我不擅長捨棄東西啦。這不是我在自賣自誇，但是我的房間有夠亂。」

「總而言之，妳已經撒下希望的種子了。如此一來，消盡病也能夠稍微緩和一些吧。」

暗影說的話，我聽不太懂。

但只要莫妮卡能夠稍微變得更樂觀積極一點，那就再好不過了。

我拍拍她的背，同時繼續說道。

「下次我們一起找個地方出遊吧，也許在姆爾納特帝國境內遊玩還不錯喔。」

「嗯……」

這時我不經意抬頭看向那個顛倒的城鎮。

那景象還是一樣夢幻，似乎受到那裡的風吹拂，媽媽留下的紅色領巾正在飄動。

是不是未來的某一天，我也能夠前往那個地方？

「——有很多人都跟莫妮卡一樣，受到不公不義的現實逼迫。尤琳一直希望妳能夠拯救這些人。」

「就算妳這麼說……」

「我原本看妳不大順眼。還想說就算殺了妳，也要設法矯正妳的劣根性。太小看自己不是好事。」

「我又沒有太過小看自己。」

「還有過度看好自己也不是好事，自稱一億年來難得一見的美少女可是一種恥辱啊。」

「那不算我過度看好自己吧！」

「總之這些都不重要了——反正尤琳就在常世那邊等著妳。可是現在的妳並沒有資格去見尤琳，也沒辦法透過物理手段去見她。若是想要實現心願……就必須讓世界合而為一，但還是有很多人正遭遇困難。例如仙人，為了見妳，對方似乎已經來到姆爾納特宮殿了。」

這話讓我不解地歪過頭。

那心思好像被暗影看透了，暗影笑著說「妳很快就會知道了」。

不過——我知道自己心底開始湧現希望。

那個顛倒城鎮就是最棒的證據。媽媽正在等著我。我跟薇兒差點死在那個新月高掛的世界裡，或許來救助我們的也是媽媽。

此時突然吹起北風。

那個顛倒城鎮的影像變得越來越稀薄。「黃泉幻寫」好像只會在短時間內出現。作夢的時光就快結束了。此時暗影說了一句「黛拉可瑪莉」，開口呼喚我的名字。

「妳將要走上的路會自動顯現，可別以為妳能夠一直當個縮頭烏龜。」

「不……如果是要跟人戰爭就免了……」

「為了不讓戰爭爆發的作戰就在等著妳——總而言之我該做的事到這就算做完了。妳就跟夥伴們一起開心享受這趟旅程吧。」

「說得也對。如果不嫌棄，暗影妳也可以一起——」

不知不覺間，暗影的身影早已憑空消失了。

那裡只剩下積雪遍布的地面，就連足跡都不剩。

她是不是回到常世那邊了？但是按照她的說法來看，總有一天還會相見的吧。

「莫妮卡，那我們也差不多該回去了。」

「嗯。」

莫妮卡臉上浮現淡淡的笑容。

多虧了暗影，我才知道媽媽還活著。也知道自己應該做些什麼。雖然像我這種沒用的吸血鬼，能做的事情頂多就那樣——但我還是要試著努力看看，這都是為了讓莫妮卡這樣的孩子能夠安心展露笑容。我想這恐怕就是七紅天大將軍黛拉可瑪莉・崗德森布萊德應該要走上的路，但我是希望不要跟人戰爭或是生死對決之類的啦。

「黃泉幻寫」現象已經完全沒了。

天空上就只剩一片遼闊的藍。

我握住莫妮卡的手。早知道會這樣，當初應該要準備回去用的魔法石——想著想著，就在我踏出步伐的那一刻，有事情發生了。

「找到了！是可瑪莉小姐！」

「可瑪莉大小姐!?可瑪莉大小姐您沒事吧!?沒有被怪物做過什麼吧!?話說您怎麼會發動【孤紅之恤】!?是不是弄錯一不小心吃了加了血液的布丁!?」

「可瑪莉——！妳沒有遇難吧!?我們快點回去啦！」

我當下感到一陣錯愕。

從遠方那邊，一些熟悉的面孔陸陸續續出現。

有佐久奈、薇兒、納莉亞、迦流羅跟小春，甚至是艾絲蒂爾和凱特蘿，她們也全都到齊了。這些人不是應該都死了嗎……？我就是為此感到訝異，結果納莉亞踢著雪地來個大跳躍，就這樣沒頭沒腦地撲過來抱住我。

「妳沒事吧!?哎呀，莫妮卡·克雷爾看起來也很有精神呢！太好了……！」

「咦，納莉亞？這是怎麼一回事……？」

「夠了，克寧格姆大人！請您不要黏在可瑪莉大小姐身上！可瑪莉大小姐已經凍壞了，讓她感受人體肌膚的溫度，溫暖她的身體，這是身為女僕的我該做的事情！」

「那些根本就不重要吧，薇兒海絲！接下來要開生日派對啦！抱歉嚇到妳了，可瑪莉！還有——祝妳生日快樂！」

「禁止偷跑！我明明想要當頭號祝賀人，現在卻……！」

眼下發生的成串事件實在太讓人難以消化，害我頭腦跟著停擺。

可是我的夥伴們卻自顧自地說著「太好了。」「生日快樂。」「暗影在哪裡？」，諸如此類的。也就是說，她們原來是想替我慶生？

「莫妮卡！妳還好吧!?」

艾絲蒂爾在那時臉色大變，朝我們靠了過來。

她臉上帶著擔憂無比的神情，還握住莫妮卡的手。

「會不會冷？我們回屋子裡吧。」

「……對了，艾絲蒂爾。」

「怎麼了？」

「我……也想像可瑪莉閣下那樣，去各式各樣的地方看看。」

這下換艾絲蒂爾驚訝地睜大眼睛。因為那跟先前有氣無力的莫妮卡差太多了吧。她眼中已經有了光芒，就像明亮的星星一樣。

此時艾絲蒂爾用快哭出來的表情看向我。

就算她用那樣的眼神看我，我也不知做何反應才好。因為我又沒做什麼。

最後艾絲蒂爾一副感慨萬千的樣子，臉上滿是淚水，並面露笑容。

「……嗯，也好。那姊姊就帶妳去各式各樣的地方看看吧。」

「那麼首先要不要前往帝都？第七部隊會很歡迎妳的。」

「我想去看看艾絲蒂爾住的地方。」

「好、好是好……可是那裡很小喔？因為是軍方的女子宿舍……」

「咦？原來艾絲蒂爾小姐也住在宿舍裡呀？其實我也是。等到小莫妮卡來了，我就去妳們那邊叨擾一下吧。」

「原、原來梅墨瓦閣下也住在那邊啊!?我是住在一〇一號房……」

「哇，原來是在隔壁！也太巧了……我的房間是一〇二號房。」

「一〇二號房…………………………咦??」

不知道為什麼，艾絲蒂爾好像變得渾身僵硬，但我還是別管太多好了。

帶著爽朗的心情，我開始凝視莫妮卡。

光是看到她變得那麼有精神，我就覺得好滿足。希望她能就此找回夢想——此時我還在思考莫妮卡的未來，不料納莉亞突然說了一句「可瑪莉！」，還用手繞住我的手臂。

「那我們走吧！慶生宴都弄好了……到時妳再跟我說說暗影和烈核解放的事情！還有當作回禮，我會把連續殺人事件的真相說給妳聽！」

「啊，喂先等等……」

「這件事情可不能交給克寧格姆大人，負責搬運可瑪莉大小姐是我的職責。」

「別朝反方向拉啦──!!」

在薇兒跟納莉亞的一拉一扯下，我人也遠離了那座山丘。

這是三天兩夜的溫泉之旅。

前半段讓人有種「不確定接下來會遭遇什麼不測」的感覺，但後半段似乎能跟大家一起悠閒地過，真是太好了。而且不知為何，她們好像還幫我辦了慶生宴。希望莫妮卡可以一起同樂，那我會很高興的。

帶著雀躍的心情，我走上通往紅雪庵的路。

（完）

冰雪的寒冷，她已經感受不到了。

想必是自己的心燃燒得如此熾烈才會那樣吧——光耶醫師在心裡想著。

這裡是法雷吉爾郊外的森林。

她被黛拉可瑪莉的煌級魔法打飛了。當自己在冰雪上蠢動，她便察覺身上有血液流出，但不至於造成致命傷。那個吸血鬼似乎有手下留情——真是太天真了。也太善良、太愚蠢。

「下次……下次可不會輸給妳。」

手緊握成拳頭狀，光耶醫師因憎恨而渾身顫抖。

大約在五十年前，她誕生於夭仙鄉的偏僻鄉村。從小身體就很虛弱，這是靠魔核也無法治癒的「病弱」體質，只要稍微淋到一點雨就會感冒，身體只不過動一下，馬上就會變得氣喘吁吁。因此光耶醫師才會有那種想法，知道有些人就跟自己一樣，正在為「不受魔核影響的特異體質」煩惱，而她想要為這些人做些什麼。

接著她研讀過往的文獻，學會跟「醫生」這個行業有關的入門知識。就連睡覺都捨不得，接著學會了各式各樣的技術。以研究經費為名目做些開銷，害她們家的家計陷入困境，因此被逐出家門。即便如此她依然堅持不懈，繼續努力下去。

她獨立研究開發出藥品，當救助了因為憂鬱症而煩惱的孩子時，光耶其實打從心底感到開心。

那男孩曾笑著對她說「謝謝妳，醫生」。自己就是為了這個而生——光耶醫師心中有了這樣的感慨。

然而光耶醫師的思想並不為世人所理解。

因為這個世界儼然是個魔核社會。

「妳的研究沒什麼用。」「就算受傷了，還是有魔核在呀。」「這些都是紙上談兵的空談。」「做這些對社會沒什麼幫助。」「妳趕快去找個正常的班來上啦。」——她持續暴露在這些無情的話語下。

最終還被魔核崇拜者臭罵成「惡魔」，遭到暴力相向。

擁有的金錢被人搶走，研究書籍遭到焚燒，連住處都遭人破壞。

那她做過的事不就一點意義都沒有了嗎？都沒有任何人願意接受自己不是嗎？

當時的她為此深陷絕望，在暗巷中爬啊爬的，碰巧就在那個時候。

——真漂亮呢！在說妳喔！

她開始在路上過活，跟個無家可歸的遊民沒兩樣，這人堵下她這種女人在鬼扯些什麼啊。

那名少女手裡搖晃著紅色的糖果。可能是吸血鬼吧。但同時又從她身上嗅到跟自己相同的夭仙氣息。

——妳是阿呆呀。小孩子趕快回家。

——妳比我更像小孩子。算了——這些事情不重要，妳的心靈很美麗。是真的為了這個世間著想，為了他人著想，才會一直做那些事情吧！

當下光耶醫師聽了只覺得大出意料。

而這些話逐漸浸透了光耶醫師那千瘡百孔的心。

緊接著那位少女又說出決定性的話語。

——我是絲畢卡・雷・傑米尼！反正妳就要死在這了，還不如加入「逆月」好了？

在那之後，光耶醫師的命運就出現轉折。逆月願意大方提供協助。有些症狀是沒辦法透過魔核治癒的，這些研究開始有了進展。逆月確實是殘酷無情的恐怖組織，可是對光耶醫師來說，那也是用來改變世界的重要歸宿。她就待在這個組織努力一番吧。為了那些受疾病所苦的人，再努力一次看看——光耶醫師打從心底這麼想。

最重要的是，絲畢卡人很好。

這世界上的人們都認為光耶醫師是「不被需要的」，要將她割捨掉，絲畢卡卻認可她。

最讓人印象深刻的，莫過於她那雙眼睛。

裡頭充滿了可以覆蓋整個世界的強大意志力，是一雙燦爛的眼睛。

在新月之夜的晚餐會上，她曾經這麼說過。

——我一定要實現夢想。

——我要前往常世。

——可是光靠我一個，力量不足。我還需要你們大家的力量。

——所以那些仰慕我並跟隨我的夥伴，我是不會拋棄他們的。若是有想做的事情，大家都可以利用逆月沒關係。我會替你們的夢想加油。

——所以說，我們現在就來開慶生宴吧！

——今天是妳的生日對吧？所以我才會招待妳來吃晚餐！來吧特利瓦，趕快把蛋糕拿過來！天津去準備煙火！不是仙女棒之類的，要那種可以在夜空中炸開的！做不到就判你們死刑！

絲畢卡並非專制獨裁，而是時常受到夥伴們的支持，因此才能立於這顆月亮的頂點。正因為她理解這點，才會那麼珍惜協助自己的人。聽說就連在七紅天爭霸戰中犯下致命失誤的奧迪隆・莫德里也被寬恕了。

另一方面，在「弒神之惡」的前行之路上，屍體堆積如山。若是為了達成理想，這也許是必要之惡。而絲畢卡不惜做出這樣的犧牲，就這點而言，她跟黛拉可瑪莉・崗德森布萊德算是有很大的差別。

光耶醫師覺得她這套思想才是正確的。

絲畢卡才夠格統治這個世界。也因為如此——對於那個毀掉一切的黛拉可瑪莉・崗德森布萊德，光耶醫師才會無法原諒。

「下次……下次一定會……」

蹲坐在雪地上的她，嘴裡發出囈語般的低喃。

那下一次……該怎麼做才好？

在心裡迴響無數次的，是那個紅色吸血姬說過的話。

——跟莫妮卡道歉。

——莫妮卡正感到悲傷。

莫妮卡・克雷爾……那是個不幸的孩子。可是為了找到絲畢卡・雷・傑米尼的所在處，就只能犧牲那個女孩了。她形同是成就豐功偉業的基礎。就這點而言，自己跟絲畢卡很像。

曾經讓莫妮卡那麼痛苦，光耶醫師可是一點都不後悔。

照理說她應該不會感到後悔才對——

——妳應該要學會悔改。

「嗚……嗚嗚……」

淚水流了出來。黛拉可瑪莉・崗德森布萊德有一對溫柔的雙眼，每次回想起來，光耶醫師心中就燃起熊熊怒火——同時又覺得自慚形穢。

她是從哪開始誤入歧途的？

像莫妮卡・克雷爾這樣的少女，明明是她應該拯救的對象。

對，絲畢卡對待敵人很嚴酷，但是對於自己人卻很溫柔，溫柔到讓人目瞪口呆的地步。

莫妮卡又不是敵人，她打從心底信任自己的主治醫師。自己做過的事情，跟絲畢卡的思想背道而馳，根本不能相提並論。

「……原諒我……原諒我……我也是走投無路才會那樣……」

手用力捏緊成拳頭狀，光耶醫師眼裡流下滾滾的淚水。

她不會原諒黛拉可瑪莉。但也因為她說過那些話的關係，自己才會獲得重要的啟發。她心中有一套不容曲解的中心思想，可以說是因此被喚回了吧。

光耶醫師並不打算為罪孽贖罪，也不覺得自己有辦法贖清。

她能做的就只有繼續做研究而已。

為了那些因魔核受苦的人。她要找回最初的初衷，試著努力看看——就像這個樣子，光耶醫師的心靈出現不一樣的變化。

「……哈哈，我身上都是血。」

這也是拜黛拉可瑪莉‧崗德森布萊德之賜。

若是要對那傢伙還以顏色，該怎麼做才好。

那還用問。這次一定要找出治療消盡病的方法，然後為了這個世界、為了世上的人們努力。不再為了大局割捨小我——她能做的也只有這些了吧。

光耶醫師搖搖晃晃地站了起來。

總之先洗個澡吧。來去找看看哪邊有溫泉好了。

想到這邊，她就此邁開步伐。

就在那個時候，一股散發死亡氣息的風吹了過來。

「——辛苦了，光耶醫師。」

光耶醫師反射性回頭。

接著她大吃一驚。

在銀白色的世界裡，有一顆異物混雜在裡頭，那是身上穿著黑色衣服的女人。很像停在圖片上的蒼蠅——但光耶醫師現在可沒餘力悠悠哉哉勾勒這一連串感想。

那個黑衣女子身高很高。

她就是對光耶醫師下達指令的幕後黑手。

「尼爾桑彼卿……」

「『過而不改是謂過矣』——這還真是一句至理名言呢。妳不這麼認為嗎？光耶醫師。」

這個人是夭仙鄉的軍機大臣，「死儒」蘿莎・尼爾桑彼。

她單手拿著點燃的香菸，慢慢走了過來。

光耶醫師無法動彈。因為她太過恐懼，連腳都在發抖，不聽使喚了。

「您怎麼會在這？」

「因為我聽說出現了『黃泉幻寫』現象。雖然才一下子就沒了，令人惋惜。另外我還順便來這邊泡個溫泉，讓身心皆獲得靜養，這是長生的祕訣。」

那都是謊言。這個女人才不是來觀光的。

光耶醫師拚命壓下手腳的震顫，同時開口。

「尼爾桑彼卿……來這邊有何貴幹？如果是為了莫妮卡・克雷爾的事情……那

我今天也順利替她診療過了，有使用《思維杖》讓消盡病的傷口擴大。因此您用不著特地過來確認。這裡很冷，您還是先回去會比較——」

砰。

一記槍聲響起。

「咦？」——光耶醫師口中發出呼喊，同時還流出鮮血。等到她回過神，人已經在鮮血飛散中仰躺於雪地之上。從胸口深處撲簌簌地流出滾燙的東西，腦袋也變得昏昏沉沉的。尼爾桑彼卿擁有的左輪手槍正冒出陣陣白煙。

她用一對死魚眼垂望此處，同時說了些話。

「若是少了『信賴』，人跟人之間的關係就難以成立。妳背叛我了。看樣子妳想要彌補人生的過錯，但我性格上可是連一點小過錯都不會放過。尤其是面對愚蠢之人，更是如此。」

「唔——」

疼痛的感覺讓腦髓都為之搖盪。

嘴角流下鮮血和唾液，光耶醫師還在那時發起抖來。

怎麼會這樣？怎麼能夠讓事情變成這樣？

她好不容易才找回初衷，下定決心要拯救那些生病的人。

卻碰到這樣的結局，不會太過分了嗎？

「普洛海莉亞・茲塔茲塔斯基在搜索妳。如果妳活著被抓，她有可能循線找到我，所以我要先把妳收拾掉。」

「開……開什麼玩笑……我想要拯救那些受苦的人……！怎麼能夠死在這種地方……！」

「哎呀看看，若是要把我比喻成一種鳥，那我不過就是一隻小麻雀罷了，不能理解大師的思維。拯救人們，這種事情到底有什麼意義。避免死去有什麼意義嗎？有的時候死掉還比較好吧。」

跟這個人說不通，根本不覺得她們在用相同的共同語言溝通。

可是在某些部分，光耶醫師無法退讓。她的想法已經變了，沒道理對這種莫名其妙的殺人狂言聽計從。沒錯——為了夢想，她不能退讓。

「我……！我是不會輸的……！如今回想起來，妳總是那麼傲慢！都沒把別人當一回事！跟絲畢卡大人差太多了！還有我也跟妳不一樣！我從一開始就想為了他人在做事！我也會把消盡病治好。所有正在受苦的人，我都會救助他們。所以……」

槍聲再度響起。

光耶醫師的身體就像一顆球一樣，跟著滾動起來。

「——太偉大了。是以為說些看似胸有大志的話就能獲取同情嗎？如果只知道說漂亮話，把外表弄得人模人樣，那樣還是稱不上偉人。」

「別、別這樣……」

「假如妳沒有背叛，我原本還打算告訴妳『弒神之惡』在哪——但那些其實也不重要了。反正透過莫妮卡・克雷爾做完實驗後，我已經對意志力的運作組成有了約略的概念了。看來為愛蘭朝天命帶來新變革的準備工作都已經就緒了。」

「拜託妳……住手……」

「多謝妳了，光耶醫師。還有再見了。我會厚葬妳的。」

肚子那邊流出的血一直都止不住。

因為她是醫生，所以才明白。這樣下去會死。自己已經沒救了。

尼爾桑彼面無表情地扣下扳機。光耶醫師知道自己的身體再次跳動。除了流下血跡，她還在冰雪之上滾了好幾圈。在這之後，身上就再也感覺不到疼痛。

「啊、啊……」

她連聲音都發不出來。

原本還想再跟絲畢卡大人見一次面的——就連這個願望都沒能實現。

意識逐漸變得淡薄，身體沉入黑暗之中，所有的記憶隨之消散。

那個黑衣女子轉身離去。一些夭仙從樹木後方現身，不知要將光耶醫師的身體運往何處。可能要直接拿去海裡扔掉吧——當光耶醫師想到這邊，思考就完全中斷了。

她的夢想只在頃刻間便消散了。

※

等到普洛海莉亞・茲塔茲塔斯基抵達，已經是過去十分鐘之後的事情了。

冰雪之上還留下血跡，卻不見光耶醫師的蹤影。

人是不是還在附近？——普洛海莉亞懷著這樣的想法，持續搜索。但到頭來還是沒能找到她要找的人。

「被逃掉了吧，可惡。」

埋頭四處奔跑一陣後，普洛海莉亞最終選擇放棄，決定打道回府。若是她回去得太慢，生日宴會就結束了。難得有這個機會，她想要替對方慶祝一下。

如此這般，發生在紅雪庵的騷動算是落幕了。

而知道真相的人，就只有那個黑衣女子一人而已。

吸 [0] 終章

原來三天兩夜的溫泉之旅都是一場陰謀，其實是要為我慶生。能夠抽中獎項，都是艾絲蒂爾搞的鬼。納莉亞跟迦流羅會跑來紅雪庵這邊也是事先串通好的。還有那些殺人事件，都是為了讓我心生恐懼的餘興節目。大家陸陸續續死亡，我還想說怎麼會這樣，但事實上所有人卻都是假死的樣子。

而我難免會覺得「害我白擔心了～！」，這點自然是不在話下。因為我真的很害怕。跟平常的害怕又是不一樣的意涵，我還以為這次自己真的快死了。

只不過——我還是決定放開心胸好好樂一樂，因為那都是大家特地為我準備的，再說事實上並沒有任何人死掉。不對，被「暗影」幹掉的比特莉娜是真的死了。

在那之後，紅雪庵的遊戲室內辦起一場盛大的生日派對。

就像睡到一半耳朵進水大吃一驚，簡直就是在形容這種處境吧。我完全忘了自己的生日是二月十八日。當大家給我驚喜，對我說「生日快樂！」的瞬間，我都不自覺飆淚了。

我可是隔了好幾年才跟人開派對慶生喔？

而且還是有很多朋友替我慶生喔？

沒什麼比這個更讓人高興的。我開心到想要跳躍、手舞足蹈，可是身為賢者的理智設法將這些衝動都壓制住了。取而代之，我似乎從頭到尾都笑咪咪的，還被人說「可瑪莉大小姐看起來很開心呢。」那是當然的。怎麼可能不開心。

而且她們還替我準備生日禮物。

納莉亞送我女僕裝、凱特蘿送我水果刀、迦流羅送我羽毛筆跟點心、小春送我壺、佐久奈給我冰做的花束、艾絲蒂爾送我香水，莫妮卡則是給我她推薦的書。普洛海莉亞更是現場來段鋼琴演奏。還有薇兒，我從她那邊拿到薰香蠟燭跟做菜用的食譜，原本還以為薇兒會說「我本身就是生日禮物」，害我有種悵然若失的感覺。不對，說我悵然若失還挺失禮的。總而言之不管是哪個禮物，都飽含大家的心意，害我嚎啕大哭。

於是這場生日派對持續到夜晚——隔天包含莫妮卡在內，我們大家一起開開心心同遊溫泉小鎮。一改第一天、第二天的緊迫氣氛，這是一段很療癒的時光。甚至讓我希望這段時光能夠永遠持續下去。然而休假是有限的，當太陽要下山的時候，我跟莫妮卡說「我還會來的」，接著就離開法雷吉爾。

但說真的。

這次我超級開心。

很久沒有像這樣，能夠打從心底有真正充電到的感覺。之後甚至想要跟大家鄭重道謝，必須把她們每個人的生日都問出來，再替她們慶祝。

至於來到法雷吉爾覺得很慶幸的理由，可不是只有「能放鬆一下」「有人替我慶生」這些而已，還能讓莫妮卡變得更有精神。再加上可以看見那個顛倒的城鎮，這些都是重大收穫。

——尤琳在常世那邊等著妳。

我突然想起「暗影」說過的話。

聽說媽媽還活在常世那邊。

那麼為了見到她，我必須努力。

暗影好像有說過「讓世界合而為一就可以相見」之類的話。具體上來說那代表什麼意思，我不是很懂。但只要有我能做的事情，我都可以竭盡所能努力看看啊——就這樣，我開始能夠積極看待這件事情了。

「……也許我不能一直當家裡蹲呢。」

© riichu

雖然我實在很想當家裡蹲。

但為了不讓像莫妮卡那樣的不幸孩子變多，我要做的事情就顯得很重要——我有這種感覺。總而言之就按照暗影所說，先解決眼前的事吧。

對——就是在說莫妮卡的事情。

一直在折磨她的光耶醫師最終還是沒找到。普洛海莉亞好像有在法雷吉爾郊外發現疑似是她留下來的血跡，可是她本人卻不見蹤影。如此一來夕星的真面目就無法弄清。但我想光耶醫師也學到教訓了吧，晚點再去搜索看看——我抱持如此樂觀的想法。

暫時先不管那些了。

眼下要先想辦法把《黃昏三角戀》處理掉。

「已經在溫泉那邊充電完了……照理說應該是這樣啊……」

可是我的筆卻遲遲都沒有動靜。

去參加溫泉旅行的確讓我改變心情。但這趟旅行不是去取材的，因此並沒有獲得小說能用的材料。納莉亞一直在講「遇到殺人事件增加妳的靈感了吧!?」，不過——很抱歉，那些確實很刺激，但我在寫的又不是懸疑小說，而是戀愛小說啊。

「咕唔唔……看來我的經驗確實不夠。」

「您是在說哪方面的經驗不夠呢？」

「那還用問。就是我在戀愛方面的經驗——怎麼講著講著又繞到這上面!?」

「原來您這方面的經驗還是不夠啊。那現在就馬上跟我一起累積戀愛經驗吧。具體而言，我們可以去結婚典禮現場視察。」

「這樣未免跳過太多階段了吧!!」

薇兒過來纏住我的手，我使盡力氣甩開她。

還真是不能掉以輕心。

「妳是從什麼時候開始出現在這的，現在還不是上班時間吧。」

話說今天是星期一。一想到那個跟地獄沒兩樣的將軍生活又要開始，我就好煩好想尖叫。可是做那種事情可能會被部下殺掉，於是我就忍住了。

「看來還有時間呢，我是覺得慢慢來也無所謂。」

「那我就來去睡回籠覺吧，晚點再來寫小說。」

「那您有寫出些什麼了嗎？」

「還沒什麼進展——但起碼有去泡溫泉休整過了。我覺得應付起來可能會比之前更容易些。再說去睡覺搞不好會有靈感浮現，一個小時以後再叫我起來。」

「遵命，話說前天來自夭仙鄉的使節據說有造訪姆爾納特的宮殿。」

「嗯？夭仙鄉？」

聽到這個不熟悉的國名，我的頭跟著一歪。

說到這個夭仙鄉，那是位在南方的仙人樂園。我不認識種族是土生土長神仙種的人，所以不曉得那是什麼樣的地方，但是——他們是不是來姆爾納特這邊觀光的？

「據說那些人是來見可瑪莉大小姐的。」

「咦？為什麼？」

「我也不清楚，可是我們已經讓他們等了兩天了。」

「…………」

「剛才貴賓室那邊有跟我們聯繫過。仙人們說了，『不快點把黛拉可瑪莉帶過來，小心我們發動戰爭』。」

「……他們怎麼會氣成這樣？」

「誰知道？大概是因為我們沒遵守約定，跑去參加溫泉之旅吧？」

「我們有跟他們約好？」

「是，是我自作主張跟他們約好的。」

「妳自作主張了？」

「是，然後我就忘了這件事。」

原來呀原來。

我看我就把這個當成夢裡發生的事看待吧。

做完這個結論後，我鑽進被窩中。

就在那瞬間——薇兒手上拿的通訊用礦石傳出焦躁的聲音。那是來自我爸爸的。

『薇兒海絲！不好意思，可不可以把可瑪莉叫過來？若是繼續讓對方乾等，我們的心臟搞不好會被他們炸掉……』

「老爺是這麼說的，可瑪莉大小姐。若是您不想心臟被人炸掉，現在立刻過去吧。」

「啊啊啊啊啊啊啊啊啊啊啊啊啊啊啊啊啊啊啊啊!?」

我就好像被人扔到陸地上的魚，從床鋪上跳了起來。

當旅行一結束，馬上就出狀況了。是說旅行到一半就已經有狀況發生。太糟糕了，事情怎麼會變成這樣。昨天才剛放完假，我今天原本想要假裝在工作，一邊看書的說……！

「來吧，我們走。現在可不是在床鋪上遊玩的時候。」

「我說薇兒！爽約是不好的喔！這樣會給夭仙鄉那邊的人添麻煩啊！」

「很抱歉。當作是賠罪，我看我就來跳個舞好了？」

「不用做那種事情啦！好了我們走！」

我瘋狂祈禱心臟不要被人炸掉。是說「炸掉心臟」這個字眼聽起來好熟悉，難道來的人是召開天舞祭之前，在宴會上見到的那個人……？

總而言之，我現在能做的就是像竹管添水裝置高速敲動那樣，不停跟對方道歉謝罪。

於是我馬力全開換裝，接著前往姆爾納特宮殿。

☆

在那邊等待我的人，果不其然就是預料中的那個人。

這位夭仙身上特徵是穿著一身輕飄飄的綠色服飾——她就是愛蘭翎子。

從我一進到貴賓室的那一刻，對方就一直盯著我看。那對雙眼彷彿大海一般，蘊含不可思議的包容力。我無法推測她內心的想法，但不難想像再過五秒鐘，她很有可能就要暴怒了。

「我、我來晚了，很抱歉！我就是黛拉可瑪莉·崗德森布萊德！歡迎來到姆爾納特帝國。」

緊張萬分的我跟對方打招呼，在這段期間內，爸爸他說了句「那我就先失陪了」，並且從房間離開。我好想抗議一番，但現在沒空做這種事情。不管要做些什麼，我都得設法避免心臟被人炸掉。

總而言之我就先擺出正經姿態，重新面對那位愛蘭翎子小姐。

「那個……好像是聯繫上剛好出了些誤差。我們好像讓你們等太久了，很抱歉。你們明明是特地遠道何來……」

「泡溫泉——好不好玩？」

對方面無表情。她在面無表情的狀態下問了這句話。

跟初次見面的迦流羅不一樣，是很難讀取出情感的那種。但我依然嗅到死亡氣息，最起碼能看出這名少女對我極度不滿。

該怎麼辦？總之還是先想想藉口吧——

「當愛蘭翎子大人在宮殿這邊乾等，可瑪莉大小姐正在溫泉那邊大肆嬉鬧。最後一天甚至還跟大家一起召開盛大的生日派對，玩得不亦樂乎。」

「妳這傢伙——!?雖然都是事實!!是事實沒錯，但有些話能講，有些話不應該講吧!?」

「——是嗎？那太好了。」

只見愛蘭翎子小姐靜靜地說了這麼一句。

她完全誤解我了。不對，這也不是什麼誤解，但我還是想跟她說「我不知道這邊有人跟你們約好了，麻煩你們大人不記小人過」。若是沒辦法跟對方這樣表態，搞不好又會引發戰爭。想到這邊，我拚命搜尋能用的字眼，碰巧就在那個時候。

這位夭仙少女臉上浮現淡淡的笑意，並開口說了這番話。

「去放鬆一下是很重要的呢。」

「咦？噢對啊……」

「抱歉這麼晚才做自我介紹。我是夭仙鄉的公主愛蘭翎子。今天是想跟妳談關於常世的事情，才會過來這邊。還有——」

聽到「常世」這個意料之外的字眼，我的腦袋頓時停擺。

像是覺得此時有機可乘，我的肩膀被人「叩、叩」地敲了幾下。

接著我漫不經心地轉頭看向背後。

那裡還有另外一位夭仙少女。這個人究竟是誰呢？是不是愛蘭翎子的熟人？——我出神地思考這些，想到一半時……

「烈核解放‧【屋烏愛染】。」

眼前這個少女的眼睛似乎發出紅色的光芒。

但那搞不好真的是我的錯覺也說不定。因為一旁的薇兒正狐疑地問我「可瑪莉小姐？」。我這才搖搖頭說「沒什麼」。

剛才她好像有說到烈核解放，應該是我聽錯了吧。

因為她又沒什麼理由突然發動那種東西。

「——失禮了。我是梁梅芳。翎子的隨從。」

「啊，原來是這樣。」

「翎子有話想跟妳說，這才親自過來跟妳見面。」

「嗯、嗯嗯，我明白。」

總之我必須跟對方賠罪。

如果送她風前亭的點心，不曉得她的心情是否能夠好轉。不對，我居然想要用東西去釣別人，未免也太小人了。這種時候還是誠心誠意跟對方低頭道歉吧——想著想著，我再次面向翎子小姐，就在那瞬間。

對方跟我對上眼了。

她有一對像是要把人吸進去的漂亮雙眼。

在默默無語的情況下，我們互相對看大約三秒左右——

撲通。

不知道為什麼，我的心臟突然開始劇烈跳動。

「唔、咕……」

「可瑪莉大小姐……？」

我的呼吸變急促了，連站都站不穩。

人都當場腿軟了，可是我的目光卻沒辦法從翎子的眼睛上移開。

她那櫻花色的唇瓣靜靜地譜出一段話。

「不好意思，有些事情想要請妳幫忙……」

「什麼……」

我陷入混亂。

眼前開始變得一片黑，就連薇兒的呼喚聲也聽不見了。只剩下心臟撲通撲通跳動的聲音，吵到很誇張的地步。

街頭巷尾都在謠傳這個愛蘭翎子是「跟人對上眼就能炸掉對方心臟的超能力者」。我原本還覺得那說法太扯了——但是看樣子這個傳聞是真的。

幾秒鐘後。

我的心臟慘不忍睹地爆發了。

面對如此具有魅力的女孩子，沒人的心臟不會撲通亂跳。

怪不得跟她對上眼的人會大喊「心臟爆炸啦！」。

那是我至今為止都不曾體驗過的奇妙感受。

但身為譜寫眾多戀愛故事的稀世賢者，很快就能料想得到。

沒錯——這就是戀愛，我憑著本能體認到這點。

「兩件事。」

這時翎子豎起食指和中指。

「有兩件事想跟妳談談。第一個是提問，另外一個是請求。」

我當下沒能做出反應，這是因為我一直盯著她的眼睛看。這樣的眼睛未免也太美麗了吧——不對等等，妳要冷靜一點，黛拉可瑪莉・崗德森布萊德。

說什麼戀愛啊。會對她一見鍾情，講起來不是很奇怪嗎？

我跟這女孩曾經見過一次面。印象中當時什麼感覺都沒有，今天卻一見鍾情，不對，應該叫做二見鍾情，按照常理來想根本不可能發生那種事情。

「唔……？」

我發現我的右手手背好像有一股刺痛感。

接著我將視線挪向下方。上面浮現一個小小的像是痣的東西。

看著看著會覺得有點像鳥……是說也很像張開翅膀的烏鴉。

是不是被昆蟲咬到了？如果只是這樣的話，放著也能自己治好吧，不過——

「妳怎麼了？」

「哇啊!?」

不知不覺間，翎子已經來到眼前了。

而且我的右手還被她用雙手包覆住。

「是不是身體不舒服？既然這樣，妳不用太勉強自己……」

「沒——沒沒沒沒沒沒沒沒沒沒這回事！我就像平常一樣元氣百倍！」

我趕緊將翎子的手甩掉。一旁的薇兒用擔憂的眼神看著我，嘴裡說著「可瑪莉大小姐？」。不知為何，我的心臟撲通直跳。糟了。我是不是真的發燒了。

接著翎子又說了聲「這樣啊」，嘴裡吐出嘆息，然後繼續把話說下去。

「我想問的是常世的事情。妳有去過常世嗎？」

我讓自己的心冷靜下來，同時做出回應。

「好像有去過……」

「是怎麼去的？」

「這就……」

「看來妳不曉得對吧。那麼妳對『金丹』這個字眼有印象嗎？」

「金丹？抱歉，我也不知道那是什麼。」

「——翎子，若是繼續問這個，可能會洩漏我們的機密情報。基本上問常世的事本來就行不通。重要的不是『提問』，而是『請求』吧。」

梁梅芳將背靠在牆壁上，並開口說了這番話。

她們的用意，我完全猜不透。

我到底該做些什麼才好？——帶著困惑的心，我凝視翎子的雙眼，緊接著就逐漸有種害羞的感覺湧上。我知道自己的臉開始變得滾燙起來，同時將目光轉到別的地方。我的精神狀態明顯很奇怪，是不是真的感冒了？

就在那個時候。

「——我有個請求，黛拉可瑪莉・崗德森布萊德將軍。」

翎子突然跟我彎腰鞠躬，還對我提出懇求。

那讓我感到一陣錯愕。

「請幫幫我。」

「咦……」

「再這樣下去，夭仙鄉會滅亡的。因此……希望妳可以幫助我們。」

我無法動彈。

對方說話的語氣是那麼真切，還用那麼真摯的話語向我求助。

「就像妳拯救阿爾卡那樣，拯救天照樂土那樣，請妳收拾在夭仙鄉那邊為惡的人們，還有奸臣——不，這是我該努力的。因此哪怕只有一點點也好，希望妳能夠助我一臂之力。若是繼續放任不管……我跟父親大人都會被丞相殺掉。」

「…………」

「若是妳不願意，可以拒絕，我不想強迫妳。可是……我——我需要黛拉可瑪莉・崗德森布萊德的力量相助……」

先來試著回想先前發生過的所有騷動吧。

無論何時，我都沒得選。

因為薇兒會趁我入睡將我綁架到戰場上。

可是這次不同，翎子是從一開始就來拜託我。

當下我想起跟暗影——基爾德・布蘭之間有過的一段對話。

她曾經說過「想跟母親會面，那妳就要幫助有困難的人，讓世界合為一。」之類的。

那麼面對翎子的「請求」，或許我應該聽一聽。

「……這樣拜託人太卑鄙了。」

我臉上浮現笑容，同時開口。

「請妳面對我吧。若是不嫌棄的話，可以跟我商量。」

這讓翎子驚訝地抬起臉龐。

在牆壁旁邊的梁梅芳似乎在當下呼吸一窒。

但我沒有放在心上，而是繼續說道。

「天仙鄉那邊發生什麼事情了嗎？總之我們先吃些點心，邊吃邊談吧。」

有那麼一陣子，翎子都一臉茫然地望著我。

接著她看似感動萬分地閉上雙眼。

又沉默了一會後，她才訥訥地說出事情原委。

後記

多謝各位的關照。我是小林湖底。

溫泉真的不錯呢。

我也很想去泡泡。

那麼接下來，多虧各位的垂愛，讓本書得以出到第六集。

關於這次的故事，除了拿第一集到第五集的故事當根基，描述了後續發展的同時，還為了第七集後的故事發展鋪陳序篇。最近可瑪莉的朋友變多了，也找到目標，再加上如今她外出的次數也變多了，已經沒辦法一概而論說她是家裡蹲，但這也代表在許許多多的人提供支持下，她已經逐漸成長了，那是值得開心的事情吧。我認為「有許多人在背後支持」是很重要的一點，希望能夠透過這本小說描寫出不計較厲害得失的體恤之心，以及透過這種形式改變世界是如何的一番光景。這位可瑪莉已經變得比較成熟一點了，敬請各位期待她的活躍表現。但我想搞笑的部分還是完全不會有任何變化就是了……

接下來是遲來的道謝。

感謝將眾多角色描繪得如此具備魅力的插畫負責人りいちゅ老師。

還有負責本書裝訂的柊椋大人，為這本《家裡蹲吸血姬的鬱悶》製作出如此貼合又美妙的設計。

以及隨著原稿推進，給予各式各樣建議的責任編輯杉浦よてん大人。

再加上其他許許多多跟本書發行、販售有關的工作人員。

最後是願意將本書拿在手裡的各位讀者們。

我要對所有人致上深厚的謝意……謝謝你們！！！

那我們下次再會。

小林湖底

浮文字

家裡蹲吸血姬的鬱悶 6
（原名：ひきこまり吸血姫の悶々6）

著　者／小林湖底
繪　者／りいちゅ
譯　者／楊佳慧
執　行　長／陳君平
美術總監／沙雲佩
文字校對／施亞倩
榮譽發行人／黃鎮隆
美術編輯／陳姿學
內文排版／謝青秀
協　理／洪琇菁
執行編輯／石書豪
總　編　輯／呂尚燁
國際版權／黃令歡、高子甯

出　版／城邦文化事業股份有限公司　尖端出版
台北市中山區民生東路二段一四一號十樓
電話：（〇二）二五〇〇－七六〇〇
傳真：（〇二）二五〇〇－二六八三
E-mail: 7novels@mail2.spp.com.tw

發　行／英屬蓋曼群島商家庭傳媒股份有限公司城邦分公司　尖端出版
台北市中山區民生東路二段一四一號十樓
電話：（〇二）二五〇〇－七六〇〇（代表號）
傳真：（〇二）二五〇〇－一九七九

中彰投以北經銷／楨彥有限公司（含宜花東）
電話：（〇二）八九一九－三三六九
傳真：（〇二）八九一四－五五二四

雲嘉經銷／智豐圖書有限公司　嘉義公司
（嘉義公司）　電話：（〇五）二三三－三八五二
傳真：（〇五）二三三－三八六三
（高雄公司）　電話：（〇七）三七三－〇〇七九
傳真：（〇七）三七三－〇〇八七

南部經銷／智豐圖書有限公司　高雄公司
電話：（〇七）三七三－〇〇七九
傳真：（〇七）三七三－〇〇八七

香港經銷／一代匯集
香港九龍旺角塘尾道六十四號龍駒企業大廈十樓 B&D 室
電話：（八五二）二七八三－八一〇二
傳真：（八五二）二七八二－一五二九

新馬經銷／城邦（馬新）出版集團 Cite（M）Sdn. Bhd.
E-mail: cite@cite.com.my

法律顧問／王子文律師　元禾法律事務所
台北市羅斯福路三段三十七號十五樓

二〇二三年八月一版一刷
二〇二三年十二月一版二刷

■中文版■

郵購注意事項：
1.填妥劃撥單資料：帳號：50003021戶名：英屬蓋曼群島商家庭傳媒(股)公司城邦分公司。2.通信欄內註明訂購書名與冊數。3.劃撥金額低於500元，請加附掛號郵資50元。如劃撥日起 10～14日，仍未收到書時，請洽劃撥組。劃撥專線TEL：(03)312-4212 ・ FAX：(03)322-4621。E-mail：marketing@spp.com.tw

國家圖書館出版品預行編目資料

家裡蹲吸血姬的鬱悶 / 小林湖底作 ; 楊佳慧譯 . -- 1 版 . -- 臺北市 : 城邦文化事業股份有限公司尖端出版 : 英屬蓋曼群島商家庭傳媒股份有限公司城邦分公司發行 , 2023.08-
冊 ; 公分
譯自 : **ひきこまり吸血姫の悶々**
ISBN 978-626-356-878-5 (第 6 冊 : 平裝)

861.57 112008736